KB260092

맛깔스런 댓글이 달린

수필가의 일기

맛깔스런 댓글이 달린

수필가의 일기

맛깔스런 댓글이 달린
수필가의 일기

염해일 세 번째 수필집

도서출판 아침햇살

정년퇴직을 하고 벌써 1년이 지났다. 정년퇴직을 하기 전에 퇴직 후의 삶에 대하여 진지하게 생각하고 고민을 하였다.

정년퇴직 후에도 퇴직 전과 같이 규칙적으로 살아야겠다는 생각을 하였다. 그래서 정년퇴직 직전에 대구시에서 모집하는 금빛평생봉사단에 응시하였다. 선발이 되어 서부도서관에서 어르신들 한글교육 봉사활동을 하고 있다.

국립대구박물관대학과 운경건강대학을 다니면서 강의도 듣고, 현장답사도 다니면서 교양과 견문을 함께 넓히고 있다. 퇴직 후에 순수 문예지인 '월간문학세계'와 '한국문학세상' 두 곳에 동시에 합격하였으나 등단은 월간문학세계에서 하였다.

교육대학을 졸업하고, 중등교사자격검정고시를 통하여 중등교사자격증(국어)을 받고 중등으로 진출하였다. 교사시절에는 수업준비와 보충수업으로 책을 읽고, 글을 쓸 수 있는 시간적 여유가 없었다. 교감시절에도 학교의 전체 업무를 총괄하느라고 눈코 뜰 시간이 없었다.

교장으로 발령을 받고 나니, 시간적 여유가 있었다. 나만의 방인 교장실도 따로 마련되었다. 학교 경영을 하면서 책도 읽고, 훈화와

맛깔스런 댓글이 달린
수필가의 일기

수필도 썼다.

교장 초임 발령을 포항 호미곶에 있는 대보중학교에 받아 사택에서 생활하였다. 토요일 대구 집에 오면 수성도서관에서 수필집을 대출받아 읽었다. 1년 동안 200여권의 수필집을 읽었다.

정년퇴직 1년 전부터 정년퇴직 기념문집을 발간하기 위하여 수필을 쓰기 시작하여, 퇴직할 무렵에 153편의 글이 모였다. 그것으로 정년퇴임 기념문집 '발자국'이란 수필집을 발간하였다.

정년퇴직 후에도 계속 글을 썼다. 정년퇴직 1주년 기념으로 '교장선생님의 일기'란 수필집을 지난 2월에 출간하였다.

문학은 생활의 반영이라고 한다. 수필은 무형식의 글이면서 자기고백의 글이라고 한다. 자기의 일상생활을 진솔하게 쓰는 것이 수필이란다. 퇴직 후에 봉사활동, 대학생활, 친목 모임, 일상생활을 하면서 보고, 듣고, 느낀 것들을 수필로 형상화하였다.

1주일에 2편의 글을 계속 써 왔다. 글을 쓰고 난 후 1주일 가까이 퇴고의 과정을 거쳐 한 편의 수필로 완성하였다. 글이 완성되었을 때 기쁨은 말로 다 표현할 수 없다. 완성된 수필은 또 다른 나의 모습이다. 나의 정신세계가 오롯이 담겨 있다. 다른 사람이 흉내 낼 수 없는 나만의 독특한 글이다. 이 세상에 오직 하나뿐인 글이다.

금년 1월부터 내가 재학 중인 운경건강대학 카페에 글을 싣기 시작하였다. 1주일에 두 편의 수필을 학교 카페에 올렸다. 같은 작품을 17기동기생들이 보는 '17기 게시판'과 운경건강대학원생과 은빛대학원생들이 함께 볼 수 있는 수필을 싣는 방인 '아름다운 글방’ 에 동시에 올렸다. 많은 학우님들이 나의 글을 읽어 주고 친절하게 댓글까지 달아주었다. 이 글들을 모아 ‘맛깔스런 댓글이 달린 수필가의 일기’ 란 세 번째 수필집을 출간한다.

이 수필집은 나 혼자 만든 것이 아니고, 운경건강대학 전체 학우님들과 함께 만든 수필집이다. 그 동안 나의 글을 읽어 주고, 댓글을 달아준 학우 여러분들에게 진심으로 고마움과 감사의 말씀을 드린다.

2012. 08.

대구의 삼복더위 열대야 속에서... 염해일

차례

　　“**띵**똥 띵똥” 우리 집 대문 벨소리가 요란하게 울린다. 집 사람이 볼 일을 보러 밖에 나갔다. 집 사람이 이제 돌아오나 보다하면서 거실로 나간다. 거실 벽에 달린 대문 수화기를 들고 “여보세요.” 하고 받는다. 수화기에서 들려오는 소리는 “택배 왔습니다.” 라고 한다. ‘무슨 택배일까?’ 하면서 대문을 열어 주었다. 택배 기사가 청송 꿀 사과 한 박스를 들고 들어온다. 염해일님 앞으로 택배가 왔단다. “어디서 온 택배인가요?” 하고 물었으나 대답은 하지 않고 사인을 빨리 하여 달란다. 설이 가까워 오니 선물 배달이 많은가보다. 택배기사는 종종 걸음으로 다음 행선지를 향하여 나간다.

　　‘청송 꿀 사과를 누가 보내왔을까?’ 하면서 상자에 붙어 있는 글씨를 보려고 눈을 크게 뜨고 들여다보았다. 그러나 글씨가 잘 보이지 않는다. 해질 무렵인데다가 하늘에는 구름이 잔뜩 끼어 있기 때문이다. 거실 안이 어두침침하다. 거실에 있는 형광등 불을 밝혔다. 형광등 불이 하나밖에 들어오지를 않는다. 다시 세 개의 형광등 불 모두를 밝혔다. 노안이어서 그런지 보낸 사람의 이름과 주소가 어렴풋이 보인다. 보낸 사람이 O K J이다.

　　포항 D중학교에서 같이 근무하였던 O선생님 생각이 퍼뜩 떠오른다. ‘O선생님이 보낸 것일까?’ 하면서 보낸 사람의 주소를 들여다

보았다. 청송군 부동면 부일리로 되어 있다. 그 선생님은 경주에 살고 있다. O선생님이 보낸 것이 아닌 것 같다. 그렇다면 누가 보냈을까? 청송군 부동면에는 아는 사람이 아무도 없다. 혹시나 잘못 배달된 것은 아닐까하는 생각이 들기 시작한다. 택배 받는 사람의 이름과 주소를 다시 확인하여 본다. 틀림없는 내 이름과 우리 집 주소이다. 그렇다면 누군가 나한테 보낸 것이 확실하다. 보낸 사람이 누구일까? 자꾸 자꾸 궁금하여진다. 혹시나 '우리 아들들이 제사에 사용하라.'고 사과 주산지인 청송에 사과를 주문하여 배달되어 온 것은 아닐까 하는 생각도 하여본다.

궁금한 마음을 가지면서 나의 방으로 돌아와 쓰다가 만 원고를 다시 쓰기 시작한다. 그 때 집 사람이 밖에서 볼 일을 보고 들어온다. 거실에 있는 사과 상자를 보더니 "왠 사과 상자냐?"고 묻는다. "택배로 배달되어 왔다."고 하였다. "남의 택배를 왜 받았느냐?"고 한다. 집 사람도 사과 선물이 들어올 만한 곳이 없다는 생각을 하였나보다. 집 사람은 마루에 있는 사과 상자를 창고 삼아 사용하는 방으로 들여다 놓는다.

정리하던 원고를 끝내고, 사과 상자가 있는 방으로 들어간다. 그리고 사과상자 위에 붙어 있는 보낸 사람의 이름과 주소를 다시 확인하여 본다. 택배를 받을 사람이 틀림없는 염해일이다. 그리고 주소도 우리 집 주소가 틀림없다. 보낸 사람 이름 옆에 보낸 사람의 휴대폰 전화번호가 적혀 있다. 사과를 보낸 사람이 누구인지 알아보고 싶어졌다. 사과 상자에 적힌 휴대폰 전화번호를 눌렀다. 통화가 된다. "여보세요." 하니까 상대편에서 "교장선생님이세요." 하고 반갑게 전화를 받는다. "그 동안 안녕하셨습니까?"라고 인사를 한다. 나를 보고 교장선생님이라고 하는 것을 보니 같이 근무한 선생님이거나 학부형인 것 같다. "사과를 보내 주어서 전화를 하였다."고 하였다. 교장선생님으로부터 책을 받아 감명 깊게 읽었단다. 설 명절이 가까워 오기 때문에 교장선생님 생각이 나서 사과를 보냈단다.

지난해 2월 말에 영천여자중학교에서 정년퇴임을 하였다. 정년퇴임을 하면서 정년퇴임 기념문집 '발자국'이란 수필집을 발간하였다. 500권을 발간하여 친척, 친지, 친구, 제자, 학부형들에게 한 권씩 나누어주었다. 학부형들이 너무 많아서 시험 감독을 하여 주신 50여명의 명예교사 학부님들에게만 나누어 주었다.

청송군 부동면에 사는 사람이 사과를 보냈다고 하는 것을 보니, 그 때 내 문집을 받았던 학부형인 것 같다. 영천에 살던 학부형이 청송으로 이사를 간 모양이다. "요사이 청송에 가서 사십니까?"하고 물었다. 청송에 가서 사는 것이 아니고 경주 S고에 근무하고 있단다. 경주에 살고 있다는 말을 들으니 학부형이 아니고, 포항 D중학교에서 같이 근무하였던 O선생님이란 생각으로 다시 바뀐다. 전화 통화 목소리를 자세히 들어보니 O선생님의 목소리가 확실하다. 너무 반가워서 "어떻게 지내느냐?"고 다시 안부를 물었다.

처음에 전화를 받고 O선생님도 많이 당황하였을 것 같다. 어정쩡하게 전화를 받고 있으니 말이다. 나는 왜 이렇게 어정쩡한 사람이 되었는지 모르겠다. 나이 탓일까? 학교에 근무할 당시에 선생님들의 이름을 잘 부르지 않고 그냥 성만 따서 김 선생님, 오 선생님하고 부른다. 그러다가 보니 선생님들의 이름을 확실하게 기억하지 못할 때가 더러 있다. 그것도 세월이 흐르면 선생님들의 이름도 희미하게 기억에 남아 있게 된다.

지난 해 3월 어느 날 "따르릉 따르릉" 하면서 우리 집 전화벨 소리가 요란하다. 나는 집으로 걸려오는 집 전화는 잘 받지 않는다. 집으로 걸려오는 전화의 대부분이 집 사람을 찾는 전화이기 때문이다. 그날따라 집 사람이 욕실에서 청소를 하고 있었나보다. 전화를 받지 않는다. 안방으로 뛰어가서 전화를 받았다. 포항 D중학교에서 같이 근무하였던 C선생님의 전화였다.

오랜만에 걸려오는 전화였다. 처음에는 안부 전화였다. 안부 전화가 끝나고 나니 이번 4월 달에 자기가 결혼을 한단다. 신부는 같은 학교에 근무하고 있는 P선생님이란다. C선생님과 P선생님은 내가 포항 D중학교에 근무할 때 같은 해, 같은 날에 같이 발령을 받아 온 초임 선생님들이었다. 그래서 두 사람이 결혼한다고 하니 너무 반갑고 기뻤다. 축하 인사를 연발하였다. "청첩장을 보내 달라."고 하였다. 그 말이 채 끝나기도 전에 주례를 보아 달란다. 갑작스런 부탁이어서 당황하였다. "내가 주례를 서기에는 많이 부족한 사람 같다." 면서 사양을 하였다. 신부와 서로 상의하여 결정한 일이란다. 꼭 주례를 보아 달란다. 그 학교에 근무한 교장이 나 말고도 두 사람이 더 있는데도 나한테 일부러 부탁을 하였단다. 더 이상 거절할 수가 없었다.

결혼식 날 주례를 보기 위하여 포항으로 갔다. 가면서 정년퇴임 기념 문집 '발자국' 여러 권을 자가용에 싣고 갔다. 그 당시에 같이 근무하였던 선생님들이 많이 올 것 같은 생각이 들었기 때문이다. 오늘 청송 꿀 사과를 보내준 O선생님도 그 날 결혼식에 참석하여 기념문집을 받아갔던 선생님이다. 그 때 준 그 책을 읽으면서 옛날 생각이 많이 났나보다. 설 명절이라고 사과를 보냈단다.

청송 꿀 사과를 받고 보니 감회가 새롭다. 포항 D중학교에 근무할 때 추억이 영화 필림 처럼 하나하나 떠오른다. 잊지 않고 나를 생각하여 주는 O선생님 같은 분이 있어서 나는 외롭지 않다. 그리고 행복하다.

내가 쓴 글 때문에 선물을 받아보기는 이번이 세 번째이다. 영천여자중학교 근무할 때 학교 소식지를 매달 발간하였다. 그 때마다 소식지에 내가 쓴 글을 한 편씩 실었다. 3호 소식지에 학부모회에 참석한 부부 학부모에 대한 글을 실었다. 많은 학부모들이 학부모회에 참석하였다. 그 중에 특별히 눈에 띄는 학부모가 있었다. 아버지 어머니가 함께 참석한 부부학부모였다. 그 분들이 활동하는 모습을 보고 내가 느꼈던 생각들을 글로 써서 학교 소식지에 실었다. 그 소식지를 읽어 본 부부 학부모님이 "고맙다."고 화장품을 사서 교장실로 찾아왔다. 정년퇴직하는 날 30년 전에 담임하였던 금호여고 제자들도 정년퇴임식에 많이 참석하였다. 제자들에게도 퇴직기념문집을 한 권씩 나누어 주었다. 그 책을 읽어 본 포항에 있는 제

  맛깔스런 댓글이 달린
수필가의 일기

자가 비싼 전복 한 박스를 택배로 보내왔다. 선물을 받을 때마다 기분이 좋고 행복하다. 잊지 않고 나를 생각하여 주는 제자들과 선생님들이 있기 때문이다.

　나는 생각하여 본다. 내가 이런 선물을 받을 만한 사람인지? 지금까지 살아오면서 많은 사람들을 만나고 함께 생활하였다. 42년간 교직에 몸을 담으면서 15개 초·중·고에 근무를 하였다. 많은 선생님들을 만나고, 많은 제자들을 가르쳤다. 그들에게 비친 나는 어떤 모습일까? 나는 그 많은 사람들 중에 얼마나 많은 사람들을 기억하면서 생각하고 있을까? 화장품을 보내온 학부모와 전복을 보내온 제자와 청송 꿀 사과를 보내온 O선생님 같이 진정 마음에 우러나서 보낸 선물이 얼마나 있었는지 생각을 하여본다. 앞으로는 다른 사람들을 생각하는 따뜻한 마음을 가지고 살아가련다.

요.

12.01.24. 23:05

교육자의 낙(樂)은 말할 것도 없겠지만 수많은 교육자 중에서도 돋보이는 모습으로 참 잘 살아오신 듯합니다. 진솔한 글 잘 읽고 갑니다. 건강과 함께 늘 좋은 글 올려주시면 고맙겠습니다. 건필하시기 바랍니다.

12.01.25. 09:57

오늘은 늦게 들어왔나 봅니다. 많은 님들이 다녀가셨네요. 모두들 새해에는 건강과 행운이 함께 하시기를 기원합니다. 청년의 힘, 단양님, 송하님 감사합니다.

12.01.25. 11:18

반평생을 교육자로서 살아오신 선생님에게 존경을 표하며 교육자 중에서도 헌신적으로 삶을 살아오신 모습이 귀감이 됩니다. 진술한 좋은 문장 잘 읽고 갑니다. 새해 복많이 받으시고 건강하십시오.

12.01.25. 12:51

잊지 않고 찾아 주셔서 고맙습니다. 새해도 건강하시고, 행복하세요, 보부님.

   맛깔스런 댓글이 달린
   수필가의 일기

지난주 토요일 늦은 오후에 나의 수필집 '교장선생님의 일기' 가 출간되어 저자 소장본이 집으로 배달되어왔다. 배달된 책이 마음에 들지 않았다. 다음날이 일요일이어서 출판사에 연락을 하여도 연락이 되지 않는다. 월요일 9시경에 출판사에서 먼저 연락이 온다. 책이 잘못 인쇄되었단다. 보내준 소장본을 착불로 출판사에 보내달란다. 출판사에서 나의 수필집을 전국 대형서점과 인터넷 서점에 보내려다가 잘못 인쇄된 것을 발견하였나 보다.

두 달 전에 수필집을 출간하기 위하여 출판사와 계약을 맺었다. 네 차례나 원고를 퇴고하고 수정하여 출판사에 보냈다. 출판 원고를 퇴고하는 과정에 어려움이 많았다. 퇴고하는 자체도 어려웠지만 특히 컴퓨터 화면에 'PRIVACY G 개인정보 사생활 파일 안전보장' 이란 창이 시도 때도 없이 뜬다. 그 창의 내용은 'PC 사용 흔적 및 개인정보 유출 방지를 위해 검사 한 후에 반드시 삭제하라.' 는 내용이다. 개인사용 흔적 총 5516건이 검색되었으니 삭제를 하란다. '확인' 과 '삭제하기' 중에 하나를 골라 클릭하란다. '확인' 과 '삭제하기' 를 누르니 또 다른 새로운 창이 뜬다. 새 창의 내용은 '이벤트 기간 중에 결제를 하면 월 9,000원을 5,000원(VAT 별도)으로 자동 결제한다.' 는 내용이다. 휴대폰 번호와 주민등록번호를 입력하고, 결제를 클릭하란다. 결국은 돈을 달라는 소리다.

결제하기를 누르지 않으니 워드 작업을 못하게 한다. 화면 전체에 뜬 창이 사라지지를 않는다. 할 수 없이 뜬 창의 맨 위 오른쪽 x표를 누른다.

그 창이 사라지면서 또 새로운 창이 뜬다. '5516건의 개인정보 유출 가능 항목이 발견되었습니다. 개인정보를 삭제하지 않고 종료하시겠습니까? 삭제하지 않으시면 개인정보 도용 위험에 노출됩니다.'라는 협박성 내용이 뜬다. '중지'와 '삭제' 중 선택하여 누르란다. '삭제'를 누르니, 또 돈을 달라는 결제창이 다시 뜬다. '중지'를 누르니 큰 창은 사라지면서 컴퓨터 화면 오른쪽 아래 부분에 화면의 6분 1크기의 작은 창이 새로이 뜬다. 그 창의 내용은 '유출 위험 개인정보검색결과 총 6건'이란 내용이다. 삭제를 누르란다. 삭제를 누르니 처음에 떴던 창이 또 다시 뜬다. 워드 작업을 할 수 없다. 할 수 없이 그 창의 오른쪽 위에 있는 x표를 눌러 창을 없앤다. 창이 잠시 없어졌다가 30초 후에 다시 뜬다. 30초마다 x표 누르기를 계속 반복하면서 출판 원고의 퇴고 작업을 하였다. 그 창이 뜰 때마다 하던 워드작업이 중단된다. 정말로 화가 머리끝까지 치민다. 남은 바빠서 죽겠는데 자꾸 뜨니 말이다.

교사를 하고 있는 둘째 아들이 매주 토요일에 가족들을 데리고 우리 집에 온다. 그 때마다 아들이 손을 보아 그 창이 뜨지 않도록 하여준다. 3~4일 지나면 또 다시 그 창이 뜨기 시작한다. 아들에게 그 창이 뜨지 않도록 하는 방법을 가르쳐 달라고 하였다. 가르쳐 주어도 어려워서 아버지는 할 수가 없단다. 한 달 가까이 이놈들과 싸

　맛깔스런 댓글이 달린
　수필가의 일기

워가면서 어렵게 출판 원고의 퇴고와 수정 작업을 하여 원고를 출판사에 보내어 OK사인을 하였다. 그렇게 어렵게 만든 책이 잘못 인쇄되어 왔단다.

지난 1년 동안 수필집 '교장선생님의 일기' 출간 원고 준비를 하느라고 운경건강대학 카페를 찾지 못하였다. 출판원고를 출판사에 보내고 나니 시간의 여유가 생겼다. 운경건강대학 카페에 처음으로 들어가 보았다. 많은 학우님들이 홈페이지에서 활발하게 활동을 하고 있다. 너무 좋았다. 나도 나의 수필 몇 편을 올렸다. 같은 동기들이 보는 '17기 게시판' 과 운경대학 전체 학생들이 보는 수필을 싣는 방인 '아름다운 글방' 에 나의 수필을 함께 올렸다. '17기 게시판' 과 '아름다운 글방' 에 올라 온 좋은 글들을 모두 읽어 보았다. 피가 되고 살이 되는 글들이 너무도 많다. 글을 읽고 댓글도 달았다.

김병규 학우님의 '평수 계산을 쉽게 하는 방법' 이란 글을 읽었다. 평상시에 제곱m단위로 된 면적을 평수로 계산할 때 계산기를 찾아서 계산을 하였다. 김선생님이 제시하는 계산 방법으로 하니 제곱m로 된 면적을 쉽게 평수로 고칠 수 있어서 좋았다. 김선생님 글의 끝에 양념으로 올린 'Click1! 관곡지 연꽃과 좋은 글' 이란 곳을 클릭하여 보았다.

정말로 환상적 동영상이 뜬다. 경쾌하고 명랑한 경음악이 흐르고 있다. 화면에는 곱고 아름답고 화려하고, 다양한 모습의 연꽃 향연이 연출되고 있다. 나의 귀와 눈을 황홀하게 만들어주고 있다. 그 아름다운 연꽃들 위에는 오색으로 아로새겨진 글자들이 물 흐르듯이 쏟아져 나온다. 부부간, 친구 간에 지켜야 할 도리, 부모님에 대한 효와 형제간의 우애, 항상 말조심하면서 몸과 마음을 닦으라는 명언들이 수를 놓고 있다. 특히 '말 한 번 잘못하면 독사에게 물린 것 같다.' 는 말이 가슴에 와 닿는다. 나도 모르게 아름다운 동영상 속으로 푹 빠져 들어가고 있다. 그 동영상의 출처인 '황혼의 낙원' 에 회원으로 가입을 하고 말았다.

'황혼의 낙원' 이란 정보의 바다에 풍덩 빠져 들어가고 있다. '황혼의 낙원' 카페는 충북 제천시에 사는 38년생인 철마란 닉네임을 가진 분이 만든 카페란다. 철마란 분이 웹서핑을 취미삼아 하였단다. 자기 메일에 저장하다가 메일 저장 공간이 부족하였단다. 그래서 카페를 만들었단다. 처음에는 비공개 카페로 자기 혼자만 보았단다. 혼자 보기가 너무 아까운 자료들이 많아 모두 공개하였단다. 지금은 회원수가 23,883명이나 되는 대형 카페로 바뀌었단다. 정말로 많은 정보들이 태평양 바다를 이루고 있다. 정보의 바다란 말이 이 카페에 너무도 잘 어울리는 말이다.

'황혼의 낙원' 카페에 가입한 후 넓고 푸른 정보의 바다 속을 헤엄쳐 다녔다. '알고 싶어/ 게시판' 을 헤엄치다가 대형 고기를 낚았다. 컴퓨터 워드작업 시 그렇게도 나를 괴롭히던 그 놈들을 잡을 수 있는 보물을 발견하였다. 그 놈들의 이름이 Active-X란다. Active-X를 잡는 방법이 자세히도 설명되어 있다. 인터넷을 하다가보면 갑자기 화면에 "설치하시겠습니까?" 라는 박스가 뜬다. 필

 맛깔스런 댓글이 달린
수필가의 일기

요 없는데도 계속 뜨면서 괴롭힌다. 그 놈들은 정체를 알 수 없는 해킹/ 웹바이러스도 함께 끌고 들어온단다. 그런 나쁜 Active-X를 잡을 수가 있단다.

Active-X 제거법은 아주 쉽단다. 인터넷 웹브라우저의 '도구' 상자를 클릭하면 '인터넷 옵션' 창이 뜬단다. 여러 항목 중에서 '설정'을 클릭하면 '임시인터넷 파일 및 열어 본 홈페이지 목록 설정' 창이 뜬단다. 설정 창에 있는 '개체보기'를 클릭하면 '다운로드 프로그램 필림' 창 안에 Active-X란 나쁜 놈들이 떼를 지어 우글거리면서 살고 있단다. 그들 각 항목 위에 마우스를 놓고 오른쪽 버튼을 누르면 '제거'와 '속성'이 나온단다. 우선 '속성'부터 눌러 Active-X란 나쁜 놈들이 어느 홈페이지에서 왔는지, 꼭 필요한 것인지를 먼저 알아보란다. 필요하지 않으면 '제거'를 눌러 없애 버리란다. 악질적인 해킹프로그램들은 잘 지워지지 않는단다. 그런 놈들은 이 폴더만 열어 놓고 다른 인터넷 창을 모두 닫고 다시 시작을 하란다. 모두 지운 후에 일단 컴퓨터를 한 번 껐다가 다시 켜란다. 그렇게 하면 완벽하게 제거가 된단다. 그 나쁜 놈들을 모두 지워버려도 걱정할 필요가 없단다. 필요할 경우는 그 홈페이지에 들어가기만 하면 다시 설치된단다.

Active-X란 놈을 다시는 컴퓨터 화면에 발을 못 들여 놓도록 하는 방법도 있단다. 인터넷 웹브라우저의 '도구' 상자를 클릭하면 '인터넷 옵션'이 보인단다. 그것을 클릭하면 인터넷 옵션 창이 뜬단다. 그 안에 있는 '그림이 있는 인터넷'을 먼저 지정한 후 그 아래에 있는 ‘사용자 지정 수준’ 위에 마우스를 놓고 오른쪽을 클릭하란다. ‘보안 설정’ 창이 뜬단다. 오른쪽의 스크롤바를 밑으로 쭉 내려 보면 아랫부분에 ‘Active-X컨트롤 및 플러그인’이 나온단다. 그 안에 있는 여러 항목 중에 ‘Active-X 컨트롤 다운로드’를 찾으란다. ‘Active-X 컨트롤 다운로드’ 안에 있는 여러 항목 중에 ‘사용안함’으로 바꾸고 ‘확인’을 누르란다. Active-X란 나쁜 놈이 다시는 컴퓨터 안에 발을 들여 놓을 수가 없단다. 만약 제거한 것이 다시 필요하여 설치하고 싶을 경우에는 ‘사용안함’ 옆에 있는 ‘확인’으로 돌려놓았다가 설치가 끝나면 다시 ‘사용안함’으로 바꾸어 놓으란다.

워드 작업을 할 때마다 머리끝까지 화나게 만들던 Active-X를 없앨 뿐만 아니라, 다시는 화면에 발을 들여 놓을 수 없도록 하는 방법을 알고 나니, 기분이 너무너무 좋다. 앞으로 컴퓨터 워드 작업을 할 때 그 나쁜 놈들을 다시 만나지 않아도 된다고 생각하니 날아갈 듯이 기분이 좋다.

Active-X를 없애는 방법을 알려 준 철마님께 고개 숙여 감사를 드린다. 철마님을 찾아가게 만들어 준 김병규 학우님께도 고맙다는 인사를 드린다.

논어에 ‘學而時習之 不亦悅乎(학이시습지 불역열호)’란 공자님의 말씀이 나온다. ‘배우고 그것을 익히면 또한 즐겁지 아니한가?’란 뜻이다. 정말로 실감나는 말이다. 앞으로 學而時習之 不亦悅乎(학이시습지 불역열호)를 마음껏 누려가면서 살아가련다.

  맛깔스런 댓글이 달린
수필가의 일기

송하12.02.13. 18:13

흥미진진하고 재미있게 읽었습니다. 그리고 좋은 자료를 알려주시어 새로운 상식을 얻게 되었고요. 교육지삼락(敎育之三樂)을 경험하셨으니 부담 없이 공부하는 즐거움도 남다를 듯합니다. 건강하게 지내십시오()()

염해일12.02.13. 19:15

도움이 되었다니 기분이 좋습니다. 송하님 행복하세요.

웃음남12.02.14. 16:09

교장선생님 수필집 발간을 먼저 축하드리고요. 우리로선 어려운 컴퓨터의 악성 바이러스 등등 골치 아픈 것을 케이오 시킬 수 있어 기분 짱이겠네요. 황혼의 낙엽 슬슬 구미가 당기네요 항상 즐겁게 생활하시는 것 같아 보기 좋습니다. 잘 보고 갑니다. 카페이름이 황혼의 낙엽이 아니고 낙원입니까

염해일12.02.14. 17:54

예 '황혼의 낙원' 이 맞습니다. 한 번 들어가 보세요. 좋은 정보가 많이 들어 있습니다. 웃음남님, 행복하세요.

나는 모임이 여러 개 있다. 그 중에서 교감 연수를 같이 받은 사람들이 만든 모임이 하나 있다. 학교에서 교감 연수 대상자로 지명 받기가 매우 어렵다. 진짜 하늘의 별따기다. 교감 연수만 받으면 교장연수를 받는 것은 경쟁률이 낮기 때문에 그렇게 어렵지 않다.

교감 연수 대상자로 지명되기까지는 거의 모두가 피나는 노력을 한다. 각 교과별로 매년 500~600명 선생님들 중에서 1~4명만 교감 연수 대상자로 지명된다. 치열한 경쟁이 될 수밖에 없다. 그래서 교감 연수를 같이 받은 사람들은 서로가 서로의 어려움과 고통과 즐거움을 잘 알고 있는 사이다. 그렇기 때문에 모임의 결속력이 매우 강하다. 매년 겨울방학, 여름방학 기간 중에 한 차례씩 모임을 갖는다. 많은 회원들이 참여한다.

오늘은 교감 동기회 모임이 있는 날이다. 12시 30분까지 해마다 모였던 그 식당에서 모임을 가진다는 문자메시지를 한 달 전에 받았다. 지난해까지는 한 달 전에 모임이 있다는 문자 메시지에 이어 모임이 있기 하루나 이틀 전에 또 다시 문자 메시지가 한 번 더 날아온다. 그래서 모임에 많은 사람들이 참석하였던 것 같다. 그러나 올 해는 회원들이 전과 같이 많이 모이지 않았다. 아마 한 달 전에 연락을 받고 많이 잊어버렸나보다. 나는 모임이 있다는 연락을 받으면 항상 탁상용 달력에 표시를 하여 놓는다. 그래서 모임을 잘 잊어버리지 않는다.

교감동기회 모임은 처음 모임을 결성할 때 모였던 그 식당에서 계속 모임을 가진다. 1년에 두 차례 10년 이상을 모였지만 갈 때마다 찾아가는 길이 아리송하다. 114에 전화를 하여 그 식당 전화번호를 알아내었다. 그 식당에 전화하여 "어떻게 찾아 가면 되느냐?"고 물었다. 무슨 모임인지를 묻는다. "교감 동기회 모임이라."고 하니, 주인이 당황하는 눈치다. 그러면서 지하철 2호선을 타고 반월당역에서 내려 19, 20번 출구로 나오란다. 현대백화점 앞이란다. 그래서 쉽게 그 식당을 찾아갈 수가 있었다. 그 부근이 많이 바뀌었다. 많은 회원들이 식당을 찾아오는데 고생을 하였단다.

식당 안에 들어가니 우리 회원들이 방이 아닌 거실에 자리 잡고 있다. "왜 방에 들어가지 않고 자리를 여기 잡았느냐?"고 물었다. 예약을 하지 않아 방이 없단다. 우리가 모이는 방은 항상 지정되어 있었다. 이번 회장단들이 지난 번 모임에서 갑자기 인수인계를 받아서 정신이 없었나보다. 오늘은 토요일인데다가 점심시간이어서 손님이 너무 많단다. 우리는 10년 가까이 그 식당에서 모임을 가졌기 때문에 식당 주인이 특별히 거실 한 편에 자리를 마련하여 주었나보다.

점심 식사 후에 총무의 사회로 회의가 진행된다. 회장의 인사가 끝나고 나니, 총무가 염교장선생님이 지난번 모임에서 정년퇴직 기념문집 '발자국' 을 주어 잘 읽어보았단다. 진솔한 글이 마음에 와

닿더란다. 나에게 정년퇴직 후의 삶에 대하여 이야기를 하여 달란다. 내가 사양을 하니까 자꾸 하여 달란다. 할 수 없이 일어서서 정년퇴직 후에 내가 한 일들을 이야기하였다. 지난해 2월 정년퇴직을 하기 직전에 대구시에서 선발하는 금빛평생봉사단원 모집에 응시하였던 이야기와 금빛평생봉사단원으로 합격한 후 서부도서관에서 30여명의 어르신들 한글교육 봉사활동을 하였던 이야기들을 하였다. 교양을 높이고, 정보화시대에 발맞추어 나가기 위하여 국립대구박물관대학과 운경대학을 다니고 있다. 그 대학들을 다니면서 활동한 내용들을 이야기하였다. "일정이 잡혀 있지 않는 목요일 하루는 집 사람과 드라이브를 즐기고 있다."는 이야기도 함께 하였다. 행복은 누가 그저 가져다주는 것이 아니라, 자기 스스로가 만들어 가야 한다는 말과 '행복은 멀리 있는 것이 아니고, 우리의 일상생활 속에 있는 것 같다.' 는 말로 끝을 맺었다.

수학을 전공한 P교장선생님은 정년퇴직 후 복지관에서 부진 학생들의 수학공부를 도와주고 있단다. 부진 학생들을 1대 1로 지도를 하고 있단다. 수학 원리를 알려주니까 부진 학생들도 이해를 잘 하더란다. 부진 학생들의 성적도 많이 향상되고 있단다. 보람을 느낀단다. 앞으로 계획은 다문화 가정의 부진 학생들을 도와주고 싶단다. 다문화 가정의 부진학생들이 있는 곳이라면 어디든지 찾아가 장소와 시간에 얽매이지 않고 가르치고 싶단다.

K교장 선생님은 정년퇴직 후 마술 공부를 하였단다. 그 기술로 양로원을 찾아가 마술 공연 봉사활동을 하고 있단다. 그곳에서 어

 맛깔스런 댓글이 달린
수필가의 일기

렵고 불쌍한 노인들을 많이 보았단다. 양로원에 있는 노인이 암에 걸렸단다. 자식들이 큰 병원에 입원을 시켰단다. 큰 수술을 하고 치료를 하는데 병원비가 너무 많이 나왔단다. 병원비 부담 때문에 자식들이 싸움을 하고 있더란다. 아들들이 싸우는 모습을 보고 아들들에게 짐이 되지 않기 위하여 집에 돌아와 목을 매어 자살을 하였단다. 이렇게 자살하는 노인들이 우리나라에서 하루에 10여명이나 된단다. 긴병에 효자 없단다. 큰 병에 걸렸을 때 큰 병원을 찾아가지 말란다. 요양원으로 가란다. 요양 병원에서 진단 검사를 받아 요양 등급 판정을 받으란다. 등급 판정에 따라 요양 보험회사에서 치료비를 준단다. 우리나라 국민이면 누구나 이런 혜택을 누릴 수가 있단다. 자기 부담은 얼마 되지 않는단다. 장애 등급에 따라 간병인의 지원도 받을 수 있단다.

퇴직 교장선생님들의 이야기가 끝나자 현직 교장선생님들을 대표하여 홍일점으로 참석한 P여자 교장선생님이 현재 학교 형편을 이야기한다. 내년부터 전면적으로 실시하는 토요 휴무제에 어려움이 많단다. 토요 휴무제가 되더라도 토요일에 학생들을 불러내어 특기적성 교육을 하여야 한단다. 그 교장 선생님은 내년도 토요일 특기 적성 교육 운영에 대한 계획을 짜고 있는 중이란다. 토요일에 학생들이 학교에 나와서 보람되고 즐겁게 특기적성을 할 수 있도록 준비를 하고 있단다. 대학교의 임야를 빌려 놓았단다. 비닐하우스도 여러 동을 임대하여 놓았단다. 아이들이 공기 맑은 산속에서 흙을 밟으면서 자연을 마음껏 즐길 수 있도록 하고 싶단다. 비닐하우스 안에서 학생들이 스스로 꽃을 키워보고, 채소와 곡식들도 심고, 가꾸는 체험도 할 수 있도록 하고 싶단다. 동아리 활동을 여러 반으로 조직할 계획이란다. 동아리 활동에 관심 있는 퇴직 교장선생님들을 강사로 모시고 싶단다. 특히 걸스카우트나 보이스카우트 지도자격증을 갖고 계시는 퇴직 교장 선생님은 꼭 좀 도와 달란다. 주위에 좋은 특기를 갖고 있는 사람들이 있으면 소개도 하여 달란다.

식당 거실에 많은 손님들이 있기 때문에 조용한 곳으로 자리를 옮기잔다. 볼 일이 있는 회원들은 먼저 가고, 나머지 회원들은 60~70년대의 고풍스런 멋이 물씬 풍기는 음악이 흐르는 풀하스란 음악다방으로 자리를 옮긴다. 1~2층으로 이루어진 조용하고 아늑한 집이다. 낮에는 1층에만 손님들을 받는단다. 홀 안에 많은 손님들이 있다. 어린 중학생으로부터 80대 할아버지들까지 보인다. 홀 안에는 잔잔한 음악이 흐르고 있다. 손님들은 음악을 들으면서 다양하게 음식을 즐기고 있다. 양식으로 점심식사를 하는 중학생들, 커피를 마시면서 다정한 이야기를 나누는 연인들, 맥주를 마시는 아저씨들도 보인다. 우리는 생맥주를 시켜 마시면서 식당에서 못다한 이야기들을 나누고 있다.

K교장은 자기 여동생을 소개시켜주겠단다. 10년 전부터 의남매를 맺은 여동생이란다. 휴대폰으로 "오라." 고 전화를 한다. "온다." 고 하는 모양이다. 위치와 찾아오는 방법을 자세히도 알려준다. 아마 지하철을 타고 오나보다. 2시간 정도 시간이 흐른 후에 여동생이란 50대 중반의 여성분이 들어온다. K교장은 여동생을 우리

　맛깔스런 댓글이 달린
　　수필가의 일기

들에게 소개를 한다. 고등학교 다닐 때 학교 미스 퀸으로 활동을 하였단다. 그 여성분은 거리낌 없이 이야기하면서 분위기를 잘 맞추어 준다.

한참 후에 그 여성분은 자기 이야기를 한다. 젊은 시절에 남편과 사별하였단다. 아들딸 남매를 키우느라고 젊은 시절에는 옆을 돌아볼 시간적 여유가 없었단다. 친구로부터 이혼한 남자를 소개받았단다. 그 남자가 청혼을 하더란다. 아이들을 돌보느라고 청혼을 받아들일 마음의 여유가 없었단다. 그래서 거절을 하였단다. 거절을 하고 1년이 지났단다. 자꾸 그 남자가 보고 싶고 그리워지더란다. 찾아가 "다시 결혼을 하자."고 하였단다. "너무 늦었다."고 하더란다. 눈물을 머금고 집으로 돌아왔단다. 그 후에도 어려운 일이 있을 때마다 정신적으로나 물질적으로 많은 도움을 주더란다. 자기가 이때까지 본 남자들 중에서 그렇게 좋은 사람은 처음 보았단다. "지금이라도 그 사람이 결혼하자."고 하면 결혼을 하고 싶단다. 지금은 아들 딸 모두 결혼을 시키고 혼자 있으니 외롭단다. 좋은 사람이 있으면 소개하여 달란다. 이야기를 듣고 나니 연민의 정을 느낀다.

우리나라 여성들의 대부분이 이런 삶을 살고 있지 않을까하는 생각을 하여본다: 가족과 자식들을 위하여 모든 것을 바치고 희생한다. 나중에는 혼자만이 남게 된다. 그 보상은 어디서 누구한테 받아야 할까?

댓글 6회 | 조회 86회 〈 ①17기 게시판 조회 37회   ②아름다운 글방 조회 49회 〉

김보부12.02.15. 13:24

정말 감동적인 교감 동기회 모임을 우선 축하드립니다. 정년퇴직 후 만나는 즐거움, 퇴직 후 동아리활동에서 사회봉사 활동을 많이 하시겠 퇴임 교장선생님에게 무한한 박수갈채를 보내고 싶습니다. 항상 좋은 장문의 문장 잘 읽고 갑니다. [염해일]교장선생님 늘 건강하시기를 바랍니다.

염해일12.02.15. 14:39

보부님의 17기 게시판을 사랑하시는 마음을 존경합니다. 저도 열심히 가꾸도록 노력하겠습니다. 보부님, 행복하세요.

송하12.02.15. 23:43

생활수필에 잔잔한 감동을 느낍니다. 진솔하고 꾸밈없는 글 잘 읽고 갑니다. 행복하게 지내십시오()()

염해일12.02.16. 08:03

자주 찾아 주셔서 고맙군요. 좋은 나날 되세요, 송하님.

웃음남12.02.16. 16:02

행복하시네요. 하루 한 시간도 허비하지 않으시고 부지런히 사시는 것 같아 부럽기도 하고요. 하루의 일과를 이야기 하듯 풀어주시는 솜씨 배워야 할 것 같네요. 항상 즐거움이 가득하신 교장님 오늘도 생생 싱싱하시겠지요. 감사합니다.

염해일12.02.16. 18:34

읽어 주시고 격려하여 주어 감사합니다. 웃음남님, 행복한 나날 되세요.

  맛깔스런 댓글이 달린
    수필가의 일기

오늘은 부부 동반 모임이 있는 날이다. 처음에는 두 달에 한 번씩 모였다. 그러다가 어느 날 모임에서 매달 모이자는 의견들이 나왔다. 전원일치로 매달 만나기로 하였다. 이 모임의 특성은 등산을 한다. 높은 산을 오를 때는 도시락을 집에서 준비하여 간다. 주로 산 정상에서 점심 식사를 한다. 이번 2월 등산은 앞산 자락 길을 등산한단다. 도시락은 지참을 하지 말란다. 집 사람은 휴식 시간에 먹을 간식과 물을 준비하고 있다.

오늘 부부 모임에는 나 혼자서 간다. 집 사람은 친구들 모임에서 2박 3일간 백암온천을 간단다. LG회사에 다니고 있는 회원 아들이 있어서 백암온천 콘도와 온천욕은 무료로 한단다. 식사도 온천 안에서 한 끼에 3,000원씩이란다. 경주에 가면 LG회사 버스가 대기하고 있단다.

오늘 부부 동반 등산모임의 장소는 앞산 청소년 수련원이란다. 총무로부터 1주일 전에 문자메시지를 받았다. 지하철 1호선을 타고 월촌역에서 내리란다. 월촌역을 나와 남쪽으로 400m 걸어오면 청소년 수련원이란다. 9시 30분까지 오란다. 집 앞에 있는 시내버스 정류장에 8시에 나갔다. 13분마다 온다는 420번 시내버스가 한참을 기다려도 오지 않는다. 지루하다. 자가용을 타고 다니는 사람들의 심정을 이해할 것 같다.

고속 버스터미널에서 내려 지하철 1호선으로 갈아탔다. 버스에

서 지하철로 환승이 된단다. 지하철은 기다리는 시간이 짧아서 좋
다. 거의 바로 받아 탈 수 있다. 지하철 안에는 앉아 있는 사람들보
다 서 있는 사람들이 더 많다. 아마 그 때가 출근 시간이어서 그런
가 보다. 젊은 사람들은 스마트 폰으로 무엇인가 열심히 하고 있다.
대부분의 사람들은 눈을 감은 채 생각에 잠겨 있다. 한 주일이 시
작되는 첫날이어서 그런가보다. 지하철은 땅 속으로 다니기 때문에
신호등이 없다. 밀리지도 않는다. 시내버스 탈 때와 같이 신호를 기
다리거나 차가 밀리어서 짜증스러운 일이 없어 좋다.

지하철을 타고 있으니 17년 전에 대구에서 일어났던 지하철 참
사가 생각난다. 그 당시에 나는 문경 서중 학교에 근무하고 있었다.
아침에 출근을 하니 대구 지하철 참사가 났다는 방송이 속보로 나
오고 있다. TV화면에 나타난 참사 장면은 너무도 참혹하고 끔찍하
였다. 다시는 그런 참사가 일어나지 않기를 기원을 하는 기도를 하
는 사이 목적지인 월촌역에 도착하였단다.

남쪽 출구로 빠져 나오니, 하늘에서 하얀 선녀님들이 춤을 추면
서 내려오고 있다. 눈을 맞으면 오르는 오르막길은 낭만이 있어 좋
다. 길이 끝나는 곳에 청소년 수련원이 나타난다. 청소년 수련원 안
에는 아무도 없다. 너무 일찍 왔나보다 하는 순간에 수련원 안쪽에
서 장 사장 부부가 나오고 있다. 서로 반갑게 인사를 나누었다. "결
혼식 준비를 하느라고 많이 바쁘겠네." 라고 하였다. 조용하단다.
아들이 알아서 모든 준비를 하고 있단다. 요사이 젊은 사람들은 똑
똑해서 모든 것을 자기들이 알아서 처리하나보다. 청첩장을 받아서

  맛깔스런 댓글이 달린
      수필가의 일기

열어보니, 결혼식이 이번 주 토요일이다. 이번 주 토요일은 오촌 질녀 결혼식이 서울에서 있다. 결혼식에 참석하기 위하여 기차표도 벌써 예매를 하여 놓았다. 장 사장 부부에게 미리 축하의 인사를 하고 부조도 전하였다.

9시 30분이 조금 지나서 앞산 자락 길 등산이 시작된다. 앞산 자락 길은 다른 지자체에서 만든 올레 길과 같은 개념이란다. 앞산 아래로 난 평탄한 길이다. 길이 평탄하여 좋다. 앞산을 여러 차례 등산하였다. 그러나 앞산 자락 길 등산은 오늘이 처음이다. 가는 길에 계속 앞산 자락 길 안내 표시가 나온다. 앞산 자락 길은 등산과 체험학습을 함께 할 수 있도록 등산로가 잘 정비되어 있다. 나무와 약초, 풀들에게 이름표를 달아 놓았다.

앞산 자락 길을 걸으면서 K회원은 등산로 옆에 있는 나무와 약초와 풀이름들을 알려준다. 그리고 나무와 풀과 약초에 얽힌 재미난 이야기들도 함께 들려준다. K회원은 숲 해설가로 활동하고 있다.

한참을 가다가 뒤따라오던 K회원이 나무를 가르치면서 "무슨 나무인지 아느냐?"고 묻는다. 머뭇거리고 있으니 속새나무란다. 정말인가 싶어 나무에 달린 이름표를 쳐다보았다. 정말로 속새나무라는 이름표가 달려 있다. 속새나무란 이름은 속새같이 쓴 맛이 나기 때문에 지어진 이름이란다. 나무껍질을 벗겨서 입에 넣어 보았다. 정말로 쓰다. 옛날에 어머니들이 어린애들 젖을 떼기 위하여 속새나무 잎을 즙으로 만들어 젖에 발랐단다. 어린아이가 젖을 빨다가 쓰기 때문에 다시는 젖에 매달리지 않았단다.

한라산 등산을 하다가 본 조릿대가 군데군데 무더기로 심어져 있다. "귀한 조릿대가 여기에도 있네." 하니, K회원은 조릿대가 아니고 '사사' 란다. '사사' 무더기 사이에 조금만 팻말이 꽂혀 있다. 글씨를 읽어보았다. '사사' 란 이름이 적혀 있다. 조릿대는 사사보다 잎도 넓고 대도 올라온단다. 그것으로 옛날에 조리를 만들었단다. 앞산 자락 길은 등산을 하면서도 자연을 관찰하고 배울 수 있어 좋은 것 같다. 특히 아이들과 함께 가족 등산을 하면 좋을 것 같다.

한참을 걸어가다가 뒤처지는 사람들이 있다. 모두가 쉬어가잔다. 눈이 오다가 그쳤기 때문에 바닥이 젖어 있다. 솔잎이 소복이 쌓여 있는 곳에 솔잎을 깔고 모두가 앉았다. K회원은 자기가 "직접 농사지은 고구마를 삶아 왔다." 면서 내어 놓는다. 밤고구마이다. 맛이 너무 좋다. 이어서 막걸리와 돼지껍데기 술안주가 나온다. 술안주에는 돼지 껍데기가 적격인 것 같다. 떡과 커피도 나온다. 집 사람이 싸 준 오렌지를 담은 도시락을 내어 놓았다. 간식이 푸짐하다.

4월 달에 호주 뉴질랜드로 여행가는 안건이 오늘의 화제 거리다. 4월 20일 가기로 예정했던 날짜가 4월 23일로 바뀐다. 한 번 가면 다시 가기 어려우니 7박 8일 예정에서 9박 10일로 바꾸자는 의견이 많이 나왔다. 날짜도 늘였다. 여행 이야기가 끝나자 총무가 신입 회원 건을 내어 놓는다. 고향 친구인 C를 회원으로 받아들이자는 의견이 나왔다. 만장일치로 찬성을 한다. 매달 모이는 요일도

 맛깔스런 댓글이 달린
수필가의 일기

월요일에서 일요일로 바꾸어진다.

앞산 자락 길 종점을 얼마 남겨 놓지 않고 왕 손짜장 집이 나온다. 점심을 먹잔다. 간식을 많이 먹었기 때문에 모두가 점심 생각이 없단다. 왕 손짜장 집에 들어가서 간단히 짜장면을 먹잔다. 식성에 따라 주문을 한다. 삼선 짬뽕을 시켰다. 삼선 짬뽕이 나온다. 큰 그릇의 짬뽕 위에 해물이 가득히 담겨 나온다. 조개가 껍질 채로 짬뽕 위를 장식한다. 먹음직스럽다. 요사이 음식점은 다른 음식점과 다른 특별한 것이 있어야만 살아남을 수가 있나보다. 식당 안에는 손님들로 가득하다.

집 사람으로부터 전화가 온다. 백암 온천을 떠나기 전에 집에 택배를 받아 놓았단다. 내가 출간한 수필집 '교장선생님의 일기' 저자 소장본이 배달되어 왔단다. 10일 전에 저자 소장본이 왔었다. "인쇄가 잘못되었다면서 소장본을 출판사로 다시 보내 달라."고 해서 보냈다. 그것이 다시 인쇄되어 왔단다. 점심식사 후에 반월당 삼성생명 안에 있는 '영풍문고'와 중앙통 지하상가에 있는 '교보문고'를 찾아갔다. 나의 수필집 '교장선생님의 일기'가 어떻게 진열되어 있는지 알아보기 위해서였다. 아직 책이 서점에 오지 않았단다. 출판사에 연락하니 출고하는데 여러 가지 수속을 밟아야 한단다. 1주일이 지나야 서점에 책이 도착할 것 같단다.

집으로 돌아오니 허전하다. 아마 집 사람이 없어 그런가보다. 샤워를 하고 컴퓨터 앞에 앉아서 쓰다가 만 원고를 정리하고 있다. 갑자기 집 전화 벨 소리가 요란하다. 가서 받았다. 우리 막내아들의 전화였다. 저의 엄마가 백암온천에 간 것을 알고 있었나보다. 오늘 저녁 식사를 자기 집에서 준비하겠단다. 저녁 식사하러 자기 집으로 오란다. "너희 엄마가 저녁 식사 준비를 하여 놓고 갔으니, 걱정하지 말라."고 하였다. 그래도 혼자 저녁을 먹으면 쓸쓸하단다. 자기 집으로 오란다. "걱정하지 말라."고 하면서 전화를 끊었다.

한참 후에 막내아들로부터 다시 전화가 온다. 퇴근 후에 집으로 모시로 오겠단다. 저녁 식사 무렵에 막내아들이 저희 가족들을 모두 태우고 우리 집으로 왔다. 밖에 나가서 외식을 하잔다. "무엇을 먹고 싶으냐?"고 묻는다. "아무 것이라도 너희들 먹는 대로 먹겠다."고 하였다. 손자 손녀들이 고기 집으로 가잔다. 쇠고기로 저녁 식사를 하였다. 아들과 며느리가 고기를 구우면서 구운 고기를 내 앞으로 자꾸 옮겨 놓는다. 저녁을 한참 맛있게 먹고 있는데 아들의 휴대폰이 울린다. 수술한 환자한테서 온 전화인 모양이다. 몸이 좋지 않는 모양이다. 늦게까지 근무하다가 퇴근하여 왔다. 저녁을 다 먹지도 못하고 또 병원으로 달려간다. 쉬지도 못하고 다시 일을 하여야 하는 모양이다. 막내아들이 불쌍하게 느껴진다. 그렇게 느껴지는 것은 아버지의 자식 생각하는 마음 때문일까?

며느리와 손자 손녀들과 함께 저녁식사를 마쳤다. 아들이 하던 운전을 며느리가 대신한다. 손자 손녀들이 차안에서 할아버지 집에서 자고 가겠단다. 애들 엄마는 내일 학교에 가야하기 때문에 집으로 가잔다. 다섯 살짜리 훈이는 "할아버지 집에서 자고 가겠다."고 떼를 쓴다. "할머니 오시거든 할아버지 집에 와서 자고 가거

  맛깔스런 댓글이 달린
     수필가의 일기

라.”고 달래서 겨우 저희 집으로 돌려보낸다. “할아버지 집에 자고 가겠다.”는 손자 손녀들이 귀엽고 재롱스럽고 기특하다.

정말 화목한 가정이네요. 부부간에 금실도 너무너무 좋습니다. 그러면서도 등산이란 좋은 취미를 가지시고 운동을 열심히 해주신 선생님의 화목한 가정이 영화 필림처럼 지나가네요. 손자 손녀의 재롱에 시간이 모자랄 것 같습니다. 늘 건강하시어 좋은 글 많이 부탁드리겠습니다.

긍정적으로 보아 주셔서 감사합니다. 행복하세요. 보부님.

이제는 높은 산보다 평탄한 산길을 걷는 것이 더 좋을 듯합니다. 재미있게 읽고 갑니다.

평탄한 등산길이 좋을 것 같네요. 좋은 나날 되세요.

참 행복한 노년생활을 하시네요. 건강하십시오….

행복은 스스로가 만들어가야 한다는 생각이 드네요. 행복한 나날 되세요.

교장선생님 앞산 자락 길 다녀오셨네요. 고산 골에서 시작하여 매자 골 뭐 또 있던데요. 참 좋은 길입니다. 저도 올해 세 번 다녀왔습니다. 4시간 정도 걸었지요. 교장님은 참 행복하시네요. 깨소금 냄새가…. 자녀분들 어른 챙기는 것 참 보기 좋고요. 4월경 여행가시면 또 좋은 여행담 들을 수 있겠네요. "교장선생님의 일기" 수필집 발간 축하드리고요. 오늘도 감사합니다.

염해일12.02.24. 18:59

웃음남님의 댓글을 받고 나니 기분이 너무 좋습니다. 행복한 나날 되세요.

운암12.02.24. 19:37

염선생 참 좋으시게 사십니다. 새벽 운동이랑 산행까지 앞산 자락 길 좋은 코스 걸으셨습니다. 저는(우종협) 상인동에 살고 있기에 새벽 5시 잠에서 깨어나면 달비골, 원기사, 평안동산을 내려오면서 회원모임에서 체육 시설을 만든 곳에 아침 운동을 하고, 내려온답니다. 염선생 아침운동 저도 공감합니다. 수련원에서 원기사, 평안동산, 달비골은 어떠하신지요? 좋은 글 수필 많이 올려주시어 감사드리며 임진년은 건강하고 웃는 1년이 내내 되어주세요.

염해일12.02.25. 19:57

반장님도 운동을 많이 하시네요. 원기사, 평안 동산, 담비골 코스 좋은 것 같네요. 저도 시간을 내어서 한 번 다녀오겠습니다. 좋은 코스 알려 주어 감사합니다. 행복한 나날 되세요.

　맛깔스런 댓글이 달린
　수필가의 일기

나는 매일 새벽 5시에 운동을 나간다. 새벽 5시만 되면 어김없이 "기상!, 일어날 시간이에요" 하는 어린애의 목소리에 잠을 깬다. 새벽 운동을 나갈 때는 내복 두 겹에 튜링과 겉옷을 입고 입마개와 목도리까지 하고, 잠바에 달린 모자를 푹 눌러 쓰고 운동을 나간다. 아무리 추운 날씨라 하더라도 땀이 난다. 이렇게 4년간 매일 새벽 운동 2시간과 오후에 1시간씩 꾸준히 하고 있다.

대문을 열고 밖을 나가면 북쪽으로 대형 아파트가 우리 마을을 포근히 감싸고 있다. 높은 아파트에는 여기 저기 불빛이 들어와 있다. 저 불빛 아래에는 어떤 모습들일까? 아침 일찍 출근하는 남편에게 따뜻한 밥을 짓고 있는 아내의 모습일까? 아니면 앞으로 이 나라를 이끌어 갈 대통령, 정치가, 과학자들이 자기 꿈을 실현하기 위하여 공부를 하고 있는 모습일까? 그것도 아니라면 칭얼거리는 사랑스런 아기에게 젖을 물리고 있는 아름다운 엄마의 모습일까? 내 나름대로 상상의 날개를 한참 동안 펼쳐 본다.

큰 도로로 나간다. 이런 새벽인데도 사람들이 보인다. 빈 박스를 손수레 가득 실은 아주머니가 손수레를 끌고 지나간다. 얼마나 일찍 일어났으면 벌써 저렇게 많은 빈 박스를 주워 모았을까? 추운 날씨인데도 아주머니는 추워 보이지 않는다. 거리를 청소하는 아저씨들도 즐거운 모양이다. 콧노래를 부르면서 일을 하고 있다. 보기가 좋다. 재활용품을 수거하는 아저씨도 모은 재활용품들을 차에 싣기에 분주하다. 생활 폐기물 쓰레기 차 뒤편에는 노란 옷을 입은 아저씨가 매달려간다. 모두가 부지런하고 아름다운 사람들이다. 이런 분들이 지나간 길은 너무도 깨끗하고 환하다.

따끈따끈한 아침 소식을 전하는 신문을 배달 아저씨도 분주히 지나가고 있다. 신선한 우유를 실어 나르는 아주머니도 오토바이를 타고 지나간다. 영업용 택시들도 지붕위에 불을 환하게 밝힌 채 지나간다. 손님이 없나 보다. 동네방네 신문을 실은 봉고차도 신문꽂이 앞에 멈춰 선다. 젊은 아가씨가 내려서 신문을 꽂고 봉고차에 급하게 오른다. 매우 춥나 보다. 아마 아르바이트 학생이 아닐까하는 생각을 하여본다. 모두가 이른 아침을 열고 있는 사람들이다. 여기까지는 양손가락을 접었다 폈다하는 운동을 하면서 걷는다.

공원을 오르는 입구에 접어든다. 여기서부터 본격적인 운동이 시작된다. 양쪽 손목을 흔들면서 1,000보를 걷는다. 양쪽 손목 흔들기가 끝나면 양쪽 손가락 하나하나를 동시에 접었다 폈다를 반복하면서 넓은 산책로까지 걷는다. 넓은 산책로에서는 팔을 머리까지 올렸다 내렸다를 반복하면서 뒤로 걷기를 400보를 한다. 앞으로 걸을 때 사용하지 않던 뒤 근육들이 일을 하나보다. 뒷다리가 뻐근하다. 뒤로 걸으니 앞으로 걸을 때 보지 못하던 것들이 보이기 시작한다. 푸른 잎을 달고 있는 소나무와 잣나무들이 보인다. 상수리나무와 아카시아 나무들이 잎을 잃어버린 채 하늘을 찌를 듯이 서있다. 길 양편에 선 나무들이 터널을 이루고 있다. 가로등불 아래 푸른 잎

 맛깔스런 댓글이 달린
수필가의 일기

들이 추위에 오들오들 떨고 있다.

산책로를 두 바퀴째 새로 돌기 시작한다. 손가락을 접은 후에 엄지손가락을 눕혀 나머지 네 손가락의 손톱 뿌리를 세게 누르면서 1,500보를 걷는다. 1,500보를 걸은 후 손가락을 접었다 폈다를 반복하면서 눌렸던 손가락을 풀어준다. 다시 앞의 손톱뿌리 눌리기 동작을 반복한다.

산책로를 걸으면서 시내 야경을 구경한다. 우리 마을 있는 곳을 내려다본다. 마을 북쪽에 병풍처럼 둘러친 아파트들이 우리 마을을 포근히 감싸 앉고 있다. 가로등불 아래 모여 있는 집들이 다정하게 모여 있다. 십자가의 붉은 꽃들도 여기 저기 눈에 보인다.

산책로의 오르막길을 오른다. 북쪽 마을의 풍경이 한 눈에 들어온다. 북쪽 마을에는 아름다운 꽃들이 만발하다. 주황색, 하얀색, 빨간색 꽃들이 많이들 피어 있다. 높은 곳에는 빨간 장미꽃들이 하늘을 배경으로 수를 놓고 있다. 공원 정상에 오른다. 대구의 서쪽 마을들이 보인다. 높은 아파트들 때문에 멀리까지는 볼 수 없는 것이 아쉽다. 서쪽 역시 형형색색의 꽃들로 마을을 장식하고 있다. 공원 정상에서 내리막길을 내려간다. 한참을 내려가니 대구에서 가장 높다는 아파트가 앞을 가로 막는다. 하늘에 붉은 장미꽃들이 곱게 피어 있다. 아마 밤중에 하늘을 날아가는 새와 비행기들의 길을 안내하는 장미꽃들인가 보다.

내리막 마지막 길에서 다시 공원 정상을 향하여 오른다. 여기서부터는 화려한 불빛들은 보이지 않는다. 하늘에 떠 있는 반달만이 산책로를 밝힌다. 나무숲들이 희미하게 보인다. 깊은 산속을 거닐고 있는 기분이다. 깊은 산골짜기를 한참 동안 걸어가니 넓은 산책로가 다시 나타난다. 길가에는 가로등불이 길을 환하게 밝힌다. 다시 뒤로 걷기를 시작한다. 우리 인간들은 너무 앞만 보고 달려가는 것 같다. 가끔씩 뒤도 돌아보는 여유를 가지고 살아갔으면 좋겠다. 넓은 산책로 끝부분에 발 지압하는 곳이 나타난다.

발 지압하는 곳에 있는 의자에 앉는다. 목운동을 시작한다. 목을 앞으로 숙였다가 뒤로 제키기, 목을 왼편과 오른편으로 힘껏 돌리기, 목을 좌우로 휘돌리기를 각각 30회씩 90번을 실시한다. 목운동을 할 때는 입을 좌우, 아래위로 벌려 얼굴 근육 운동도 함께 한다. 손끝을 발끝까지 내리면서 몸을 앞으로 숙였다가 다시 팔을 일직선으로 머리 위까지 힘껏 올리면서 가슴 펴기 운동, 왼손을 의자에 짚고 허리를 왼쪽으로 제키면서 오른 손을 어깨 죽지까지 올렸다가 위로 힘껏 펼치기 운동을 좌우 번갈아 하기, 양팔을 옆으로 쭉 벌려서 의자 뒤편을 힘차게 쳤다가 앞으로 모아 손바닥 치기를 각각 30회씩 90번을 실시한다. 허리운동과 등배운동, 팔운동이 함께 이루어진다.

이 운동이 모두 끝나면 의자 뒤편으로 자리를 옮긴다. 의자 뒤편을 잡고 운동을 한다. 손바닥으로 의자 치기, 의자를 잡고 발을 엉덩이 높이까지 뛰어 오르기, 의자를 잡고 팔굽혀 펴기를 각각 20회씩 60번을 실시한다. 한 쪽 손으로 의자를 잡고 반대 편 팔을 머리 위와 허리 아래로 힘껏 펼치기, 의자를 잡고 허리를 좌우로 휘돌리기, 왼쪽 손은 의자를 잡고, 왼쪽 무릎을 굽혀서 오른쪽 손을 왼쪽 허리 때리기를 좌우로 바꾸어 실시하기, 의자 잡고 등배 운동하기, 의자 잡고 좌우 다리 휘돌리기 등을 각각 20회씩 100번을 실시한다. 의자를 이용한 운동이 모두 끝나면 넓은 산책로 100m 왕복 달리기를 한다. 왕복 달리기를 한 후 대구서 가장 높다는 아파트 뒤편에 있는 소나무 숲을 바라본다. 그렇게 많던 백로의 울음소리가 들려오지를 않는다. 백로가 따뜻한 남쪽 나라를 찾아갔나보다. 큰 숨쉬기 20회를 실시한 후 좌우 무릎 돌리기를 20회 실시한다.

다시 의좌에 앉아서 신과 양말을 벗고 발 지압을 한다. 돌 위를 걸으면서 기억력을 높이기 위하여 가요동아리에서 배운 노래 3곡을 연속하여 한 달씩 부르면 저절로 가사가 외워진다. 3곡을 연속 2번 부르면 800보를 걷게 된다. 800보를 걸은 후에 돌 위에서 50번 뜀뛰기를 한다. 한겨울에도 맨발로 돌 위를 걷는다.

발 지압을 마치고 다시 의자에 앉아서 온 몸 두들이기 운동을 한다. 주먹을 쥐고 가슴에서 배를 거쳐 발목까지 두드리기, 등에서 엉덩이를 거쳐 옆다리를 지나 발목까지, 양다리 사이 두드리기를 각각 12번씩 36회를 두드려 준다. 다시 손바닥으로 위와 같은 방법으로 각각 7번씩 21회를 두드려 마무리를 한다. 잠자고 있던 몸이 잠을 깬다. 온 몸이 시원하다.

다음에는 양팔 두드리기를 한다. 왼손을 오른쪽 무릎 위에 얹어놓고 오른 손으로 왼쪽 손등에서 왼쪽 어깨까지, 다시 왼쪽 손바닥을 펴서 왼쪽 손바닥부터 겨드랑이까지, 각각 12번씩 24회를 두드려준다. 오른쪽 팔도 같은 방법으로 24회를 두드려준다. 양팔 두드리기가 끝나면 양쪽 손등과 손목을 한쪽에 100회씩 200회를 두드린다. 마지막으로 모자와 입마개를 모두 벗고, 얼굴 맛사지를 실시한다. 손을 비벼서 눈에 5회 쬐여주면서 눈썹에 달라붙은 입김의 물을 닦는다. 얼굴과 귀에 마른세수를 30회 실시한 후에 손가락빗으로 머리 빗기를 30회 실시한다. 다시 손을 비벼 따뜻한 손의 열을 눈에 대어 눈알을 굴리면서 5회 쬐여준다. 이런 모든 운동이 끝나면 집으로 향한다.

공원을 내려 집으로 가면서도 운동은 계속 이어진다. 걸으면서 손을 머리 위로 휘돌려 앞에서 손바닥 치기를 180회 실시하고, 팔을 머리 위까지 올렸다 내렸다를 600회 실시하면서 집에 도착하면 7시 가까이 된다. 집에 도착하여 따뜻한 물로 샤워를 한 후 뜨거운 물을 양동이에 받아 책상 아래 갖다 놓고, 족욕을 하면서 글을 쓴다.

나는 5년 전에 간암진단을 받았다. 그 후 간이식 수술을 하였다. 그 때부터 지금까지 꾸준히 하루에 3시간 매일 운동을 실시하고 있다. 운동은 꾸준히 해야 한다고 생각한다. 오늘은 비가 오기 때문에, 눈이 오기 때문에, 춥기 때문에, 몸이 좋지 않아서 이렇게 핑계를 되면 한이 없다. 하루 운동을 나가지 않으면 그 다음 날도 운동을 나가기가 싫어진다. 그래서 결국은 운동을 포기하고 만다. 사람의 몸은 편한 것을 좋아한다. 몸은 못 살게 할수록 건강하고 단단하여 지는 것 같다.

 맛깔스런 댓글이 달린
수필가의 일기

댓글 7회 ㅣ 조회 46회〈 ①17기 게시판 조회 32회   ②아름다운 글방 조회 14회 〉

김보부 12.02.22. 23:30

매일 아침 5시에 일어나 등산이란 좋은 운동을 선택하신 집념 대단합니다. 큰 수술을 하시고도 좌절하지 않으시고 하루도 빠짐없이 산을 타시며 나름대로 개발하신 운동 요법은 가장 알맞은 운동요법인 것 같습니다. 꾸준히 운동 열심히 하셔서 늘 건강하셔서 좋은 글 부탁드리겠습니다.

송하 12.02.23. 02:26

이렇게 좋은 글을 쓸 수 있게 한 뒷면에는 쉼 없이 이어지는 새벽 운동인 듯합니다. 그 열정 대단하십니다. 몸 튼튼 마음 건강, 넉넉한 삶의 초석이요, 길잡이가 되실 듯합니다. 재미있게 읽고 갑니다.

염해일 12.02.23. 05:00

벌써 두 분 다녀가셨네요. 신이 나에게 다시 준 삶을 항상 감사하면서 살아가려고 노력하고 있습니다. 좋은 말씀 고맙습니다. 송하님, 보부님 행복하세요.

웃음남 12.02.24. 18:49

난 처음엔 김보부님 글인 줄 알았네요. 메모지에 적다가 포기했습니다. 너무 가지 수도 많고 횟수도 많아…. 한 마디로 대단 대단합니다. 내 몸 챙기고, 자식농사 잘 지어셨고, 모든 게 긍정적으로 보시는 모습 정말 본받아야겠습니다. 감사합니다.

염해일 12.02.24. 18:56

항상 칭찬을 하여 주어 고맙습니다. 복 많이 받고, 행복하세요, 웃음남님.

예주 12.02.25. 00:29

해일님의 글 감명 깊게 읽었습니다. 4년간이나 하루 3시간씩 빠지지 않고 늘 걷는 운동….우리들의 본보기 되어 모두 따라서 운동하면 좋을 것 같습니다. 끈기 정말 본받을 만합니다. 날마다 더욱 건강해지시고 행복하소서. 감사합니다.

염해일12.02.26. 08:10

예주님, 찾아주시고, 좋은 말씀 주셔서 고맙네요. 행복한 나날 되세요.

무궁화 열차에서 일어난 일들

오늘은 서울에서 오촌 질녀의 결혼식이 있다. 대구에 살고 있는 사촌 여동생에게 기차표 예매를 부탁하였다. 예매를 늦게 하였나보다. KTX와 새마을호는 벌써 좌석이 없더란다. 할 수 없이 무궁화호로 서울을 가게 되었단다.

동대구에서 9시 44분에 출발한단다. 9시에 택시를 호출하였다. 5분 후에 경상제일 주요소 앞에 도착한단다. 집 앞에 있는 경상제일 주유소로 나갔다. 주유소 앞에 택시가 한 대 기다리고 있다. 올

맛깔스런 댓글이 달린
수필가의 일기

라탔다. "호출 택시입니까?" 하고 물었다. 아니란다. 택시에서 내렸다. 주유소 건너편에 택시 한 대가 서 있다. 그것이 내가 부른 택시인가 보다 하여 횡단보도를 건너갔다. "호출 택시가 맞느냐?"고 물었다. 아니란다. 한참을 기다려도 내가 부른 택시는 오지를 않는다. 오늘 따라 빈 택시들은 왜 그렇게도 많이 지나가는지 모르겠다. 택시를 호출하여 놓았기 때문에 다른 택시를 타고 갈 수도 없는 형편이다.

현직에 있을 때 걸스카우트 지도자 연수를 떠난 일이 있다. 그때도 도청까지 가는 호출택시를 불렀다. 우리 집 앞에 있는 경상제일 주유소 앞에 나가니 택시가 기다리고 있었다. 무조건 올라탔다. 한참을 가다니까 전화가 걸려온다. "왜 택시를 불러 놓고 다른 택시를 타고 가느냐?"고 항의를 한다. 호출 택시 기사는 약속 장소에서 한참을 기다렸나보다. 사람이 나오지 않으니 집으로 전화를 하였던 모양이다. 집 사람이 "벌써 나갔다."고 하였나보다. 나의 휴대폰 전화번호를 묻더란다. 화가 얼마나 났으면 전화를 하였을까? 너무 너무 미안하였다. 그래서 오늘은 호출 택시가 맞는지 확인을 하였다. 사람간의 약속은 참으로 중요한 것 같다. 약속은 꼭 지켜야 한다는 생각을 다시 한 번 하여본다.

9시 44분에 서울로 가는 무궁화호에 탑승하였다. 사촌 여동생의 딸인 생질녀가 2호차 57번에서 63번까지가 우리 좌석이라고 알려준다. 자리가 많이 비어 있다. 영동역에서 많은 손님들이 차에 오른다. 작은 여동생과 매부가 자리를 잘못 앉았나보다. 앉았던 자리에서 쫓겨난다. 대부분의 사람들은 빠르고 편리한 KTX와 새마을호를 타고 다니나보다. 무궁화호에는 자리가 많이 비어 있다.

무궁화는 작은 역까지 서야 하기 때문에 느리고 답답할 것만 같았다. 달리는 속도도 빠르지 않을 것 같았다. 서울까지 가면 많이 지루할 것 같았다. 그래서 이번에 내가 출간한 수필집 ‘교장선생님의 일기’를 가지고 갔다. 사촌 누님과 동생들에게 나누어 주었다. “지루한데 가면서 읽어보라.”고 하였다. “고맙다.”면서 책을 받아 읽는다. 작가는 자기가 쓴 책을 읽어 주는 사람이 있을 때 기쁘고 즐겁다. 사촌 누님은 정상적인 학교 교육을 받지 못하였다. 복지관에서 한글 교육을 5년째 배우고 있단다. 누님은 책을 오래 보고 있으면 눈이 아프단다. 그래도 책을 열심히 읽고 있다. 중간 중간에 읽은 부분에 대하여 이야기를 하여준다. 복지관에서 한글을 잘 배웠나보다. 나도 서부 도서관에서 어르신들 한글 교육 봉사활동을 하고 있다. 누님의 책 읽는 모습을 보고 어르신들에게 한글 교육 봉사를 더욱 잘 하여야겠다는 다짐을 하여본다.

큰 여동생이 떡과 빵을 준비하였단다. 많이도 나누어 준다. 집 사람도 준비하여 간 오렌지와 토마토를 나누어준다. 작은 여동생은 딸기를 준비하였단다. 붉고 탐스런 딸기가 보기도 먹음직스럽다. 받아 놓은 음식들이 푸짐하다. 아침밥을 많이 먹고 왔기 때문에 받은 음식들이 입안으로 들어가지 않는다. 한참을 가다가 받은 빵과 떡을 먹었다. 작은 여동생이 “목이 마르지 않느냐?” 면서 오차물을 따라 준다. 좋은 보온병인가보다. 물이 너무 뜨겁다. 한참 동안 식

 맛깔스런 댓글이 달린
수필가의 일기

혀서 마셨다. 큰 여동생은 커피를 가져왔단다. 가다가 작은 여동생이 또 달걀 삶은 것을 내어 놓는다. 껍질을 벗긴 하얀 속살이 드러난 계란을 소금과 함께 준다. 집 사람은 과자를 준비하였나보다. 준비한 과자 봉지를 내어 놓는다. 집 사람은 소풍가는 기분이란다. 오늘 아침에 배달된 신선한 우유를 마신다. 구수한 우유 맛이 너무 좋다.

차창 밖을 내다본다. 산 속을 달리고 있다. 작은 산들이 계속 줄을 잇고 있다. 산기슭에는 하얀 눈과 푸른 솔잎이 아름다운 조화를 이루고 있다. 우리나라는 낮은 산들이 많아서 아기자기하여 좋다. 정이 가는 산들이다. 산 아래에는 집들이 옹기종기 모여 마을을 이루고 있다. 한가한 시골 풍경이다. 고향 생각이 절로 난다. 산들 사이사이에 작은 들판도 가끔씩 나타난다. 들판에는 비닐하우스들로 수를 놓고 있다. 우리나라 사람들은 정말로 부지런한가보다. 겨울에도 놀지 않는 것 같다. 비닐하우스 안에는 각종 채소들이 자라고 있을 것이다. 겨울은 농한기라는 말도 옛말이 되었나보다. 겨울에도 오이, 딸기, 수박, 참외들이 제철같이 나오고 있다.

수확을 한 논에는 볏짚을 싼 하얀 비닐 덩어리들이 빈 논을 외로이 지키고 있다. 볏단을 쌓아 놓은 논도 보인다. 소들에게 먹일 식량인가 보다. 마을을 들어가는 입구에 축사가 보인다. 축사 안은 텅 비어 있다. 소들이 보이지를 않는다. 소 값이 폭락하였다는 뉴스를 들은 일이 얼마 전이다. 소들을 모두 팔아버렸나 보다. 축사 밖에는 축사에서 나온 두엄만이 산더미 같이 쌓여 있다.

마을 입구에 커다란 정미소가 보인다. 어릴 때 추억이 되살아난다. 요사이는 농촌에 집집마다 벼를 찧는 정미 기계가 있단다. 그래서 대부분의 마을 정미소는 문을 닫았단다.

열차 안에는 호두과자를 판매하는 홍익요원이 다니고 있다. 홍익요원을 보니 40대에 고인이 된 옛 친구 생각이 난다. 그 친구도 홍익요원이었단다. 최근에 그 친구 아들과 연락이 되어 편지를 서로 주고받았다. 고인이 된 그 옛 친구가 그립고, 보고 싶어진다.

우리 뒤편에 앉아 있는 사람들도 결혼식에 가나보다. 큰 소리로 이야기를 하고 있다. 오늘 결혼식을 마치고 식사를 하면 점심이 많이 늦어질 것 같단다. 앞에는 여자 중학생들이 앉아 있다. 봄방학이 되어 서울 구경을 가나보다. 리시버를 한쪽씩 나누어 귀에 꽂고 노래를 듣고 있나보다. 몸이 흔들흔들한다. 스마트폰이 잠시도 손에서 떨어지지 않는다. 손가락 운동을 열심히 하고 있다. 바로 옆에는 젊은 청년이 노트북으로 텔레비전 방송을 보고 있다. 요사이 젊은 사람들은 IT세대이며 영상세대란다. 눈과 귀로써 오감을 즐기고 있다. 그래서 생각하는 힘이 많이 부족하단다. 책을 읽는 젊은이들이 점점 줄어들고 있는 것이 아쉽다.

대전역에 도착하였다. 많은 사람들이 차에 오른다. 나이 많으신 할머니 한 분이 올라온다. 기차표를 들고 자기 자리를 찾으러 다니고 있다. 그 모습을 보고 있던 아저씨가 자리에서 일어나 할머니의 좌석을 찾아 주고 있다. 외국인들도 차에 오르고 있다. 돈을 벌기 위하여 남의 나라에 왔나 보다. 우리나라도 정말 잘 사는 부자나라

 맛깔스런 댓글이 달린
수필가의 일기

인가보다. 3D업종에 외국인들이 일을 하고 있단다. 우리나라에 실업자가 많다고 야단들이다. 그러나 힘들고 어려운 일은 하지 않으려 한단다. 외국 근로자들이 그 어려운 일들을 도맡아 하고 있단다. 우리나라는 원조를 받던 나라에서 원조를 주는 나라로 바뀌었다. 우리 한국인들은 세계에서 뛰어난 민족인가보다.

조치원이란다. 조치원역에서 오랜만에 기차가 한참 동안 가지 않고 서 있다. KTX를 보내고 출발한단다. 집 사람이 무궁화호는 시내버스란다. 옛날에 비둘기호는 작은 역마다 모두 섰다. 그러나 지금의 무궁화호는 옛날의 비둘기호가 아닌가 보다. 작은 역은 서지 않고 계속 달린다. 그 많던 작은 역들은 모두 폐쇄되었나보다. 달리는 속도도 생각보다는 빠르다. 시내 중심지에는 아파트들이 즐비하다. 복잡한 시내를 벗어나니 넓은 들판이 나온다. 넓은 들판이 온통 하얗다. 저 비닐하우스 속에는 온갖 채소들이 무럭무럭 자라고 있겠지? 노란 참외와 푸른 수박들이 눈앞에 아른거린다.

큰 여동생은 조치원까지 오면서 나의 수필집 '교장선생님의 일기'를 거의 다 읽었나보다. 오빠 글을 읽고 있으니 하얀 눈 속을 거니는 것 같단다. 순수하고 해맑고 천진난만하단다. 진솔한 글이 마음에 와 닿는단다. 그런 마음이 이런 글을 쓰게 만든 것 같단다. '꿈'이란 제목의 글을 읽다가 깜짝 놀랐단다. 오빠가 그렇게 어려운 일을 당했다는 것을 까맣게 모르고 지냈단다. "왜 그런 일을 연락을 하지 않았느냐?" 고 한다. "이제는 몸이 완전히 회복 되었느냐?" 고 묻는다. 걱정이 많이 되었단다. "제목을 다시 한 번

보라.”고 하였다. 사실이 아니고 꿈이라고 하였다. “정말이냐?”
고 하면서 반가워한다. 깜박 속았단다.

작은 여동생은 ‘22달러의 소변’을 읽으면서 많이 웃었단다. 그
런 신경성을 치료하는 방법은 여행을 떠날 때 비닐봉지를 들고 다
니란다. 그렇게 하면 불안한 마음이 없어져 고칠 수 있단다. 내가
쓴 책을 읽어 주는 독자들이 있을 때 기분이 좋아진다. 오늘은 동생
들과 누님이 나의 책을 읽어 주어 더욱 행복하고 즐거운 하루가 되
었던 것 같다.

웃음남12.02.27. 17:41

무궁화로 서울에 가려면 이젠 KTX에 길들어져 힘들 것 같은데 이것도 생각 나
름이지만 가족과 함께 소풍가는 기분으로 시골역도 구경하고 또 다른 추억이 되
었겠네요. 특히 동생이 염교장님 수필집을 다 읽고 감상담까지 들려주시니 정말
행복하고 즐거운 하루였겠습니다. 오늘 노래 교실에서는 못 뵈었습니다.

염해일12.02.27. 18:36

지난 토요일 노래교실 참석하고, 월요일 간격이 짧아 깜박했네요. 행복하세요.

김광남12.02.28. 11:34

옛날 비들기호 열차를 타고 다닐 때가 생각이 납니다. 잘 읽고 갑니다, 늘 건강
하시고 행복 하십시오….

염해일12.02.28. 19:32

비들기호와는 차이가 납디다. 작은 역은 서지 않더군요. 예상외로 빠른 것 같아

요. 찾아 주셔서 감사합니다. 행복하세요.

　송하12.02.28. 20:28

무궁화호는 느림보 열차이지만 넉넉하게 시간을 잡아 출발하면 또 다른 묘미를 느끼게 되지요. 좋은 추억과 집안 행사에 참석하신 하루가 많이 행복하셨겠습니다, 재미있게 읽고 갑니다.

　김보부12.02.28. 21:48

옛날 완행 열차를 타고 저녁에 출발하면 아침에 서울역에 도착했던 경험이 있습니다.

　염해일12.02.28. 22:32

송하님, 보부님 찾아 주셔서 고맙습니다. 행복하세요.

차창 밖을 내다본다. 산 속을 달리고 있다. 작은 산들이 계속 줄을 잇고 있다. 산기슭에는 하얀 눈과 푸른 솔잎이 아름다운 조화를 이루고 있다. 우리나라는 낮은 산들이 많아서 아기자기하여 좋다. 정이 가는 산들이다. 산 아래에는 집들이 옹기종기 모여 마을을 이루고 있다. 한가한 시골 풍경이다. 고향 생각이 절로 난다. 산들 사이사이에 작은 들판도 가끔씩 나타난다. 들판에는 비닐하우스들로 수를 놓고 있다. 우리나라 사람들은 정말로 부지런한가 보다. 겨울에도 놀지 않는 것 같다. 비닐하우스 안에는 각종 채소들이 자라고 있을 것이다. 겨울은 농한기라는 말도 옛말이 되었나 보다.

 맛깔스런 댓글이 달린
수필가의 일기

제 2부 화전놀이

오늘은 대학 동기들의 모임이 있는 날이다. 20여 년 전에 만든 모임이다. 대구에 살면서 경북에 근무하는 동기들이 만든 모임이다. 모임의 이름은 '삼경회'란다. '삼'은 안동교대 3회 졸업생을 뜻하고, '경'은 경북에 근무하는 사람을 뜻한단다. '삼경회'를 조직할 당시에는 회원이 22명이었다. 지금은 19명이다. 그 동안에 3명이 벌써 고인이 되었다. 우리도 이제 나이가 들어가나 보다. 2개월마다 한 번씩 만난다. 처음에는 오후 늦게 만나 저녁식사를 하였다. 10여 년 전부터는 일부는 낮에 등산을 하고, 저녁 모임 자리에 모두가 함께 하였다. 몇 년 전부터는 모두가 아침부터 등산을 하고 등산한 곳에서 저녁 모임을 가졌다.

법원 주차장과 칠곡 동아백화점 앞에 모여 자가용으로 등산 장소까지 가서 차를 세워 놓고 등산을 한다. 지난 1월에 총무가 새로 바뀌면서 또 다른 변화가 온다. 자가용을 몰지 않고, 바로 등산하는 장소로 모이잔다. 자가용을 이용하니 단점들이 많단다. 등산을 갈 때마다 3~4대의 자가용이 출동하기 때문에 기름 값으로 회비가 너무 많이 지출된단다. 자가용을 운전하는 사람들도 신경을 많이 쓰고, 먹고 싶은 술도 못 먹는단다.

이번 모임은 지하철 2호선의 끝 지점인 문양역으로 모이란다. 문양역 부근에 있는 마천산을 등산한단다. 오전 10시 30분까지 간식과 물만 준비하여 나오라는 문자 메시지가 날아왔다.

오늘도 새벽 5시에 일어나 범어공원에 운동을 나갔다. 두 시간 운동을 하고 내려오는데 보일 듯 말 듯한 이슬비가 살며시 내리고 있다. 아무래도 오늘 등산에는 비를 만날 것 같은 예감이 든다.

오늘은 평상시보다 한 시간 일찍 아침식사를 하였다. 등산에 가져갈 물건들을 챙겼다. 먼저 박물관 대학에서 실크로드 현지답사를 갈 때 마련한 우비를 챙겼다. 우산을 가져가는 것보다 우비를 가져가는 것이 등산하는데 훨씬 편리할 것 같았다. 집 사람이 준비하여 놓은 오렌지와 방울토마토를 담은 간식 도시락과 물병도 등산용 가방에 챙겨 넣었다.

지하철 2호선을 타기 위하여 9시 20분에 여유 있게 집을 나섰다. 하늘에 구름이 잔뜩 끼어 있다. 그러나 비는 오지 않고 있다. 날씨가 제법 쌀쌀하다. 마스크를 하고, 두툼한 겨울 모자를 쓰고, 등산복 잠바 모자를 푹 눌러썼다. 수성구청역을 향하여 걸었다. 지하철 2호선에 올랐다. 자리가 많이 비어있다. 오늘이 일요일어서 그런가 보다. 지난번 앞산 자락 길 등산을 갈 때도 지하철을 탔다. 그날은 월요일어서 그런지 지하철 안에 사람들로 꽉 차 있었다. 오늘은 그날과는 대조적으로 한산하다.

반월당역에서 사람들이 많이 탄다. 등산복 차림을 한 사람들도 여기 저기 보인다. 모두가 문양역에서 내린다. 문양역에는 울긋불긋하게 차려 입은 등산객들이 많다. 문양역 밖에는 팀별로 모여 늦게 오는 회원들을 기다리고 있나보다. 문양역에는 10분마다 지하철이 들어온단다. 10시 30분 지하철이 들어오니 산으로 향하는 등산객들이 많다.

　나는 아침 일찍 서둘렀는데도 약속 시간보다 10분 전에 문양역에 도착하였다. L회원만이 나와 있다. T회원도 왔단다. 보이지 않는다. 10시 30분이 되니 대부분의 회원들이 얼굴을 내민다. 늦게 오는 회원들을 기다리면서 총무가 자판기에서 커피를 뽑고 있다. 커피를 마시면서 우리 동기 중에 유일하게 아직까지 현직에 근무하고 있는 K교장이 입을 연다.

　요사이 학교가 여러 가지로 어렵단다. 학교 폭력도 문제지만 그것보다 더 큰 문제는 중견 교사들이 학교를 떠나고 있단다. 떠나는 이유가 학생들을 다루기가 힘이 든단다. 거기다가 교권이 추락하여 교직에 머물고 싶은 마음이 없단다. 컴퓨터 실력도 젊은 사람들에 비하여 떨어진단다. 요사이는 컴퓨터에 능숙하지 않으면 학교 일을 제대로 할 수가 없단다. 학교의 모든 업무가 전산화되어있단다. 그래서 중견교사들이 명예퇴직을 많이 신청하고 있단다. 국가에서는 명예퇴직 신청자들을 모두 받아 주지를 못하고 있단다. 예산이 없단다. 마음 떠난 교사들이 현장을 지키고 있단다. 교원 정년을 해마다 1년씩 늘여 64세에 정년퇴임을 하도록 할 계획이란다. 이것도 교원 처우 개선이 아니라, 국가 예산이 부족하기 때문이란다. 퇴직하는 사람들의 퇴직금을 마련할 돈이 없단다. K교장은 올해 8월에 정년퇴직이란다. 올 해부터 교원 정년을 연장할까 걱정이 된단다.

　총무의 휴대폰이 울린다. J회원의 전화란다. J회원이 지금 두류역을 지나고 있단다. "올 때까지 기다겠다." 고 한다. "먼저 출발

　맛깔스런 댓글이 달린
　　　수필가의 일기

하라.”고 하나보다. 마천산을 앞장서서 오른다. 한참을 오르니 마천산 첫 봉우리가 나타난다. 많은 회원들이 따라오지를 않는다. 뒤처진 사람들이 올 때까지 쉬면서 기다렸다. 한참을 기다리니 J회원과 함께 올라온다. J회원이 따라오도록 천천히 걸었나보다. 늦게 오는 J회원을 배려하는 회원들의 마음들이 예쁘다. J회원은 늦어서 미안하단다. 아침 6시에 배구 모임에 참석하여 배구를 한판하고 오는 길이란다.

마천산 정상에 올랐다. 찬바람이 분다. 날씨도 쌀쌀하다. 정상에서 간식을 먹으려고 했으나, 바람이 너무 많이 불어서 정상아래 아늑한 장소에 자리를 잡았다. 모두가 가지고 온 간식을 내어 놓는다. 맛있는 구운 고구마가 나온다. 콩고물이 많이 묻은 쑥떡과 찰쌀 떡도 나온다. 술과 안주도 나온다. 과일 쥬스도 나온다. 나도 집 사람이 준비하여 준 오렌지와 방울토마토 도시락을 꺼내어 놓았다. 모두가 출출한가 보다. 맛있게 먹는다.

우리가 너무 늦게 출발하였나보다. 간식을 먹고 있는 우리 주위에 여러 등산 팀들이 팀별로 모여 집에서 준비하여 온 도시락을 먹고 있다. 벌써 점심 먹을 때가 되었나보다. 우리는 마천산 정상에서 계속 옆 산을 타지 않고, 바로 내려왔다. 마천산을 계속 타면 3시간이 걸린단다. 우리는 정상에서 바로 내려왔기 때문에 2시간밖에 걸리지 않았다.

내려오면서 많은 이야기들이 이어진다. 주로 정치 이야기가 많다. 선거철이 가까워 오나보다. 모두가 정치에 관심이 많다. 정치에 대하여 모두가 할 말이 있나보다. 정치에 대한 이야기는 끝이 없다.

한참을 내려오니 작은 마을이 나타난다. 마을 앞에 있는 논밭에는 비닐하우스들이 들판을 하얗게 수놓고 있다. 비닐하우스 안에는 파란 식물들이 자라고 있다. 무슨 식물인지 밖에서 잘 구별이 잘 되지 않는다. O회원은 미나리들이 비닐하우스 안에서 자라고 있단다. 정말인가 싶어 비닐하우스 가까이 가서 찢어진 부분으로 비닐하우스 안을 들여다보았다. 비닐하우스 안에 자라고 있는 것은 미나리가 아니고, 참외 덩굴이었다. 왕성한 참외 덩굴이 땅바닥을 엉금엉금 기고 있다. 파란 잎이 달린 줄기에는 노란 참외 꽃이 "자기를 보아 달라."고 손짓한다. 멀지 않아 노랗고 달콤한 향이 짙은 참외가 달리지 않을까하는 생각도 하여본다. 요사이는 각종 채소와 참외와 수박들이 한겨울에도 우리 안방까지 들어오고 있다. 모두가 비닐하우스 재배 덕분이란다. 우리나라도 참으로 살기 좋은 나라가 되었나보다. 요사이는 농촌에도 농한기가 따로 없나보다. 농촌 사람들도 선진 영농 기술로 모두가 잘 산단다. 억대 부자들이 많아졌단다.

문양역 가까이 내려오니, 점심을 예약하여 놓은 식당에서 나온 봉고차가 우리를 애타게 기다리고 있다. L회원의 동서집이란다. 메기 찜을 시켜서 점심식사를 하였다. 모두가 너무 맵단다. 그러나 나와 K만이 메기 찜이 맛이 좋단다. 음식을 너무 맵고 짜게 먹는 것은 건강에 좋지 않단다.

점심을 먹으면서도 많은 이야기들이 쏟아져 나온다. P회원이 1년 가까이 모임에 참석하지 않고 있다. 총무가 매 번을 전화를 하

  맛깔스런 댓글이 달린
    수필가의 일기

였단다. 전화를 받지 않더란다. 모두가 궁금하단다. P회원과 한 반에 있었던 J회원이 P회원 집을 찾아갔단다. P회원이 많이 아프더란다. 위암 3기여서 수술을 하였단다. 항암주사를 1년 가까이 맞아야 한단다. 몇 달 전에 G회원이 위암으로 고인이 되었다. 나이가 들어갈수록 건강에 더욱 많은 신경을 써야 할 것 같다. 운동도 많이 해야 하겠지만 운동 못지않게 병원에 찾아가 조기 검진도 자주 받아야 할 것만 같다. 암도 조기에만 발견하면 완치율이 높단다. P회원의 쾌유를 빌어본다.

경주 화랑교육원에서 연수원장을 지냈던 L회원이 재미있는 이야기를 들려준다. 화랑 교육원 뒷산인 남산에 머리가 없는 미륵불이 있었단다. 남산을 등산하던 여성분이 한적한 곳에서 소변을 보았단다. 소변을 본 자리에 떨어진 미륵불의 머리가 보이더란다. 발굴된 미륵불의 머리를 얹는 공사를 하였단다. 그 공사 현장을 담당한 사람이 경주 박물관에 근무하는 임시직 처녀였단다. 그 처녀가 감독을 하면서 한적한 곳에서 소변을 보았단다. 처녀가 소변을 본 자리에 마애불의 팔이 보이더란다. 국보급이란다. 아직 그 마애불을 일으켜 세우지 못하고 있단다. 차가 들어갈 수 있는 길이 없단다. 여자들의 소변이 중요한 문화제를 두 개나 발굴하였단다. 거짓말 같은 참말이란다. C회원이 얼마 전 신문에 그 내용의 기사를 읽었단다.

경주는 많은 보물들이 땅속에서 잠을 자고 있단다. 잠자는 문화재를 많이 발굴하여 우리 문화의 우수성을 세계에 널리 알려야 하지 않을까하는 생각을 하여본다.

댓글 6회 | 조회 1084회 〈 ①17기게시판조회 37회   ②아름다운글방조회 1047회 〉

송하 12.03.07. 09:20

여인의 소변으로 되찾은 국보급 문화재 이야기가 재미있습니다. 여인부대를 데리고 가 경주 남산에서 쉬를 하면 수많은 문화재를 찾을지도 모를 일입니다. ㅎㅎㅎ

염해일 12.03.07. 13:36

정말 그럴 것 같네요. 우리나라는 여자들의 힘이 강한 것 같아요. 나날이 행복하세요, 송하님

웃음남 12.03.07. 22:43

사실이라니 빙그레 미소가 떠오르네요. 문양에는 저도 자주 갔었습니다. 대부분 마천산을 지나 능선 길로 완주했습니다. 그런데 염교장님 무슨 모임이 그리도 많으며 가족모임도 그리 많으신지 부러워 드리는 말입니다. 여하튼 하루하루를 알차게 보내시는 모습 행복해 보입니다. 좋은 하루 되세요

염해일 12.03.08. 07:59

모임이 별로 많지 않는데 그렇게 보아주셔 고맙네요. 행복은 스스로가 만들어가야 한다고 생각합니다. 저는 행복은 우리 생활 속에 있다고 생각합니다. 내가 마음껏 걸을 수 있는 것도 고맙고 행복하네요. 먹고 싶은 것을 마음껏 먹을 수 있는 것도 고맙고 행복하답니다. 우리 주변에는 걷지도 못하고 먹지도 못하는 사람들이 많이 있답니다. 웃음남님, 나날이 행복하세요.

   맛깔스런 댓글이 달린
   수필가의 일기

김보부 12.03.08. 13:09

좋은 친구들을 두셨네요. 다정한 친구들과 산행을 하는 즐거움과 건강을 지키는 즐거움은 두 배로 큰 것 같습니다. 또한 여인의 소변이 국보급 문화재를 찾았다는 사실이 믿기지 않는 사실이라니 놀랍군요. 항상 좋은 글 올려주시니 감명 깊게 읽고 갑니다. 늘 건강하십시오.

염해일 12.03.08. 19:35

좋은 말씀 많이 주셔서 행복합니다. 보부님도 항상 건강하시고 행복하세요.

42년간 교직 생활을 마무리하고 지난 해 2월 말에 정년퇴직을 하였다. 지금까지 국가의 녹을 먹고 살아왔다. 정년퇴직 후에는 국가에서 받은 은혜를 조금이라도 남을 위해 봉사를 하면서 살고 싶었다. 정년퇴직하기 바로 직전에 금빛 평생봉사단 모집에 응시하여 합격하였다. "서부 도서관에서 어르신들 한글 교육 봉사를 하라." 는 명을 받았다. 지난 1년간 서부도서관에서 어르신들 한글 교육 봉사 활동을 하였다. 한글을 배우러 오신 어르신들은 정규 학교 교육을 받지 못하신 연세 많으신 어르신들이다. 공부하는 것에 한이 맺히신 분들이다. 1월과 2월에 겨울 방학에 들어갔다. 겨울 방학이 끝나고 처음으로 어르신들 한글 교육 봉사를 하기 위하여 서부 도서관을 찾았다.

서부 도서관에 도착하자말자 교실부터 먼저 찾아들어갔다. 벌써 많은 어르신들이 교실에서 공부를 하고 있다. "모두 일찍 오셨습니다." 하면서 교실 문을 열고 들어갔다. 어르신들이 환한 웃음과 박수로써 환영하여 준다. 기분이 상당히 좋다. 사무실에 있는 노트북을 가져오기 위하여 4층으로 올라갔다. 사무실 직원들도 반갑게 맞아 준다. 수업시간이 많이 남았으니, 커피 한잔을 마시고 수업에 들어가란다. 커피를 마시면서 과장님이 한글반의 인기가 대단하단다. 신학년도에 수강신청을 새로 받았단다. 수강신청 기간이 10일간이었단다. 수강신청 첫날 한글반은 벌써 인원이 넘쳤단다. 그것도 9

시 전에 마감이 되었단다. 9시에 온 사람들은 수강신청을 하지 못하고 되돌아갔단다.

방학 기간 두 달 동안에 사무실 직원들도 많이 바뀌었다. 도서관장님도 새로 부임해 오셨단다. 수업하기 전에 도서관장님께 인사를 하러 가잔다. 오늘 개강하는 강좌가 다섯 강좌란다. 강사선생님 다섯 분들이 함께 도서관장실로 들어갔다. 새로 오신 관장님은 남자분이다. 고향이 나와 같은 예천이란다. 사람의 마음은 참말로 요상하다. "관장님 고향이 나와 같은 예천이라."고 하니 관장님께 더욱 정이 간다.

과장님이 우리들을 일일이 관장님께 소개한다. 그리고 올 해는 강사님들과 함께 식사 자리를 마련하고 싶단다. 서부 도서관에 개설된 강좌 수가 20개가 된단다. 특히 올 해는 학교에서 토요 휴무제가 실시되고 있기 때문에 학생들을 위한 개설 강좌 수가 많이 늘어났단다. 학생들을 위한 개설 강좌에 많은 학생들이 모여들고 있단다. 강사들과 식사를 한 끼 하면서 서로 얼굴을 익혔으면 좋겠단다. 관장님은 그 자리에서 좋단다. 이왕 모임을 가지려면 다음 주에 모이잔다.

수업을 하기 위하여 교실로 들어갔다. 벌써 사무실 직원이 노트북 설치를 하여 놓았다. 사무실 직원들과 과장님이 함께 우리 교실로 들어온다. 개강식을 한글반에서 하고 싶단다. 과장님은 한글반 수강생들이 가장 열성적으로 공부를 하고 있단다. 앞으로 더욱 열심히 공부하여 달란다. 서부 도서관 운영에 대한 안내도 함께 한다.

앞으로 서부 도서관을 많이 애용해 주고, 일반인들에게 널리 알려 달란다.

2012학년도 첫 수업이 시작된다. 먼저 출석부터 점검한다. 명단에 없는 사람이 다섯 사람이나 앉아 있다 "수업을 듣게 하여 달라."고 애원을 한다. 등록하는 첫날 9시에 왔는데도 등록을 하지 못하였단다. 공부하고 싶어 하는 어르신들을 냉정하게 물리칠 수가 없었다. 사무실에서는 "정원 외에 더 받지 말라."고 당부한다. 배우고 싶어 오신 어르신들을 받지 않을 수가 없었다.

지난 학기에 어르신들에게 수업 시작하기 전에 영어 알파벳을 한 자씩 가르쳤다. 영어를 가르치게 된 동기는 KTX나 비행기를 타면 좌석이 영어 알파벳순으로 되어 있다. 어르신들이 비행기나 KTX를 탈 때 자기 자리를 찾을 수 있도록 하고 싶었다. 하루에 하나의 알파벳을 가르쳤다. 매시간 수업을 시작하기 전에 알파벳 읽기와 쓰기를 함께 가르쳤다. 배운 알파벳은 다음날 새로운 알파벳을 배우고 난 후 반복하여 복습을 시켰다. A자는 알파벳 마지막 Z를 배우는 날까지 26일 동안, 하루 두 시간씩 52시간, B자도 25일 동안 50시간, 이런 식으로 나머지 알파벳도 반복 학습을 시켰다. 영어 알파벳을 배우기 시작한 지 26일 만에 영어 알파벳 26자를 모두 가르치고 배웠다.

영어 알파벳 26자를 다 배운 마지막 날에는 대부분 어르신들이 영어 알파벳 26자를 읽고 쓸 수가 있었다. 매시간 알파벳을 배운 곳까지 알파벳 ABC노래도 가르쳐 주었다. 마지막 날에는 알파벳

 맛깔스런 댓글이 달린
수필가의 일기

ABC노래까지 완벽하게 부른다. 어르신들이 영어 배우는 것을 매우 신기해한다. 그리고 재미있어 한다. 어르신들이 친구들을 만나면 "영어 배우러 다닌다."고 자랑을 한단다. 겨울 방학을 시작할 때, 배운 영어 알파벳 26자를 프린트하여 방학 기간에 집에서 복습을 할 수 있도록 하였다. 잊어버렸을 때 다시 공부할 수 있도록 알파벳 아래 한글로 달아 주었다.

오늘 첫 시간 수업을 하기 전에 화면에 영어 알파벳 26자를 띄웠다. 먼저 교사와 함께 소리 내어 읽었다. 나의 소리 없이 어르신들만 읽게 하였다. 너무도 잘 읽는다. 알파벳 ABC노래도 교사와 함께 부른 후에 내 소리 없이 어르신들만 부르게 하였다. 곡조에 맞게 너무도 잘 부른다. 방학 동안에도 집에서 영어 알파벳을 읽고, 알파벳 ABC노래도 많이 불러보았나 보다. 영어를 가르친 보람을 느낀다. "어르신들, 방학 동안에 집에서 영어 공부를 많이 하셨네요." 하면 칭찬을 하여 주었다. 자꾸 욕심이 생긴다. 일상생활에서 자주 사용하는 영어 문장들을 가르치고 싶다. 그래서 오늘은 화면에 "I LOVE YOU"를 띄워 놓고 가르쳐 주었다. 같이 읽고, 번역까지 하여 주었다. 이 말을 손자, 손녀, 아드님, 며느리들에게 자주 사용하라고 하였다. 누구에게나 사용할 수 있는 말이라고 하였다. 어르신 한 분이 "시아버님한테 사용해도 되느냐?"고 묻는다. 어르신들에게 더 많은 생활영어를 가르쳐 주고 싶다.

지난해에는 초등학교 1학년 국어 읽기 교과서를 가르쳤다. 올 해는 초등학교 2학년 1학기 읽기 교과서를 가르친다. 오늘은 "호랑이를 잡은 반쪽이"이라는 단원을 가르친다. 먼저 글자 익히기 공부를 시킨다. 화면에 전체 글을 띄워 놓고 글자 한자 한자를 따라 읽게 한다. 다음에는 교사와 함께 하나하나 짚어 가며 소리 내어 읽는다. 그 다음에는 교사의 소리 없이 어르신들만 읽게 한다.

다음에는 문장을 바르게 읽는 연습을 시킨다. 문장을 읽을 때는 글자 그대로 읽는 것이 아니고, 빈자리에 받침을 내려 읽는 연습을 시킨다. 먼저 내가 읽는 대로 따라 읽게 한다. 다음에는 교사와 함께 빈자리에 받침을 내려 읽는 연습을 한다. 마지막으로 교사 소리 없이 어르신들만이 받침을 내려 바르게 읽게 한다. 행별로 내려 읽어야 할 단어를 찾아 다시 한 번 바르게 읽는 연습을 시킨다.

글의 줄거리를 찾는 공부를 시킨다. 말을 몇 번 하였는지 찾게 한다. 즉 문장이 몇 개인지 찾게 한다. 마침표와 느낌표, 물음표로써 문장 개수를 찾을 수 있게 한다. 다음에는 글이 몇 개의 뭉텅이(단락)으로 되어 있는지 찾게 한다. 문장들 중에서 첫 글자가 한 칸 안으로 들여 쓴 부분이 몇 개인지 찾게 한다. 글의 문장 수와 단락 수를 찾아봄으로써 전체 글의 구조를 이해시킨다. 단락을 중심으로 단락의 줄거리를 찾게 한다. 단락별 줄거리들을 연결하여 그 글의 전체 줄거리를 찾을 수 있도록 공부를 시킨다.

다음에는 문장 부호에 대한 공부를 시킨다. 마침표, 물음표, 느낌표, 쉼표, 따옴표, 작은따옴표 등의 이름과 어떨 때 그런 문장 부호를 사용하는지 알게 한다. 이런 공부를 통하여 글의 전체 구조뿐만 아니라, 앞으로 어르신들이 자신의 글을 쓸 수 있는 힘을 길러 주고

 맛깔스런 댓글이 달린
수필가의 일기

싶었다.

매일 마지막 수업시간에 15분을 남겨 놓고 받아쓰기 시험을 친다. 먼저 시간에 과제로 내어 준 부분에서 10문제를 출제한다. 처음에는 한 글자로 된 단어, 다음에는 두 글자로 된 단어, 이런 식으로 마지막에는 10글자 정도의 문장을 받아쓰게 한다. 받아쓰기 문제를 불러 줄 때는 여러 차례 불러준다. 그리고 글자 수가 몇 개라고도 알려 준다. 받아쓰기 시험을 칠 때 신경이 많이 쓰이나 보다. 퍽도 신중하게 받아쓰기 시험을 친다. 받아쓰기를 처음 시작할 때는 어느 정도 수준인지 알아보기 위하여 시작하였다. 받아쓰기 시험을 매일 실시하면 어르신들이 스트레스를 받을까 걱정스러워 그만 두었다. 그런데 어르신들이 받아쓰기 시험을 매일 치잔다. 그래서 지난 1년간 매일 받아쓰기 시험을 쳤다. 받아쓰기 시험을 치니 어르신들의 문자 해득이 빨라지는 것 같다.

받아쓰기 시험지는 집으로 오는 시내버스 안에서 그날 채점을 완료한다. 채점을 하니 어르신들 각자의 실력 상태를 파악할 수 있고, 글씨로서 각자의 성격도 살펴볼 수 있다. 글씨를 또박또박 잘 쓰는 어르신들이 참으로 많다. 틀린 글자는 채점을 하면서 한자 한자 고쳐준다. 채점한 받아쓰기 시험지는 그 다음 날 받아쓰기 시험을 치기 직전에 나누어준다.

남을 위한 봉사를 하여 보니 좋은 점이 참으로 많은 것 같다. 내가 갖고 있는 보잘 것 없는 지식을 남에게 나누어 줄 수 있어 기쁘고 행복하다. 나태하여지지 않고 규칙적인 생활을 할 수 있어 좋다.

정신적, 육체적으로 매우 건강하여지는 것을 느낄 수가 있다. 봉사는 남을 도와주는 것이라고 하지만 봉사를 통하여 도리어 내가 얻는 것이 더 많다. 어르신들을 통하여 많은 것들을 배우고 있다. 봉사를 통하여 기쁨과 즐거움과 행복을 마음껏 맛볼 수 있어 더욱 좋다.

댓글 5회 ㅣ 조회 39회 〈 ①17기 게시판 조회 19회　②아름다운 글방 조회 20회 〉

송하 12.03.12. 08:17

참 잘하시는 일 같습니다. 오래도록 봉사하는 생활이 어어 졌으면 좋을 듯합니다. 그것이 사회의 작은 밀알이 될 것입니다. 존경합니다.

염해일 12.03.12. 08:22

나를 위하여 하는 일 같아요. 앞으로도 나를 위하여 열심히 하고 싶어요. 송하님, 행복하세요.

웃음남 12.03.12. 20:08

염교장님 감사합니다. 금요일 수업시간에 책을 챙겨오셨는데 저가 서울삼성병원에 가는 바람에 금요일 날 수업에 참석하지 못하였습니다. 월요일 가요동아리 시간에는 박물관 대학 수강 신청 때문에 늦게 가요 동아리에 갔습니다. 교장님이 귀하고 보배스러운 수필집을 주시니 너무너무 감사합니다. 단숨에 100쪽까지 읽었습니다. 도서관 어르신들 받아쓰기 문제지를 들고 버스를 타시다가 큰 일 날 뿐 하셨죠. 수필집을 읽다보니 자녀 농사도 너무 잘 지으신 것 같으며 가정이 너무 화목하신 것 같아요. 앞으로도 죽-----행복하시고 건강하십시오. 다시 한 번 수필집 감사드리고, 구절구절 잘 새기며 읽겠습니다. 감사합니다.

 맛깔스런 댓글이 달린
　　　수필가의 일기

김보부 12.03.12. 23:02

한평생을 교육자로서 정년을 하시고, 퇴직 후 열정적으로 사회에 봉사하는 염교장님 정열이 정말 대단하십니다. 마음속으로 무한한 존경을 드리고 싶습니다. 앞으로도 계속 건강하시어 어르신들의 문맹에 많은 도움을 주시기 바랍니다. 늘 건강하시고 행복하시기 바랍니다.

염해일 12.03.14. 14:15

웃음남님과 보부님 찾아 주셔서 고맙습니다. 과찬의 말씀 몸 둘 바를 모르겠습니다. 두 분 행복하세요.

지난 해 9월에 운경건강대학에 입학하여 한 학기를 마쳤다. 그 동안 '교장선생님의 일기'란 수필집을 발간하느라고 운경건강대학 카페를 찾지 못하였다. 수필집 원고를 출판사에 넘기고 나니, 시간적, 정신적으로 여유가 생겼다. 지난 1월에 운경건강대학 카페를 처음으로 찾았다. 많은 학우님들이 카페에 글을 올리고 있었다. 글만 올리는 것이 아니라 댓글도 달면서 활발하게 활동들을 하고 있었다. 나도 17기 학우들이 주로 읽는 '17기 게시판'과 운경건강대학 전체 학생들이 읽는 수필을 싣는 방인 '아름다운 글방'에 동시에 같은 글을 올리고 있다. 학우님들이 올린 사진과 음악을 배경으로 한 좋은 글들을 많이 읽을 수 있었다. 그리고 댓글도 달았다.

며칠 전에 송하님의 '미나리 쌈'이란 글이 카페에 올라왔다. 사모님과 따님들, 외손자와 가족 나들이를 하면서 미나리 쌈을 먹는 아름다운 모습이 눈앞에 아른거리는 수필이었다. 그 수필을 읽고 나니 갑자기 달콤하고 향이 짙은 미나리가 입속으로 들어오는 것 같았다. 나도 한번 가서 맛보고 싶었다. 그래서 가는 길을 알려 달라는 댓글을 아래와 같이 남겼다.

염해일 12.03.07. 07:45

가족과 함께 미나리 자시는 모습이 눈앞에 선하네요. 갑자기 미나리가 먹고 싶어지네요. 가는 길을 자세히 알려 주시면 저도 한 번 다녀오고 싶네요. 좋은 정보 올려 주셔서 고맙습니다. 행복하세요.

송하 12.03.07. 09:09

대곡- 수목원- 화원 명곡지구, 명곡초등학교에서 용연사, 논공으로 넘어가는 길 초입 들판에 비닐하우스를 만나게 됩니다. 한번 다녀오시지요.

지난 주 월요일 새벽 2시에 우리 집 전화벨이 요란스럽게 울었다. 잠결에 일어나서 받았다. 팔공산에 살고 있는 둘째 아들의 전화다. 철웅이 엄마가 다쳤단다. 아들의 말소리에 힘이 없다. "누구 다쳤다고?" 하니 집 사람이 일어나서 수화기를 빼앗는다. 집사람과 둘째 아들이 한참 동안 전화를 한다. 전화를 끝낸 집 사람이 둘째 며느리가 목욕탕에서 넘어졌단다. 허리부분이 목욕탕 둘레에 부딪쳤단다. 지금 파티마병원으로 가려고 준비하고 있단다.

집 사람과 함께 파티마 병원으로 차를 몰았다. 벌써 둘째네 부부와 두 돌 지난 막내 손녀가 응급실에서 진료 순서를 기다리고 있다. 둘째 며느리는 웃으면서 우리를 맞아준다. 둘째 며느리가 웃고 있는 모습을 보고 있으니 안심이 된다. 처음에 넘어질 때는 숨을 잘 쉴 수가 없었단다. 새벽인데도 응급실에는 많은 환자들이 자기 진료 순서를 초조하게 기다리고 있다. 아들이 "별 일 없는 것 같다." 면서 집으로 돌아가란다. 엑스레이만 찍어 볼 생각이란다. 막내 손녀를 데리고 집으로 돌아왔다.

목요일에 미나리 쌈을 맛보러 가고 싶었다. 목요일은 1주일 중에 유일하게 아무 일정도 잡혀 있지 않는 요일이다. 그런데 막내 손녀가 우리 집에 와 있기 때문에 이번 주에 가기는 어려울 것 같았다. 그런데 수요일 저녁에 둘째네 부부가 막내 손녀를 데려간다. 그래서 목요 드라이브도 할 겸 미나리 쌈을 먹으러 가기로 하였다.

나는 대구에 이사 와서 벌써 30년이 가까이 살았다. 그러나 대구 지리를 잘 모른다. 특히 서부와 북부 쪽은 전혀 모른다. 자가용을 가지고 볼 일을 보러 나가면 자주 헤맨다. 송하님의 길 안내를 글자만 읽고, 글은 읽지 않았던 것 같다. "미나리 먹으러가는 길=대곡〈수목원〈화원 명곡지구〈 명곡초등에서 용연사 논공으로 넘어가는 길 〈초입 들판〈 비닐하우스"로 쪽지에 정리하여 놓았다. 이 쪽지를 들고 자가용에 올랐다. 네비게이션에 '용연사'를 쳤다. 동신교에서 신천대로를 들어서니 앞산 순환도로 쪽이 아닌 반대쪽으로 가란다. 조금 후에 다시 시내 쪽으로 좌회전을 하란다. 좌회전을 하지 않고 뉴턴을 하여 앞산순환도로로 달렸다. 신천대로와 앞산 순환도로는 신호등이 없어서 시원하게 달릴 수가 있어 좋다. 앞산 순환도로가 끝나는 곳에서부터는 네비게이션의 지시에 따랐다.

대구 시내의 넓은 도로로 달리다가 용연사 가는 1차선 좁은 도로로 들어선다. 1차선 도로를 들어서고 얼마 가지 않아 도로 양 옆에 많은 차들이 주차되어 있다. 도로 옆에는 미나리를 판매하는 비닐하우스가 많이도 들어서 있다. "지하수를 뽑아 올려 키운 천정미나리라."는 입간판이 여기 저기 붙어 있다. 집 사람은 여기서 내려

 맛깔스런 댓글이 달린
수필가의 일기

미나리를 먹잔다. 송하님의 길 안내로 보아 여기는 아닌 것 같아 그대로 달렸다. 용연사에 도착하였다. 주차장에는 관광버스 두 대가 우리를 기다리고 있다. 그리고 자가용 한 대에 중년 부부가 있었다. 남편은 용연사 주변의 사진을 찍느라고 정신이 없다. 자가용 안에 있는 부인에게 "논공으로 가려면 어디로 가면 되느냐?" 고 물었다. 대구에 이사 온지가 얼마 안 되어 잘 모르겠단다. 사진을 찍던 남편이 아래로 내려가 삼거리가 나오거든 좌회전을 하란다.

용연사도 처음 와 보는 곳이다. 주차장에서 안으로 들어가지 않고 그대로 내려와 논공으로 향하였다. 미나리 쌈을 먹고 오는 길에 다시 용연사로 들어와 절 구경을 하기로 하였다.

삼거리에서 좌회전을 하여 구불구불한 산길을 넘으면서 미나리 쌈이 있는 비닐하우스를 찾았다. 논공 단지 갈 때까지 보이지 않는다. 시내버스를 기다리는 아주머니에게 물었다. 여기가 아니고 명곡초등학교 앞에 있단다. 다시 내비게이션에 명곡초등학교를 쳤다. 왔던 길로 안내를 하지 않고 반대쪽 길로 안내를 한다. 대구로 가는 4차선 큰 도로가 얼굴을 내민다. 좁은 1차선 도로를 달리다가 4차선 도로를 달리니 기분이 좋다. 조금 가니 두 갈레길이 나온다. 바로가면 고속도로로 들어간단다. 바로 가지 않고 다른 쪽 길로 빠져나왔다.

1차선 좁은 길이 다시 나타난다. 오던 길이라고 생각하면서 계속 달렸다. 한참을 내려가니 다시 4차선 큰 도로가 나온다. 용연사로 올 때 1차선 도로 옆에 미나리 판매하는 비닐하우스가 있었다. 이 길로 가면 대구로 바로 들어갈 것만 같았다. 다시 길 가는 사람에게 물었다. 왔던 길로 되돌아가다가 다리 밑에서 좌회전을 하란다. 좌회전을 하여 돌아가니 조금 전에 오던 그 길이다. 다시 되돌아오기 위하여 옆길로 돌았다. 옆길로 돌아가니 노인정이 나타난다. 노인들이 길 옆에서 버스를 기다리고 있다. 미나리깡이 있는 곳을 물으니 자기 집 근처에 있단다. "안내를 하여 주겠다." 면서 노인이 내 차에 오른다. 갈 때 보았던 그 비닐하우스로 우리를 안내 한다. 그 할머니를 만나지 못하였더라면 향이 짙고 달콤한 미나리 쌈도 구경하지 못하고 맛도 보지 못하였을 번하였다.

비닐하우스로 지어진 식당 안에는 평일이어서 그런지 조용하다. 잠깐 사이에 돼지고기와 미나리가 한 상 가득히 나온다. 거기다가 밥까지 준다. 정말로 금방 베어낸 싱싱하고 달콤한 향이 짙은 미나리가 입안을 가득 채운다. 어렵게 찾아온 보람을 마음껏 맛보고 즐길 수가 있었다. 식당과 연속되어 있는 미나리 깡 안으로 들어가 보았다. 벌써 미나리들이 동이 나고 없다. 토마토와 오이, 가지 등의 모종이 비닐하우스 한쪽 구석을 우두커니 지키고 있다. 미나리를 베어낸 자리에 미나리 싹이 새로 돋아나고 있다. 새로 돋는 미나리는 억세어서 맛이 없단다. 곧 땅을 갈아엎고 토마토와 참외 및 각종 채소들을 심을 예정이란다.

집에 돌아와서 송하님이 보낸 길 안내를 글자가 아닌 글로 다시 읽어 보았다. 명곡초등 앞 들판이 확실하다. 그것을 글자로 읽었으니 그런 일이 벌어졌다. 그리고 송하님의 '미나리 쌈' 의 수필을 다시 읽어 보았다. 그 글에 "가까운 화원 명곡지구 명곡초등학교 남쪽 들녘의 도로를 따라 양옆에 미나리꽝을 조성하여 길손들을 유치하고 있다." 라는 구절이 분명하게 나오고 있다. 그 문장을 글자로 읽지 않고, 글로 읽었더라면 송하님께 다시 길 안내를 묻는 번거로운 일도 저지르지 않았을 것이다. 송하님께 죄송하다는 말씀을 다시 한 번 드린다.

나는 42년간 아이들에게 국어를 가르친 국어 선생님이다. 국어 선생님이 글자만 읽고, 글은 읽지 않았다. 학생들을 가르칠 때도 그렇게 가르치지 않았는지 모르겠다. 국어 선생님으로서 부끄럽기 짝이 없다. 지금부터라도 문장을 읽을 때 글자로만 읽지 않고, 글로 읽는 공부부터 다시 차분히 시작하련다.

미나리 깡 하나 찾아가는데도 이렇게 어렵고, 힘들고, 헤매는데, 멀고 먼 인생길을 살아갈 때 나는 얼마나 더 많이 헤매고 시행착오를 하여야 할까?

댓글 6회 ㅣ 조회 27회 〈 ①17기 게시판 조회 13회　②아름다운 글방 조회 14회 〉

송하 12.03.14. 07:35

재미있게 읽어 나가다가 등에 식은땀이 흐릅니다. 구체적으로, 쉽게 알려드려야 했는데 공연히 고생을 하신듯합니다. 그래도 상큼한 미나리 맛을 보고 오셨으니 다행이긴 합니다. 암튼 죄송합니다.

염해일 12.03.14. 07:53

그런 말씀을 하시면 저가 도리어 죄송합니다. 저가 글을 옳게 읽지 못한 탓입니다. 절대로 그런 생각을 하시지 마십시오. 송하님의 수필 속에 정확하고 확실하게 안내가 되어 있었는데 제가 그것을 글자만 읽었기 때문입니다. 송하님 덕에 맛있는 미나리를 잘 먹고 왔습니다. 그리고 사온 미나리로 아들들과 함께 미나리 잔치를 열었답니다. 고맙습니다. 송하님!

웃음남 12.03.14. 21:52

송하 염교장 두 분 사이에 정이 새록새록 돋아남을 느낍니다. 그 인연 죽~계속 되시기를

염해일 12.03.15. 07:34

웃음남님, 항상 찾아 주시고, 격려하여 주어 고맙습니다. 나날이 행복하시고, 복 많이 받으세요.

김보부 12.03.16. 22:06

굉장히 놀라시었겠네요. 새벽 벨소리에 그러나 크게 다치지 않았으니 다행입니다. 송하님의 수필을 보시고 가족과 미나리 자시러 가셨다가 용연사까지 가족과 드라이브 잘 하셨네요. 그 후 명곡동까지 잘 찾아 가시어 상큼한 미나리 잘 잡수시고 오셨네요. 단란한 가족나들이 늘 행복하십시오.

염해일 12.03.17. 08:30

세 아들 내외, 우리 부부 합하여 어른이 8명입니다. 거기다가 손자 손녀 8명으로 16명이나 됩니다. 행복하면서도 항상 걱정이 됩니다. 염려하여 주셔서 감사합니다. 행복하세요, 보부님.

　맛깔스런 댓글이 달린
　　수필가의 일기

정경숙 운영위원장님께!

　운영 위원장님 그 동안 별 일 없었겠지요? 가정주부 일 하시랴, 사업하시랴, 학교 일 하시랴, 요사이도 많이 바쁘시겠네요?

　저도 정년퇴임하고 벌써 1년이란 세월이 흘렀습니다. 빠르게 발전하는 정보화 사회에 발맞추어 나가기 위하여 국립대구박물관대학과 운경건강대학을 다니면서 강의도 듣고, 현장답사도 다니면서 많은 것을 보고 배우고 있습니다. 그리고 금빛평생봉사단원으로 어른신들 한글교육봉사활동도 하고 있습니다.

　지난주에 운경건강대학에서 울산 현대중공업과 현대차 공장을 견학하였습니다. "현대중공업은 세계 최대, 최고 조선소로 조선부문에서 27년째 세계 1위를 계속 유지한다."고 합니다. 현대차공장 내에 있는 5개 공장에서 12초마다 현대차 한 대씩 생산되고 있다고 합니다. 우리나라의 경제 발전을 한 눈으로 볼 수가 있었습니다. 우리가 이렇게 잘 살게 된 것은 우연이 아니라고 생각합니다. 60년대 당시의 대통령이 경제개발 계획을 농업이 아닌, 공업 쪽으로 방향을 잡았기 때문이라고 생각합니다. 거기다가 정주영이란 의지의 한 국인이 있었기 때문에 가능한 일이라고 생각해 봅니다.

　저가 영천여중에서 영예로운 정년퇴임을 할 수 있었던 것은 운영위원장님의 도움이 컸던 것 같습니다. 퇴임하면서 초빙교장으로 저의 후임교장을 맞이할 수 있었던 것도 운영위원장님이 뒷받침하여 주었기 때문에 가능했던 일 같습니다. 초빙교장 공모에서부터 심사까지 엄정하고 공정하게 관리할 수 있도록 많은 조언을 주시고, 도와 주셨습니다.

저가 퇴임하던 해에 영천교육청에서 교육실적 평가를 하였습니다. 영천 관내에 있는 많은 학부모님들이 모인 자리에서 여러 분야에서 영천여중이 각종 상을 독차지하였습니다. 이런 실적을 내게 된 것도 운영위원장님이 학교에 자주 오셔서 직원들의 사기를 북돋우어 주셨기 때문에 가능한 일이었던 것 같습니다.

저가 정년퇴임식을 하던 2011년 2월 14일에는 눈이 억수같이 쏟아졌습니다. 그 어려운 눈길을 헤치고 학교를 찾아 주셨습니다. 과분한 축사까지 하여 주어 너무도 고마웠습니다. 운영위원장님이 축사하는 모습이 담긴 퇴임식 동영상을 학교로부터 받았습니다. 저의 컴퓨터 본체에 복사를 하여 놓고, 원본 CD는 퇴임식 때 축사를 하여 준 친구인 화랑교육원 원장에게 주었습니다.

컴퓨터에 복사하여 놓은 동영상으로 CD를 구워서 운영위원장님께 보내 드리려고 하였습니다. 그러나 저의 컴퓨터에서는 퇴임식 동영상 CD를 구울 수가 없었습니다. 그래서 이택 원장으로부터 원본 CD를 돌려받아 구워 보내드립니다. 시간이 나실 때 운영위원장님이 축사하시는 모습을 보아 주시면 좋겠습니다. 이 동영상이 운영위원장님에게 좋은 추억의 한 페이지가 되었으면 더욱 좋겠습니다.

　맛깔스런 댓글이 달린
　　수필가의 일기

저가 지난 1월에 '교장선생님의 일기' 란 수필집을 출간하였습니다. 현재 전국 대형서점과 인터넷 서점에서 판매중입니다. 저자 소장본으로 보내 온 수필을 한 권을 보내드리겠습니다. 한가할 때 한 번씩 읽어 주시면 감사하겠습니다.

영천지역 학교운영위원회위원장까지 역임하신 위원장님을 존경합니다. 앞으로도 영천여중의 발전과 영천 교육의 발전을 위하여 계속 노력하여 주시면 좋겠습니다. 항상 건강하시고 행복하시기를 빕니다.

2012년 3월 21일

전 영천여중 교장 염해일 드림

제자 진향이에게!

진향아! 그 동안 잘 지내고 있겠지? 하는 사업도 날로 번창하고 있겠지?

지난번 동부정류장 앞에서 잠깐 보았었지. 자가용을 타고 지나가다가 나를 보고, 차창을 열고 인사를 하였지. "회사 가는 길이라." 고 하였지. 나는 그날 서부도서관에 어르신들 한글 교육 봉사를 하기 위하여 시내버스를 타러 가는 길이었어. 잠깐 동안 보았지만 얼마나 반가웠던지 몰라. 대구가 넓고도 좁은 것 같아. 어찌 그곳에서 그렇게 만날 수 있었는지. 참으로 신기하더군.

내가 영천 여중에 근무할 때 진향이가 여러 가지로 도와주어 고

마웠어. 그 때 급식소를 현대식으로 지었지. 급식실 환경정리를 하려고 업자를 부르니 너무 비싸게 부르더군. 그 때 진향이 생각이 났지. 기꺼이 도와주겠다면서 급식실 환경정리를 하여 주었지. 얼마나 깨끗하고 깔끔하게 환경정리를 잘 하여 주었는지 몰라. 모두가 좋아했어. 그 때 환경 정리비용을 실비만 받아간다고 하였지. 손해를 많이 본 것은 아닌지 모르겠어.

진향이가 우리 선생님들의 명찰도 만들어 주었지. 명찰의 디자인도 예쁘고 깔끔하여 선생님들이 매우 만족하면서 사용하였어. 명찰이 너무 예쁘고 좋아서 나의 명찰은 기념으로 지금도 나의 서재에 걸어 놓고 보고 있어. 그때마다 진향이 생각이 나더군.

나의 정년퇴임식 하던 2011년 2월 14일에 눈이 너무도 많이 왔었지. 그 어려운 눈길을 뚫고 대구에서 영천까지 왔었지. 25년 전 금호여고 제1회 졸업생 제자들을 대표하여 꽃다발과 행운의 열쇠와 사은사까지 하여 주어 식장을 빛내 주었지.

퇴임식 하는 동영상을 영천여중에서 나에게 보내 왔더군. 나의 컴퓨터에 복사를 하여 놓았어. 그리고 원본은 그날 축사를 하여준 경주화랑교육원 원장을 역임한 친구에게 주었어. 나의 컴퓨터에 복사하여 놓은 동영상으로 CD를 구울 수가 없었어. 이택 원장으로부터 원본을 다시 되돌려 받아 CD를 구웠어. 진향이가 사은사하는 모습이 동영상에 고스란히 담겨 있어. 40대 진향이의 모습이 담긴 동영상이 좋은 추억이 되었으면 좋겠어. 그리고 기념이 되었으면 더욱 좋겠어. 그리고 내가 지난 1월 달에 '교장선생님의 일기' 란 수

 맛깔스런 댓글이 달린
수필가의 일기

필집을 출간하였어. 저자 소장본으로 온 책을 한 권 보낼 테니 시간 나는 대로 읽어 주면 고맙겠어.

진향이의 사업이 더욱 번창하기를 바라면서, 건강과 행복이 함께 하기를 빌게. 안녕!

2012년 3월 21일

진향이의 고3 담임 염해일 보냄

제자 권혜인에게!

혜인아 안녕!

경북에서 최고 좋은 경북외국어고등학교에 입학한 것을 진심으로 축하해. 지난번 통화에서 "경북외국어고등학교에 입학하였다."는 소식을 나에게 전해주었지. 그 소식을 듣고 얼마나 기뻤는지 몰라. 중1, 중2 때 그렇게 열심히 공부를 하더니 결국 원하는 고등학교로 진학을 하였군. 세상은 열심히 노력하는 사람의 것이라고 생각해. 고등학교에서도 더욱 열심히 공부하여 너의 꿈이 꼭 이루어지기를 빌게.

경북외국어고등학교는 중학교에서 1. 2등하는 학생들만 모인 우수 집단이기 때문에 중학교 때보다 더 많은 노력이 필요할거야. 그 학교는 공부하는 분위기도 좋지만, 학교 내에 각종 서클활동도 활발히 이루어지고 있어. 공부 못지않게 서클활동에도 적극적으로 참여하여 폭넓은 사람으로 성장하여 주기를 기대하여 볼게.

지난해 나의 정년퇴임식 때 600여명의 재학생을 대표하여 혜인이가 사은사를 하여 주어 식장이 한결 빛났었지. 교장선생님이 너무 고마워하고 있어. 그 날 퇴임식 하는 모습이 담긴 동영상이 학교에서 나에게 보내왔어. 혜인이의 중학교 때 사은사를 하고 있는 모습이 고스란히 담겨 있으니, 시간 나는 대로 보아 주었으면 좋겠어. 혜인의 중학교 때 모습이 담긴 동영상이 앞으로 좋은 기념이 되었으면 더욱 좋겠어. 그리고 지난 1월에 내가 '교장선생님의 일기'란 수필집을 출간하였어. 한 권 보내니 조용한 시간에 한 번씩 읽어주면 고맙겠어.

혜인의 건강과 행복을 함께 빌어 줄게. 열심히 공부하여 주기를 바라면서 안녕!

2012년 3월 21일

혜인이의 중학교 때 교장선생님 염해일 보냄

송하 / 전명수 12.03.21. 08:18

빛나는 정년퇴임식 장면이 그려집니다. 좋은 추억과 기념이 되겠습니다. 동영상 CD를 일일이 복사하여 보내시는 알뜰하신 마음에 존경을 표합니다. 잘 읽고 갑니다. 행복한 나날 되십시오.

염해일 12.03.24. 18:59

축사와 사은사를 하여 주신 분들의 추억과 기념이 될 것 같아 보냈습니다. 추억과 기념이 될지 모르겠습니다. 송하님 항상 격려를 하여 주어 고맙습니다. 행복하세요.

🔘 김보부 12.03.22. 22:46

정말 대단하십니다. 그리고 존경하고 싶습니다. 정년하시는 모습이나 좋은 추억의 동영상을 일일이 복사하여 주위에 보내시는 열정 또한 제자들을 잘 챙기시는 모습이 좋은 그림으로 상상되네요. 자상하신 해일님에게 마음속으로 존경을 보내고 싶습니다. 좋은 글 잘 읽고 갑니다. 늘 건강하십시오

🔘 염해일 12.03.23. 09:52

과찬의 말씀 몸 둘 바를 모르겠습니다. 항상 찾아 주셔서 고맙고 감사하네요. 보부님, 행복하세요.

봉사는 남을 도와주는 것이라고 하지만 봉사를 통하여 도리어 내가 얻는 것이 더 많다. 어르신들을 통하여 많은 것들을 배우고 있다. 봉사를 통하여 기쁨과 즐거움과 행복을 마음껏 맛볼 수 있어 더욱 좋다.

 맛깔스런 댓글이 달린
수필가의 일기

제 3부 한식날

경건강대학이 긴 겨울방학을 끝내고 3월이 되자 개학을 하였다. 개학을 하자말자 곧 "순회학습을 간다."는 안내가 게시판에 나붙는다. 3월 16일에 울산 현대중공업과 현대자동차 공장에 견학을 간단다. 출발 하루 전에 내가 출간한 수필 '교장 선생님일기'에 사인을 하여 놓았다. 내일 우리 반 반원들에게 나누어 주기 위해서다.

순회학습 가는 날 아침에 사인을 한 책들을 가방 속에 챙겨 넣었다. 홀쭉하던 가방이 배가 볼록한 배불뚝이가 된다. 가방을 어깨에 들러 메니 한 짐이다. 5반 패찰이 붙어 있는 관광버스에 올랐다. 벌써 많은 학우님들이 차안을 가득 채우고 있다. 우리 반 반원들은 맨 뒷자리에 자리를 잡고 있다. 우리 관광버스에는 3개 반이 합승을 하였다. 우리가 탄 관광버스는 복잡한 시내를 벗어나 신천대로로 접어든다. 신천대로를 얼마 가지 않아 경부고속도로로 들어선다. 가방 속에 든 책을 버스 안에서 나누어 줄까? 점심을 먹을 때 우리 반만 있는 자리에서 나누어 줄까? 한참을 고민하였다. 저자 소장본으로 온 책이 얼마 되지 않아 다른 반원들에까지 나누어 줄 형편이 못 되었기 때문이다. 고속도로에 들어서자 말자 우리 반 반원들에게 책을 나누어 주었다. 고속도로에서 책을 읽어 볼 수 있도록 하기 위하여서다. 다른 반 반원들에게는 미안하였다.

책을 받은 반원들이 "고맙다." 고 인사를 한다. 책 만드는데 고

생을 하였단다. "언제 그렇게 책을 만들었느냐?" "책값을 주어야 되지 않느냐?"고 한다. 반원들 모두가 수필집 출간에 격려와 축하를 하여준다. 버스를 타고 가면서 나의 책을 받은 사람들을 유심히 살펴보았다. 모두가 책에 관심이 있나보다. 책을 이리저리 뒤져본다. 옆 짝은 안경을 두고 와서 책을 볼 수 없단다. 흔들리는 버스 안에서도 책을 열심히 읽는 반원들도 보인다. 평산 휴게소에서 차가 멈춰 선다. 화장실을 가기 위하여 버스 통로를 지나간다. 반원 P가 책을 읽다가 내가 지나가는 것을 보고 책을 주어 고맙단다. 책 읽는 것을 좋아한단다. 재미있게 읽고 있단다. 글을 쓰는 사람은 자기가 쓴 글을 읽어주는 사람이 그렇게 고마울 수가 없다.

관광버스에서 내리니 10반에 있는 학우 C가 밖에서 나를 기다리고 있다. 나에게 다가오더니, 과자 한 봉지를 건너 준다. "책을 한 권 드리려고 가지고 왔다."고 하였다. 나의 사돈이 한 권을 사주더란다. "그래도 한 권을 드리려고 가지고 왔으니 받으라."고 하면서 주었다. "고맙다."면서 받는다. 이 책은 딸에게 선물을 하겠단다. 우리 막내아들을 보고 "염서방이라."고 부른단다.

C학우는 지난번 문경 추억 만들기 여행을 가면서 알게 된 사이다. 괴산 휴게소에서 문경세재 3관문을 오르기 위하여 버스에서 내리려고 일어서는데, 앞에 앉아 있던 C가 뒤돌아보면서 "혹시 교장 선생님 아니세요?" 하고 묻는다. "맞다."고 하였다. 운경건강대학에서는 나의 과거를 아는 사람이 아무도 없다. 그런데 나를 알아보는 사람이 있으니 기분이 이상하였다. "나를 어떻게 아느냐?"

고 물었다. 사진에서 보았단다. 그러면서 버스에서 내리지를 않는
다. 더 이상은 물어볼 수가 없었다. 사진에서 나를 보았다면 나의
퇴직기념문집 수필 '발자국'을 보았다는 소리다. '발자국'에 나
의 개인 사진과 가족들의 사진이 함께 실려 있다. 나의 '발자국'
을 받은 사람은 친구, 동창, 친지, 제자, 학부형들이다. 문경세재
순회학습을 마치고 대구에 들어오자 말자 C는 신천대로에서 내린
다. "여기에 사십니까?" 하고 물었다. "푸르지오에 산다."고 한
다.

추억 여행을 다녀온 후 '추억 만들기 여행'이란 수필을 한 편 썼
다. 그 글 속에 "나를 안다는 그 분은 누구일까?, 친구 부인일까?,
아니면 동창부인일까? 그것도 아니라면 제자 어머니일까?, 나의 친
척들 집 곁에 사는 사람일까? 자꾸자꾸 궁금하여진다."는 내용의
수필을 써서 나의 수필집 '교장선생님의 일기'에 실었다.

수필집이 출간되고 저자 소장본이 왔다. 아들들 처갓집에 한 권
씩 보냈다. 우리 막내아들의 장모가 그 책을 모두 읽어나 보다. '추
억 여행 만들기'의 수필에 나오는 주인공이 자기가 형님으로 모시
는 분 이야기 같았단다. 그래서 확인을 하여보았단다. "맞다."고
하더란다.

우리 집 전화벨이 요란스럽게 울린다. 나는 집 전화를 잘 받지 않
는다. 집 전화의 거의 대부분이 집 사람에게 걸려오는 전화이기 때
문이다. 집 사람이 전화를 받지 않는다. '아마 볼 일을 보기 위하여
밖에 나갔나보다.' 하면서 안방으로 뛰어가서 전화를 받았다. "사

돈입니까?” 하는 소리가 들려온다. 막내아들의 장모님이란다. 사돈의 궁금증을 해결해 주려고 전화를 하였단다. 수필집 ‘교장선생님 일기’를 읽다가 사돈이 궁금해 하는 부분이 있어서 그 궁금증을 풀어 드리려고 전화를 하였단다. ‘추억여행 만들기’에 나오는 그 궁금한 분이 자기가 형님으로 모시고 있는 분이란다.

현대중공업에 도착하니 안내하는 아가씨가 우리들을 문화관으로 먼저 안내한다. 현대중공업의 역사를 한 눈에 볼 수 있도록 사진과 유물들을 전시하여 놓았다. 현대를 창업한 정주영 회장님의 업적들을 모아 놓은 전시관이다. 문화관에서 나오자, 다시 우리들 차에 오른다. 안내하는 아가씨가 함께 탑승한다. 현대중공업 공장 전체를 들러 본다. 10개의 대형 건조 도크(웅덩이)에서 크고 우람한 큰 배들을 만들고 있다. 배가 완성되면 도크에 바닷물을 채워 넣으면 배가 바다위로 떠오르게 된단다. 해양개발 관련 선박과 일반 상선과 이지스구축함, 잠수함 등 최신예 함정들을 연간 90여척을 만들어 국내외에 공급하고 있단다.

현대중공업을 관람하고, 울기등대와 대왕암과 100년이 넘었다는 15,000여 그루의 해송이 어우러진 울기 공원에 도착하였다. 비를 맞아가면서 점심을 먹는다. 빗속에 먹는 도시락은 낭만이 있어 좋다. 좋은 추억의 한 토막이 될 것 같다. 해금강이라고 불릴 정도로 아름다운 울기 공원의 동해 바다를 구경하면서 산책을 한다.

점심식사 후 현대자동차를 견학하였다. 현대자동차 안에 있는 다섯 개 공장 중에서 아반떼를 생산한다는 제3공장을 관람하였다. 공장 2층으로 올라가니 자동차를 만드는 전 과정을 한 눈으로 내려다 볼 수가 있었다. 자동차 부품들이 벨트를 타고 공장 곳곳을 돌아다닌다. 조립하는 단계마다. 일하는 사람들이 서 있다. 부품들이 자기 앞에 도착하니 자기가 맡은 분야에 대한 조립작업을 한다. 15초마다 조립할 부품들이 계속 들어오고 있단다. 나사 하나만 잘못 끼워도 불량 자동차가 된단다. 조립하는 사람이 화장실에 갈 일이 있으면 어떻게 하는지 몹시 궁금하여진다. 공장 밖을 나오니 그 넓은 공장 곳곳에 새로 만들어 놓은 차들이 꽉 들어차 있다. 공장안 바다에는 대형 수출 전용 선박에 10Cm 주차 간격으로 한 번에 7,500대를 싣고, 204개국으로 나간단다.

견학을 마치고 대구로 돌아온 우리 5반은 반 모임을 가진단다. 17기 전체부회장님이 운영한다는 식당으로 갔다. 식사가 나오기를 기다리고 있는데 반 회장단에서 케이크를 사가지고 들어온다. "무엇이냐?"고 물었다. 수필집 '교장선생님의 일기' 출간을 축하하기 위하여 사온 케이크란다. 반원들이 어떻게 그런 생각을 하였는지 감동을 받지 않을 수가 없었다. 식당 사장님인 부회장님도 "축하한다." 면서 대나무 술을 큰 병 가득히 담아 선물로 준다. 케이크에 촛불을 밝히고 축가를 부른 후 케이크를 나누어 먹는다. 여자 반원들이 케이크의 일부분을 집 사람 몫으로 남겨 놓는다. 세심한 마음 씀씀이에 정이 듬뿍 들어 있다.

사장님이 주는 대나물 술과 반원들이 주는 케이크를 들고 집에 왔다. 오늘 있었던 이야기를 하면서 집 사람과 함께 케이크를 나누

 맛깔스런 댓글이 달린
수필가의 일기

어 먹었다. "당신은 인기가 있어 좋겠다." 면서 집 사람이 한 마디 한다. 나도 우리 집 사람도 술은 마시지를 못한다.

그 이튿날 토요일에 둘째아들이 우리 집에 왔다. 그런 이야기를 하면서 대나무 술을 내 놓았다. 술을 마시면서 둘째 며느리가 "교보문고에 들어가 보니 아버님의 수필집 '교장선생님의 일기' 가 절판이 되었다." 고 한다. 그리고 둘째 아들은 네이버, 다음, 구글에 '염해일' 이라고 검색을 하여보니 아버지의 정보가 각각 다르게 떠 있더란다. 네이버에는 "오촌 질녀가 수필집을 보고 재미있는 댓글도 달아 놓았더라." 고 하면서 한 번 들어가 보란다.

선물로 받은 대나무 술이 큰 병이어서 술이 많이 남아 있다. 일요일에 부부 모임인 건우회에서 와룡산 등산을 가는데 대나무술을 가져갔다. 모두가 술 맛이 좋단다. 도수가 낮아 여자들이 먹기에 좋단다. 그래도 아직 술이 남아 있다. 며칠 후에 아버님 기일이 돌아온다. 그 때 제사를 지내는 제관들에게도 맛을 보여야지.

정성과 사랑이 담긴, 부담이 가지 않는 선물은 주는 사람이나 받는 사람 모두가 기분 좋은 일이다. 남의 조금만한 일에도 관심을 가지고, 칭찬과 격려를 하여 줄 수 있는 넉넉한 마음을 가진 사람이 되어야겠다. 그리고 앞으로 정성과 사랑을 듬뿍 담은 작은 선물이라도 줄 수 있는 마음을 가지도록 노력해야겠다.

송하 / 전명수 12.04.02. 19:06

다시 한 번 축하의 말씀 드립니다. 수필집을 읽어 주고 격려해 주는 이웃이 있어 행복한 교장선생님 참으로 부럽습니다. 잘 읽고 갑니다. 행복하시고 건강하게 지내십시오()()

염해일 12.04.02. 19:11

송하님! 축하 감사합니다. 행복하세요.

웃음남 12.04.02. 20:25

축하드리고요. 정말 기분 좋은 하루였을 것 같습니다. 5반 반원님의 이벤트도 명작입니다. 행복하세요.

염해일 12.04.03. 07:12

웃음남님, 축하 감사합니다. 그날 기분이 매우 좋았답니다. 나도 남을 위해 칭찬하고, 격려하는 일을 잊지 않고 살아가도록 노력할 것입니다. 웃음남님, 행복한 나날 되세요.

김보부 12.04.03. 11:25

수필집 고맙게 잘 읽어 보았습니다. 아울러 축하도 드리고요.. 교장 선생님 사회 봉사하시는 모습도 머리에 그려지네요. 참으로 부러울 만큼 인생을 아름답게 사시는 모습 무한한 박수를 치고 싶네요. 행복한 글귀 잘 읽고 갑니다. 항상 행복하시고 늘 건강하십시오.

청년의 힘 12.04.03. 15:07

글을 읽노라면 아주 큰 켄퍼스에 제목" 운경대학 순회학습" 그림 염해일이라는 한 폭의 아름다운그림이 펼쳐집니다. 주신 수필집은 잘 읽고 있습니다. 머릿속에

   맛깔스런 댓글이 달린
    수필가의 일기

그림을 그리면서 읽지요. 항상 건강하시고 좋은 글을 많이 올려 주세요. (제욕심
입니다) 잘 읽고 나갑니다.

김광남 12.04.03. 13:44

교장 선생님의 일기 (수필 집) 잘 읽었습니다. 늘 건강하시고 행복 하세요….

염해일 12.04.03. 14:55

보부님, 청년의 힘님, 광남님 찾아주셔서 감사합니다. 축하하여 주어 고맙습니
다. 그리고 저의 수필집을 읽어 주셨다니 더욱 고맙네요. 모두모두 행복하고 건강
하세요.

안개꽃 12.04.02. 11:41

출판 기념 축하드립니다. 짧게 소개해 주신 여러 모습을 보면서"베스트셀러"
의 수필집이라 생각을 합니다. 앞으로도 좋은 글 많이 올려 주시기 바랍니다. 한
번 더 축하를 드립니다. 건필하시기 바랍니다. 행복하십시오

염해일 12.04.02. 12:54

축하 감사합니다. 열심히 글을 올리도록 노력하겠습니다. 안개꽃님 행복하세요.

서부도서관에서 어르신들 한글 교육 봉사 활동을 마치고 나오는데 휴대폰이 울린다. 영덕 대게 집에서 온 전화다. 오늘 아침에 대게를 잡아 왔단다. 쪄서 보내면 내일이 되어야만 보낼 수 있단다. 오늘은 일이 있어서 대게를 쪄낼 시간이 없단다. "그러면 내일 쪄서 보내 달라."고 하였다. 시내버스를 타고 오는 도중에 집 사람에게 전화를 하였다. "영덕대게 집에서 대게를 쪄서 내일 보내준다는 연락을 받았다."고 하였다. 살아 있는 대게를 보내주면 집에서 쪄서 먹으면 따끈따끈한 대게를 먹을 수 있단다. 다시 영덕 대게 집으로 연락하여 "살아있는 대게를 보내 달라."고 하였다. 그럼 오늘 보내주겠단다. 얼마 후에 영덕대게 집에서 다시 연락이 온다. 큰 솥이 없을 것 같아 쪄서 오늘 보내주겠단다.

오후 6시에 동부정류장에 도착하는 시외버스 편으로 보냈단다. 아들들에게 "오후 7시에 대게를 먹으러 우리 집으로 오라."고 연락을 하였다. 맏아들만 못 온단다. 퇴근 후에 문상 갈 일이 있단다. 자가용을 몰고 대게를 받아오기 위하여 집사람과 함께 동부정류장으로 나간다. 주문한 수산물을 받기 위하여 여러 사람들이 기다리고 있다. 기다리는 사람들 중에는 킥 서비스 기사들도 있다. "수산물을 배달하여 달라." 는 부탁을 받았나보다. 킥 서비스 기사에게 "수산물을 배달하여 주는데 얼마를 받느냐?"고 물었다. 5,000원이란다. 수산물을 받는 임시 사무실에 킥 서비스를 부탁하러 온 사람이 있다. 얼마인가 묻는다. 20,000원이란다. 사무실에서 15,000원을 남겨 먹나보다. 영덕대게를 실은 우리 차는 도착 예정시간보다 20분 늦게 들어온다.

도착한 버스 짐칸에는 수산물 상자가 여러 개가 들어 있다. 우리 짐이 가장 늦게 나온다. 몇 시간 전에 대게를 쪄서 그런지 아직도 대게 담은 통이 따끈따끈하다. 정말로 편리한 세상이 되었다. 오늘 새벽에 동해바다에서 잡은 싱싱한 대게가 당일 우리 안방까지 들어오고 있다. 그것도 안방에서 먹을 수 있도록 쪄서 보내왔다. 정말로 살기 좋은 세상이 되었다.

영덕대게를 집에 가져다 놓은 집 사람은 이마트에 시장을 보러 가야 한단다. 손자손녀들에게 먹일 과일을 사야한단다. 한참 후에 돌아온 집 사람의 양손에는 먹음직스런 포도를 담은 큰 비닐봉지가 하나씩 들려있다. 칠레산 청포도란다. 오늘까지 할인 판매를 하고 있더란다. 한 송이를 씻어서 준다. 달콤새콤한 포도 맛이 정말 좋다. 머나먼 칠레에서 생산한 맛있는 청포도가 우리 안방까지 들어오고 있다. 이제는 정말로 세계화가 되었나보다. 칠레도 이웃 마을이 되었나보다. 집 사람은 대게 내장으로 게장 밥을 만들어야 한단다. 또 밥 짓기에 바쁘다.

둘째 아들네 가족이 가장 먼저 들어온다. 이어서 맏아들이 빠진 맏아들 가족들이 들어온다. 막내네 가족은 오지를 않는다. 할 수 없이 먼저 온 사람들끼리 대게를 먹는다. 한참 후에 막내아들네 가족이 들어온다. 큰 형이 7시에 마치기 때문에 그 시간에 맞추어 왔단다. 8시가 넘어서 맏아들도 문상을 마치고 들어온다. 손자손녀 8명, 아들들 부부 6명, 우리 내외 합쳐 16명이 모두 모였다.

아들 며느리들은 대게 살이 꽉 들어찬 대게 다리를 가위로 잘라 놓는다. 손자 손녀들은 다리 속에 들어있는 대게 살을 빼내어 입에 넣기에 바쁘다. 그 중에서도 막내 아들네의 둘째인 서윤이는 둘째 큰아버지 옆에 착 달라붙어 대게 속살을 잘도 받아먹는다. 서윤이는 뱃속에 있을 때부터 영덕대계를 먹었다. 대게 다리에서 빼낸 대게 속살은 시간이 흐를수록 그릇에 쌓여만 간다. 한참을 열심히 먹던 손자손녀들은 안방으로 들어가 자기들끼리 놀기에 바쁘다.

손자손녀들이 자리를 뜨고 나니, 우리 아들 며느리들이 본격적으로 먹기 시작한다. 그러나 집 사람은 게의 내장으로 게장 밥을 만들기에 바쁘다. 밥에 김과 파와 참깨 등의 갖은 양념들을 넣어 게의 내장에 섞어서 볶는다. 게장 밥이 완성되었다. 게장 밥을 그릇 대신에 대게 껍데기에 소복이 담아 내놓는다. 모두가 하나씩 들고 먹는다. 정말로 게장 밥도 맛이 있다. 대게와 게장 밥을 먹는 것을 보고 있으려니 "네가 게 맛을 아니?" 하는 TV 광고가 생각난다. 어머니의 사랑은 끝이 없나보다. 집 사람은 오늘 하루 종일 바쁘다. 맏아들은 대나무술을 달란다. 아버님 제사 때 먹었던 대나무 술이 생각났나 보다.

7년 전 막내며느리가 영덕대게가 먹고 싶다고 하였다. 뱃속에는 둘째인 서윤이가 있었다. 막내며느리 뱃속에 "손자가 있다."는데 대게를 사 주지 않을 수가 없었다. 이왕 가는 길에 가족 모두를 데리고 영덕으로 갔다. 영덕 대게 집 2층에서 바다를 감상해 가면서 먹는 대게 맛은 정말로 잊을 수가 없다. 계산을 하기 위하여 아래층으로 내려왔다. 가족 모두가 대게들이 가득 들어 있는 수족관을 구경한다. 싱거운 둘째 아들이 "제수씨 저 큰 대게를 먹으면 크고, 예쁜 아기가 태어 난데요." 한다. 그 말이 떨어지기 무섭게 막내며느리가 "뱃속에 손자가 큰 대게를 먹고 싶다고 하네요." 하고 받는다. 먹고 싶다는 큰 대게를 또 사주지 않을 수가 없었다. 큰 대게 한 마리가 10만원이 넘었던 것으로 기억된다. 그래서 그런지 서윤이는 영덕대게를 유난히도 잘 먹고 좋아한다.

4년 전에 대학 동기들 모임인 삼경회에서 영덕 '경정' 이라는 마을에 가서 하룻밤 민박을 하였다. 민박집 주인이 내일 아침 회거리를 잡기 위하여 새벽에 바다로 나간단다. 고기 잡는 구경을 하고 싶은 사람은 내일 새벽에 배로 나오란다. 이튿날 아침 고기잡이배를 타기 위하여 마을 앞에 있는 바다로 나갔다. 날씨가 너무 추워서 배를 탈 수가 없었다. 그 때 대게를 잡아오는 '영복호' 란 배를 만났다. 그 배에 있는 대게를 사 가지고 집에 와서 맛있게 먹었다. 그것이 인연이 되어 해마다 그 집 전화로 대게를 주문하여 3년째 집에서 먹고 있다. 대게는 1년 중 2월에 대게 살이 가장 많이 찬단다. 그래서 올 해도 지난 2월에 영덕 대게 집으로 전화를 하여 60마리를 주문하였다. 날씨가 좋지 않아 대게 잡이를 나가지 못하고 있단다. 대게를 잡아 오면 보내주겠단다. 2월 한 달을 기다려도 주문한 대게가 오지를 않는다. 몇 차례 연락을 하였다. "대게를 잡으면 가장 먼저 보내 주겠다.”고 약속을 한다. 3월이 끝나가는 데도 주문한 영덕대게는 오지 않는다. ‘올 해는 대게 맛을 볼 수 없나보다.’ 하고 포기를 하였다. 그런데 “오늘 아침에 대게를 잡아왔다.”는 연락이 온다. 너무 반가웠다. 그것도 대게를 삶아서 보내주겠단다. 지난해까지는 살아 있는 대게를 보내왔기 때문에 집 사람이 찜통에 대게를 몇 차례 쪄 내는 데 고생을 많이 하였다.

오늘은 수요일이기 때문에 아들들이 일찍 집에 가야 한단다. 손자손녀들이 내일 아침 일찍 학교에 가야 한단다. 학교에 가져갈 숙제도 해야 한단다. 대게를 먹고 난 후 집 사람이 사온 새콤달콤한 청포도가 들어온다. 후식을 먹은 후에 아들들과 손자들이 모두 일어선다. 영덕대게를 실컷 먹고도 6마리가 남았단다. 남은 대게를 집집마다 두 마리씩 싸서 보낸다. 모두가 “맛있는 영덕대게를 잘 먹고 간다.”면서 인사를 한다.

아들들이 돌아가고 나니, 집 사람은 뒷정리하기에 또 바쁘다. “일거리가 많다.”면서 나를 보고 도와 달란다. 대게 껍질은 아들 며느리들이 모두 비닐봉투와 대게를 담은 상자에 담아서 정리하여 놓았다. 일거리가 별로 없을 것 같았다. 게장 밥도 대게 껍데기에 담아서 먹었다. 그릇이 별로 나오지 않았던 것 같다. 집 사람은 방과 마루를 닦으면서 나보고는 설거지를 하란다. 학창 시절에 자취를 많이 하여 보았기 때문에 부엌일은 나도 할 줄 안다. 설거지를 하기 위하여 주방 싱크대로 갔다. 싱크대 위에는 그릇들이 물에 가득히 담겨 있다. 퐁퐁이란 세제로 그릇들을 씻었다. 수저가 많아

 맛깔스런 댓글이 달린
수필가의 일기

서 수저 하나하나 씻는데 시간이 많이 걸린다. 한참 동안 설거지를 하고 나니, 몸이 뒤틀린다. 설거지 하는 것이 그렇게 힘든 일인 줄을 몰랐다.

우리 아들들 가족이 우리 집에 모여 함께 식사를 자주한다. 그 때마다 우리 아들들이 주방에 들어가서 설거지를 한다. 유교 사상에 젖은 나는 처음에는 못마땅하게 생각하였다. 그것도 매번 그렇게 하니 당연한 것으로 받아들여졌다. 오늘 내가 설거지를 하여 보니, 요사이 젊은 남편들이 약한 아내들의 부엌일을 도와주는 것은 잘하는 일이란 생각이 든다. 나도 앞으로는 집 사람의 일을 도와주는 남편이 되도록 노력해야겠다.

설거지를 마치고 휴대폰으로 영덕대게 사장님께 영덕대게 대금을 보냈다. 그리고 다음과 같은 문자 메시지도 띄웠다.

영덕대게 사장님께!

오늘 보내 주신 영덕대게 잘 받았습니다. 살이 꽉 찬 대게를 우리 가족 16명이 맛있게 잘 먹었습니다. 대게 대금을 조금 전에 보내드렸습니다. 확인하여 주십시오. 사장님 정말 감사합니다. 나날이 행복하세요.

2012년 3월 28일
대구에서 염해일 드림

송하 / 전명수 12.04.04. 12:02

탐스럽고 맛있는 대게 이야기 참 재미있게 읽고 갑니다. 화목하고 다복하신 집안 분위기가 눈에 훤히 보이는 것 같습니다.

청년의 힘 12.04.04. 12:18

행복한 가족분위기에 맛있는 대게 그리고 맛있게 먹는 손자들의 모습을 그려보니, 나도 손자가 보고 싶네요. 잘 읽고 갑니다. 건강하세요.

염해일 12.04.04. 13:10

송하님, 청년의 힘님 다녀가셨군요. 어르신들 한글 교육 봉사활동을 하고 들어와서 열어보았네요. 좋게 보아 주셔서 고맙네요. 행복하고 건강하세요.

김보부 12.04.04. 13:53

정말아름다운 가족 분위기네요 화목하고 다복하신 집안 분위기속에 맛깔스런 대게. 집안 식구들과 어린 손자들이 둘러앉아 있는 모습이 상상 되네요. 재미있는 글 잘 읽고 갑니다. 늘 건강 하세요.

웃음남 12.04.04. 22:29

맛있는 대게 가족과 함께 파티 하셨네요. 단골식당? 있어서 품질? 좋은 대게 끝내주었겠네요. 저도 가족과 함께 3월31일 영덕에 갔었는데 생각보다는 비싸더라고요. 항상 화목한 가정 이끌어 나가시는 모습 행복하십니다.

염해일 12.04.05. 07:15

보부님, 웃음남님 잊지 않고 찾아주셨네요. 대게 살이 꽉 차 있더군요. 정말 맛이 좋더군요. 단골이라서 별로 비싸지 않더군요. 1년에 한 번씩 가족들이 모여서 먹는 것도 좋은 것 같아요. 두 분 항상 건강하고 행복하세요.

 맛깔스런 댓글이 달린
수필가의 일기

김광남 12.04.05. 17:33

다복하시고 행복한 가족 분위기 정말 부럽네요, 늘 건강하십시오….

염해일 12.04.05. 18:50

광남님, 잘 보아 주셔서 고맙네요. 행복한 나날 되세요.

새벽 공원에서 보고, 느낀 생각들

오늘은 4월 1일이다. 4월 1일은 만우절이다. 현직에 있을 때 수업시간에 교실에 들어가면 아이들에게 많이도 속았다. 참말 같은 거짓말에 깜짝 놀라기도 여러 번이었다. 특히 여고에 근무할 때는 학급 패찰을 바꾸어 달아 다른 반 교실에 들어가 수업을 한 일도 있었다.

오늘 아침에도 새벽 5시에 공원으로 운동을 나간다. 공원까지 가는 도로에는 가로등불이 길을 밝혀준다. 공원을 오르는 길은 아직도 어둠에 잠겨 있다. 별빛과 아파트 불빛에 의지하여 산책로를 걸어간다. 지난해 박물관대학에서 실크로드 현장 답사를 갔다. 동굴 벽화 탐사에 작은 손전등이 필요하단다. 손전등보다는 헤드라이트를 사면 실크로드에 다녀온 후에도 사용할 수 있을 것 같아서 샀다.

새벽 운동을 나갈 때 헤드라이트를 머리에 쓰고 나갔다. 헤드라이트가 산책로를 환하게 밝혀준다. 헤드라이트를 사용하고 3일이 지났다. 건전지를 넣는 뚜껑이 고장 났다. 아마 나사가 넘었나보다. 고무줄을 사용하여 겨우 뚜껑을 고칠 수가 있었다. 1주일을 사용하고 나니 이번에는 헤드라이트에 불이 들어오지 않는다. 건전지 3개를 다시 사서 끼워 넣었다. 역시 1주일간 사용하니 또 불이 들어오지 않는다. 헤드라이트를 꺼 놓아도 전기가 흐르고 있었나보다. 그 다음부터는 헤드라이트를 책상 속에 쳐 박아 놓고 사용하지 않고 있다.

오래 전에 우산을 몇 차례 사서 사용하였다. 며칠 사용하지 않아 우산살이 부러져서 사용할 수가 없었다. 몇 번 그런 일을 당하고 나니 속이 상하였다. 그래서 친구에게 그런 불만을 털어 놓았다. "우산 하나 사서 몇 년을 쓰면 우산 장수 굶어 죽으라."고 한다. "자주 부러져야 우산 장사도 살고, 우산 공장도 살지 않느냐?"고 한다. 어찌 들으면 그 말도 일리가 있는 말 같았다. 그러나 조금만 더 깊게 생각을 하여 보면 잘못된 생각인 것 같다. 우산을 만들어 국

 맛깔스런 댓글이 달린
수필가의 일기

내에서만 판매할 생각을 하지 말고, 잘 만들어서 세계 여러 나라에 판매할 생각을 하면 모든 것이 해결되지 않을까하는 생각을 하여본다.

　나는 20년 동안 사용하고 있는 자동면도기가 하나 있다. 'PHILIPS' 라는 네델란드 제품이다. 면도기가 얼굴에 닿으면 촉감이 부드러워 좋다. 거기다가 수염이 잘 깎인다. 10년간 사용하고 나니, 면도기 칼날을 눌러 주는 플라스틱이 없어져 버렸다. 언제 없어졌는지도 모른다. 오래 동안 사용하니 플라스틱이 닳아서 모두 가루가 되었나보다. 면도기 칼날을 눌러 주는 플라스틱이 없어도 충전만 하여주면 윙윙 소리를 내면서 잘도 돌아간다. 지금도 면도기가 얼굴에 닿으면 마냥 촉감이 부드럽다. 수염도 잘 깎인다. 이 제품을 사기 전에 국산 면도기를 여러 개 사서 사용하였다. 국산 면도기는 하나같이 서너 달 사용하고 나면 고장이 난다. 수염도 잘 깎이지 않는다. 면도를 하고 나면 얼굴이 따끔거리고 화끈거렸다.

　요사이는 우리나라 전자 제품들이 세계 여러 나라에 많이 수출되고 있다. 우리 전자 제품들이 세계 여러 나라에서 인기가 그렇게 좋단다. 특히 우리나라 휴대폰은 세계 사람들이 가장 갖고 싶어 하는 제품 중의 하나란다. 그런데도 내가 산 헤드라이트는 왜 이렇게 형편없이 만들었을까? 국산품을 장려하던 시대는 장사가 되었을지 모르겠다. 그러나 요사이는 여러 나라 제품들이 물밀듯이 들어오고 있다. 내가 산 헤드라이트는 3일 만에 뚜껑이 고장 나고, 1주 일만에 건전지 약을 새로 갈아 넣어야 했다. 누가 이런 형편없는 제품을 사서 사용하겠는가? 처음에는 모르고 사서 사용할 수도 있다. 그러나 한 번 사용해 본 사람은 다시는 그 제품을 사지 않을 것이다. 뿐만 아니라 사용한 사람들이 나쁘다고 돌아다니며 이야기를 할 것 같다. 나도 지금 그 제품이 좋지 않다고 글을 쓰고 있지 않는가? 그 헤드라이트를 만드는 사장님은 그런 것을 모르고 있을까? 아니면 알고서도 계속 만들고 있을까? 그것이 궁금하다. 이런 생각들을 하면서 공원 산책로를 걷고 있다.

공원에서 내려다보는 대구는 아름다운 꽃밭이다. 붉은 장미, 하얀 백합, 이름도 모를 많은 꽃들이 대구 시내를 수놓고 있다. 마치 동화의 나라에 온 것 같은 착각에 빠져든다. 콧노래가 절로 나온다. 이른 새벽의 맑은 공기가 콧속으로 스며든다. 향긋하고 싱그러운 꽃 냄새, 풀냄새, 봄 향기가 나의 폐 속 깊숙이 파고든다. 나의 온몸이 깨끗하고 맑아진다.

둘째 바퀴를 돌기 시작한다. 날이 범범하게 새기 시작한다. 공원 가까이 있는 형제봉이 모습을 드러낸다. 대구를 둘러쌓고 있는 팔공산도 앞산도 어렴풋이 자태를 드러내고 있다. 시간이 흐를수록 산책로도 부끄러운 듯이 얼굴을 살짝 내민다. 산책로 주변의 나무와 풀들도 자기들의 아름다운 자태를 드러내기 시작한다. 고개를 들어 시내를 다시 내려다본다. 그렇게 아름답던 꽃밭은 어디로 가고, 아파트가 숲을 이루고 있다. 아파트 사이 가로등불이 꼬박꼬박 졸고 있다. 아파트를 아름답게 수놓았던 붉은 장미와 하얀 백합들도 서서히 빛을 잃어가면서 시들어가고 있다.

 맛깔스런 댓글이 달린
수필가의 일기

공원의 가로등불도 하나 둘 숨어버린다. 아침이 서서히 밝아온다. 찔레 줄기에는 새순이 파릇파릇 돋아나고 있다. 어린 나무에도 파란 기운이 감돌고 있다. 키다리 아카시아나무, 참나무, 감나무들은 아직도 벌거숭이 채로 서 있다. 몹시 추워 보인다. 그들도 멀지 않아 파란 새 옷으로 갈아입을 것이다. 넓은 산책로 길이 나타난다. 100m 달리기를 한다. 주변에 개나리와 진달래가 자기들의 아름다운 모습을 보아달란다. 노란 개나리꽃과 붉은 진달래꽃들이 환하게 웃고 있다. 정비석님의 수필 '산정무한'이 생각난다. "땅은 언제 어디다 이렇게 많은 색소를 간직해 두었다가 일시에 지천으로 내뿜는 것일까?" 하는 구절이 생각난다. 정말 땅 속에는 무한량의 물감들이 저장된 것은 아닐는지 모르겠다. 봄이 오면 빨강, 주황, 노랑, 초록색의 물감들이 나무와 풀들을 통하여 마구 뿜어 나오고 있다. 땅 속에는 물감들뿐만 아니라 다양한 보물들이 많이 들어 있는 것 같다.

교장 초임 발령을 호미곶에 있는 대보중학교에 받았다. 대보중학교가 호미곶 광장에 붙어있다. 교장사택도 바닷가에 있다. 사택 앞에 600여 평 가까이 되는 넓은 실습지가 그대로 놀고 있다. 그 밭에 고구마를 심어서 저녁 늦게까지 공부하는 학생들에게 먹이고 싶었다. 남은 고구마는 양로원에도 보내고 싶었다.

대보중학교가 포항에 있는 해병대와 자매결연을 맺았다. 해병대 부대장에게 고구마 심을 계획을 이야기하였다. 장병들을 보내주겠단다. 고구마 밭 전체에 비닐을 깔고, 고구마를 심었다. 1년 동안 고구마 밭을 관리할 필요가 없었다. 비닐을 깔아놓은 덕분인가 보다. 가을에 해병대 장병들이 와서 고구마를 수확하여준다. 오랫동안 놀던 밭이어서 그런지 고구마가 굵고 맛이 좋았다. 학생들에게 저녁에 삶아 주었다. 면내에 있는 양로원과 각 기관에도 고구마를 보냈다. 그래도 고구마가 남았다. 대보중학교와 자매결연 맺은 해병대와 대구 라이온스클럽 회원들에게도 나누어 주었다. 고구마뿐만 아니라 각종 채소와 호박도 그 밭에서 수 없이 나왔다. 정말로 땅속에는 많은 보물들이 들어 있는 것은 아닌지 모르겠다. 공원에 핀 노란 개나리와 붉은 진달래꽃들을 보고 있으려니 이런 생각들이 영화 필림처럼 마구 풀려나온다.

100m 산책로 코스를 뛰어서 달려오니 숨이 가쁘다. 한참 동안 숨을 내몰아 쉬면서 공원 끝자락에 자리 잡은 대구에서 가장 높다는 아파트를 바라본다. 아파트 뒤편 공원 소나무에는 하얀 꽃이 만발하였다. 꽃잎 하나가 떨어지더니 하얀 나비가 되어 날아간다. 날아간 나비는 이웃 마을에 가서 사뿐히 내려앉는다. 이웃 마을에 하얀 꽃이 하나 더 핀다. 백로도 철새인가 보다. 겨우내 보이지 않던 백로가 봄이 되니 다시 이곳에 나타나 꽃이 되어 공원을 하얗게 수놓고 있다. 백로의 울음소리가 공원을 깨운다. 공원의 여러 산새들이 백로의 울음소리에 화답을 하고 있다. 산새들의 합창소리가 공원에 활기를 불어 넣어주고 있다. 한참동안 숨을 고른 후에 무릎 돌리기를 하고 의자에 다시 앉는다.

동쪽 하늘을 바라본다. 동쪽 하늘에는 아침놀로 하늘이 붉다. 붉

 맛깔스런 댓글이 달린
수필가의 일기

은 놀 속에 빨간 달걀 같은 것이 떠오르더니 차차 커지면서 빨간 사
과로 변한다. 점점 더 커지더니 붉은 둥근 보름달이 되어 산봉우리
위에 살며시 내려앉는다. 산봉우리를 떠난 달은 하늘 높이 떠오른
다. 붉은 빛이 사라지면서 그 주위에 강렬한 햇살이 내비친다. 햇살
이 달 주위를 감싸더니, 달은 어디로 가고, 햇살이 그 주위에 모여
강렬한 태양으로 바뀐다. 눈이 부셔 해를 똑바로 쳐다볼 수가 없다.
밝은 빛이 온 세상을 비춘다. 공원의 노란 개나리와 붉은 진달래꽃
도 햇빛을 받아 더욱 선명한 빛을 발산하고 있다.

송하 / 전명수 12.04.09. 15:08

지난날의 추억들과 즐거웠거나 힘들었던 일들이 하나하나 풀려나오고 있는 우리
들은 아무래도 과거형으로 살수 밖에 없나 봅니다. 재미있게 읽고 갑니다. 건강하
게 지내시기 바랍니다.

염해일 12.04.09. 18:14

사람은 추억을 먹고 사나 봅니다. 문득문득 옛날 일들이 떠오르네요. 과거가 바
탕이 되어 현재가 되고, 현재가 바탕이 되어 미래가 되겠지요. 미래를 위하여 현
재도 많은 경험들을 쌓아야 될 것 같네요. 그래야만 미래의 추억거리가 많아지겠
지요. 송하님 건강하고 행복하세요.

웃음남 12.04.09. 22:21

사물 하나하나도 그냥 지나침이 없는 예리함과 따뜻하고 정겨움을 함께 갖고 계
신 염교장님 문득 옛날 일이 떠오르셨네요. 생각하면 입가에 미소가 사르르 번져

나가죠. 행복하셨겠네요. 우리 밝은 해를 보며 오늘도 화이팅합시데이.

🔘 염해일 12.04.10. 08:01

고요한 새벽에 공원을 걷고 있으면 많은 생각들이 떠오른답니다. 맑은 공기도 마음껏 마실 수 있어 너무 좋답니다. 웃음남님, 건강하고 행복하세요.

🔘 청년의 힘 12.04.10. 12:50

즐거웠고, 그립고, 슬프고, 힘들었던 과거는 누가 말했습니다. "아름답다고" 이제 닥아 올 미래는 과거보다는 짧지만요…. 새벽의 맑은 공기와 향기로운 꽃들의 내음에 나도 중독이 됩니다. 매일 새벽 6시에는 함지산이 나를 부르는 같아 벌떡 일어납니다. 그리고 마중 나갑니다. 떠나버린 옛 애인을 만나보려는 심정으로…. 잘 보고 갑니다. 항상 건강하세요.

🔘 염해일 12.04.10. 13:01

청년의 힘님, 댓글이 너무 좋네요. 댓글에 내가 도취되고 중독되는 것 같네요. 행복하세요. 청년의 힘님!

🔘 김보부 12.04.11. 16:08

아침마다 열심이 운동하시는 모습이 그림그려지내요. 새벽공원을 산책하며 주위 사물을 꿰뚫는 예리함과 하나하나 머리에 담으시며 즐겁게 운동하시는 모습이 아름답네요. 정겨운 글 잘 읽고 갑니다. 늘 건강하십시오

🔘 염해일 12.04.11. 19:00

보부님, 졸작을 잘 보아 주어 고맙습니다. 행복한 나날 되세요.

 맛깔스런 댓글이 달린
수필가의 일기

경건강대학 학사 일정에 의하여 4월 6일 봄나들이를 간다. 장소는 화원동산 만남의 광장이란다. 학감님의 몇 차례 안내와 봄나들이의 계획이 게시판에 공고된다. 봄나들이 떠나기 1주일 전에 우리 5반은 당일 10시 30분까지 지하철 1호선 월촌역에서 내려 4번 출구로 나오란다. 월곡 역사박물관과 월곡 역사공원을 답사한단다. 그리고 그곳에서 점심식사를 한 후 화원동산으로 이동한단다.

봄나들이 당일 여유 있게 9시 20분에 시내버스를 타러 나간다. 오늘 아침 날씨가 제법 쌀쌀하다. 마스크를 하고 등산복 모자를 푹 눌러쓴 후 시내버스를 기다린다. 한참을 기다리니 시내버스가 들어온다. 고속버스 터미널에서 내려 동대구지하철 역에서 1호선 지하철로 갈아탄다.

지하철 안은 손님으로 가득하다. 좌석 하나가 빈다. 자리에 앉은 젊은 사람들은 스마트폰으로 무엇인가를 열심히들 하고 있다. 귀에는 이어폰을 끼고 있다. 엄지손가락이 무척 빠르다. 그래서 "요사이 젊은 사람들을 엄지 족이라."고 하나 보다. 이어폰을 통하여 노래를 듣고 있나보다. 시끄러운 노래를 계속 듣고 있으면 귀에 이상이 생기지 않을까 걱정이 된다. 나이든 사람들은 눈을 지그시 감고, 생각에 잠겨 있다. '무슨 생각들을 저렇게 골똘히 하고 있을까?' 사람간의 대화가 단절되고 있다. 모두가 혼자이다. 지하철 굴러가는 소리만 고요한 정적을 깨뜨리고 있다. 삭막한 세상이 된 것 같아 마음이 씁쓸하다. 반월당역에서 사람들이 많이 내린다. 잠깐 사이 월촌역에 도착한다.

4번 출구를 찾아가니 반원 몇 사람이 이미 와서 기다리고 있다. 밖은 춥단다. 지하철 역 안에서 기다리잔다. 약속 시간이 되어 4번 출구로 나간다. 거의 대부분의 반원들이 와 있다. 오지 않는 반원들을 잠시 기다렸다가 월곡 역사박물관을 답사하기 위하여 아파트 숲 속을 걸어간다. 반장님이 길안내를 한다. 반장님의 문중에서 만든 역사박물관이란다. 조금 걸어가니 아파트 속에 나무들이 우거진 공원이 나온다. 이 공원 안에 월곡 역사박물관과 월곡 역사공원이 자리 잡고 있다.

역사박물관에 들어가니 관장님과 문중 어르신들이 우리들을 반갑게 맞아준다. 관장실에서 해설사의 박물관에 대한 개요를 듣는다. 월곡 역사박물관은 임진왜란 당시 의병을 일으킨 월곡 우배선 선생의 공적을 기리기 위하여 그 후손들이 만든 박물관이란다. 단양 우씨 문중산인 장지산 7,000여평에 월곡 역사박물관과 다섯 분의 신위를 모신 낙동서원, 우배선 선생이 학문을 강론하시던 열락당, 우동규 선생의 강학당이었던 덕양재, 월곡 우배선 창의적 유적비, 한국유림 독립운동 파리 장서비 등 많은 역사적 시설물들이 세워졌단다. 개원한 후 청소년 교육학습현장으로 활용되고 있단다. 장지산의 아름드리 노송들이 주변 산책로와 조경시설 등과 어우러져 지역 주민들의 편안하고 안락한 휴식처로 각광을 받고 있단다.

 맛깔스런 댓글이 달린
수필가의 일기

해설사의 설명을 듣고, 1층 농경시대 생활관을 관람한다. 이미 유치원생들이 관람을 하고 있다. 우리가 어릴 때 늘 보아왔던 농기구 700여점과 생활용품(유품) 500여 점이 전시되어 있다. 타이머신을 타고 60년 전으로 되돌아온 듯하다. 2층 전시실로 올라간다. 제1전시실에는 보물 제1334호인 화원 우배선 의병진군공책 및 월곡 우배선 장군의 자료들이 전시되어 있다. 제2,3전시실에는 단양 우씨 월촌 존중에서 소장중인 역대 선조들의 유품 400여점이 융성했던 문중의 역사를 말하여주고 있다. 제4전시실에는 7천여 권의 장서들이 보관되어 있단다. 박물관 관람을 마치고 밖으로 나오니, 야외전시장이 또 우리를 기다리고 있다. 토담으로 만든 초가 안에는 대장간과 부엌, 맷돌, 장독대와 여러 가지 생활용품이 우리들을 반갑게 맞이하고 있다.

점심 식사 후 자가용으로 화원동산 만남의 광장으로 달려가고 있다. 화원동산 가까이 가니 낙동강 강바람이 심하게 불어오고 있다. 바람 속에 뿌연 먼지까지 날리고 있다. 운경건강대학에 입학을 하고 야외 활동을 몇 차례 다녀왔다. 매번 비가 왔었다. 오늘은 황사바람이 비를 대신하고 있나보다. 봄꽃이 곳곳에 피어 봄나들이 나온 기분이 난다. 회장단에서 간식을 많이 준비하였나보다. 간식보따리가 무거워 보인다. 남자 반원 L과 여자 반원 P가 무겁게 짐을 들고 간다. 뛰어가서 여자 반원이 든 짐을 대신 받아 들었다. 조금 가다가 화장실이 나타난다. 화장실에 볼일을 보고 나오니 여자 반원이 보따리를 들고 저 멀리 가고 있다. 미안하였다. 오르막길을 한참 올라가니 화원 동산 정상에 만남의 광장이 나타난다. 아늑한 장소에 우리 반원들이 자리를 잡고 앉는다.

오후 2시 정각이 되니 학감님과 학장님이 올라오신다. 곧 이어 행사가 진행된다. 학장님의 인사에 이어 오늘 행사 일정이 발표된다. 반별 체육대회와 노래자랑대회를 실시한단다. 체육대회부터 먼저 시작한단다. 심사위원 명단이 발표된다. 오늘 체육대회 종목은 축구공 굴리기, 풍선 터뜨리기, 과자 먹기, 2인 3각 달리기, 계주 릴레이 등 5종목이란다. 반별로 종목마다 남자 2명, 여자 2명의 선수를 선발하란다. 우리 반은 여자 선수들은 많은데, 남자 선수들이 부족하다. 그래서 남자 선수를 대표하여 나하고 반장하고 두 사람이 5종목 모두를 뛰어야할 형편이다.

먼저 공굴리기가 시작된다. 내가 먼저 축구공 굴리기를 시작한다. 공을 반환점까지 차 놓고 뛰어가면 훨씬 빠를 것 같았다. 그래서 공을 반환점을 향하여 힘차게 찼다. 그런데 공이 반환점으로 가지 않고 엉뚱한 곳으로 간다. 다시 공을 반환점으로 데리고 오는데 시간이 많이 걸린다. 풍선 터뜨리기는 풍선을 들고 반환점으로 뛰어가 반환점에서 엉덩이로 풍선을 터뜨리고 다시 달려온다. 풍선도 마음대로 터뜨려지지 않는다. 과자 먹기는 반환점에서 주는 과자를 받아서 입에 물고 달려온다. 모두들 잘들 달린다. 2인 3각 달리기는 여자 반원 P와 짝이 되어 두 다리를 묶었다. 기다리는 동안 하나 둘 구령을 불러가면서 연습을 하였다. 하나에 묶지 않는 다리를 앞으로 내고, 둘에 묶은 다리를 앞으로 내는 연습을 반복하였다. 연습

 맛깔스런 댓글이 달린
수필가의 일기

을 하고 달리니 잘 달릴 수가 있었다.

나는 새벽 5시와 오후 5시 하루에 두 차례씩 3시간 동안 매일 운동을 하고 있다. 그것도 5년째 운동을 하고 있다. 새벽 운동할 때 100m 달리기도 나의 운동 종목에 들어있다. 100m 달리기를 매일 하였기 때문에 달리기에는 자신이 있을 것만 같았다. 막상 오늘 달리기를 하여 보니 그런 것도 아니었다. 나보다 잘 뛰는 사람들이 많다. 5종목을 계속 뛰고 들어오니 여자 반원들이 걱정들을 한다. 내일 아침에 일어나지 못할 것이란다. 나는 운동을 많이 한 사람이기 때문에 그런 걱정은 하지 않고 있다. 정말로 내일 아침에 잘 일어날 수 있을지 모르겠다.

체육대회를 마치고 반별 노래자랑을 시작한단다. 반별로 노래 선수를 선발하란다. 우리 반은 반장이 노래 선수로 나간단다. 1반부터 노래 선수가 나와서 노래를 부른다. 노래 선수들이 모두 여성들이다. 여자들은 목소리가 곱기 때문에 노래를 잘 부르나보다. 우리 반 순서가 되었다. 반원 전체가 응원을 하기 위하여 나간다. 반장님은 강진의 '삼각관계' 란 노래를 부른다. 박자 좋고, 음정 좋고, 목소리 좋다. 여자들 노래 소리만 듣다가 남자의 목소리가 들려오니 기분이 좋은가보다. 모두가 흥겨워한다. 반장님이 부르는 '삼각관계' 란 노래는 가요 동아리에서 우리가 배운 노래다. 배운 나도 잘 부르지 못하는데 우리 반장님은 너무도 잘 부른다. 노래는 배운다고 잘 부르는 것이 아니고, 선천적으로 타고나야 하나보다.

우리 반이 노래를 부르고 난 후 조금 쉬었다 한단다. 가요동아리 회원들이 찬조 출연을 한단다. 나는 나가지 않으려고 앉아 있었다. 자꾸 "나오라."고 방송을 한다. 가요 동아리에서 배운 노래들은 노래방 기계에 없단다. 할 수 없이 우리가 배우지 않는 노래를 불렀다. 나머지 다섯 반의 노래가 계속 이어진다. 반별 노래자랑이 끝나고, 점수 통계를 내는 사이 디스코 타임을 가진단다. 노래방 기계에서는 흥겨운 노랫가락이 계속 흘러나오고 있다. 모두가 신이 나서 운동장으로 나온다. 디스코 춤판이 벌어진다. 우리 민족은 춤과 노래를 좋아하나보다. 노래만 나오면 모두가 몸을 흔든다. 이런 기회를 자주 만들어서 우정도 쌓고, 쌓인 스트레스를 모두 풀어 버렸으면 좋겠다.

공식 행사가 끝났다. 우리 5반은 화원동산 반대편에 있는 남평 문씨 본리 세거지인 인흥 마을에 현장답사를 간단다. 인흥 마을은 목화를 우리나라에 처음 가지고 들어온 고려 말 충신 문익점의 18세손인 문경호가 19세기 중엽에 터를 잡아 만든 마을이란다. 조선 말기의 전통 가옥 9채와 재실 1채, 정사 1채, 문고 1채가 잘 보존되어 있는 아늑한 농촌 마을이다. 지금은 이 마을이 민속자료 제3호로 지정되어 있단다.

마을 뒷산에는 푸른 나무들이 병풍처럼 둘러져 있고, 마을 앞으로는 냇물이 흐르고 있다. 마을 바로 앞에는 붉은 홍매화가 만발하여 고풍스런 마을의 품격을 한층 더 높여 주고 있다. 해설사 뒤를 따라 짙은 흙 내음이 가득한 토담 길을 걸어간다. '재실'이 우리를 먼저 반긴다. '재실'은 오늘날 학교란다. 다시 더 걸어가니 문중 자제들의 배움터이자 학문을 토론하였다는 '수정봉사'가 우리를 기다리고 있다. 2만여 권의 국내외 책과 문건을 보관하고 있다는 '인수문고'를 돌아 나오니, 대구 시장을 지내셨던 분의 문패가 달린 집이 나온다. 그 분이 아직도 이 집에서 살고 있단다. 수령이 100년이 넘었다는 재래 소나무는 천연보호림으로 지정되어 있단다. 해설사의 배웅을 받으면서 인흥 마을을 뒤로 하고 우리의 차는 다시 반장님의 문중에서 집을 지어 운영한다는 식당을 향하여 달려가고 있다.

김보부 12.04.16. 12:29 5반

참 행복하네요. 봄나들이 행사에 앞서 역사박물관을 관람하시고, 봄나들이 체육행사에서도 최선을 다하는 아름다운 모습이 그려지네요. 반장님께서도 노래 시합장에 나가는 모습이 정겨워 보입니다. 체육행사가 끝나고 남평 문씨 인흥마을 현장 답사도 즐거운 추억 되었군요. 5반의 아름다운 우정 또한 5반 반장님의 리더십이 유감없이 발휘되어 있는 모습이 부럽습니다. 장문의 글 잘 읽고 갑니다. 늘 건강하시고 즐거운 나날 되시기 바랍니다.

염해일 12.04.16. 12:57

5반 반장님의 리더십이 특별하답니다. 그래서 5반이 단합이 잘 되는 것 같습니다. 그 날 반장님이 금일봉을 내어 놓았답니다. 그 바람에 월곡박물관과 남평문씨 세거지 인흥마을에도 처음으로 가 보았답니다. 많은 것을 보고 배웠답니다. 보부님, 행복하세요.

● 청년의 힘 12.04.16. 13:03 .

봄나들이 행사에 역사박물관 관람과 인흥마을의 현장답사까지 곁들인 5반의 학우님들이 부럽습니다. 반장님의 통솔력과 반원의 정겨운 모습이 그려집니다. 잘 읽고 갑니다. 행복한 나날이 되세요.

● 염해일 12.04.16. 17:12

청년의 힘님, 너무 좋은 말씀 고맙습니다. 댓글도 어찌 그렇게 잘 쓰시는지 감탄스럽습니다. 청년의 힘님, 행복하세요.

● 송하 / 전명수 12.04.16. 19:15

봄바람이 세차게 불어오던 날 화원동산의 봄나들이 행사가 다시 엮어 나가는 기분입니다. 항상 섬세하면서 리얼하신 표현과 유려한 문체가 정겹기 그지없습니다. 단합된 5반 학우님 더욱 행복한 학교생활 이어가시기 바랍니다. 재미있게 읽고 갑니다. 염선생님, 행복하게 지내십시오.

● 염해일 12.04.16. 19:23

송하님이 저의 글에 대한 좋은 평을 하여 주시니 부끄럽습니다. 송하님의 '모감주나무는 여름을 서두르지 않는다.'는 책을 읽고 있습니다. 읽을수록 저의 글이 한참 부족하다는 것을 절실히 느낍니다. 송하님, 건강하고 행복하세요.

● 웃음남 12.04.18. 19:24

5반 반장 우종협님과 5반 반원 모두 행복해 하시고 단합 잘 되는 모습 정말 부럽네요. 운경 학교에 다녀도 반회 활동이 얼마나 잘 되느냐에 따라 행복감과 즐거움에 차이가 많이 나지요. 특히 즐기면서도 공부하는 분위기도 느껴져 운경 17기의 최고 모범반인 것 같네요. 반장님과 반원 모두 모두의 참여하는 마음이 느껴지네요. 행복하세요.

 맛깔스런 댓글이 달린
수필가의 일기

염해일 12.04.19. 07:38

저희 5반을 그렇게 잘 봐 주시고 칭찬하여 주니, 저의 기분이 무척 좋네요. 웃음남님, 행복하고 건강하세요.

이 모든 것이 아버지 덕이지요

오후 운동을 마치고 집에 돌아오니, 오늘 저녁에 외식이 있단다. 둘째아들로부터 연락이 왔단다. "갑자기 외식은 무슨 외식이냐?"고 물었다. 막내아들이 오늘 저녁을 산단다. 그것도 전 가족 16명이 함께 하는 식사 자리란다. 오늘 저녁 7시에 섬유

회관 옆에 있는 K쇠갈비 집으로 오란다. 그 집은 꽤 비싼 집인데 우리 가족 모두를 불렀단다.

오후 5시 가까이 되니 팔공산에 살고 있는 둘째 아들 가족이 우리 집으로 온다. 우리 부부를 태우려 왔단다. 둘째 집의 두 돌 지난 막내 손녀가 재롱을 부린다. 할아버지 할머니께 배꼽인사를 한다. 지난주만 하여도 막내 손녀가 할아버지를 알아보지 못하였다. 그런데 오늘은 인사만 하는 것이 아니고 할아버지 할머니 볼에다 뽀뽀 세례까지 퍼붓는다. 막내손녀가 할아버지를 알아보나보다. 많이 의젓하여졌다. 크는 아이들은 하루하루가 다른 것 같다. 손자손녀들의 재롱에 취해 있는 사이 저녁을 먹으러 가잔다. 이미 식당 안은 만원이다. 홀 안에까지 손님으로 가득하다. 막내아들이 미리 예약을 하여 놓았나보다. 2층 다락방으로 우리를 안내한다. 예약된 우리 방에는 이미 식사 준비가 완료되어있다. 우리가 먼저 왔나보다. 아무도 보이지 않는다. 조금 있으니 막내네 가족들이 들어온다. 이어서 맏아들 가족이 뒤따라 들어온다.

손자손녀들의 상이 한쪽 편으로 따로 마련되어 있다. 손자손녀들은 오자말자 자기들끼리 모여 놀기에 바쁘다. 어른들 상에만 고기가 올려 진다. 어른들이 고기를 구워서 아이들에게 준단다. 둘째 아들과 막내아들이 고기를 굽는다. 손자손녀들은 놀기에 정신이 없다. 고기 굽는 곳에 오지를 않는다. 아이들이 놀고 있을 때 어른들부터 먼저 고기를 먹잔다. 모두가 맛있게 먹고 있다. 집 사람은 고기를 먹다가 손자손녀가 자꾸 마음에 걸리나보다. 젓가락으로 구운 고기를 집어서 손자 소녀들의 입에 넣어주기에 바쁘다. 막내아들은 자기 엄마가 고기를 먹지 않으니 신경이 쓰이나보다. 아이들은 우리가 먹고 난 후에 구워 줄 테니 빨리 고기를 먹으란다. 할머니로부터 받아먹은 쇠고기가 맛이 있었나보다. 손자손녀들이 고기 굽는 상으로 모여들기 시작한다. 굽는 고기들이 손자손녀들의 그릇으로 옮겨진다. 손자 손녀들이 서로 시세가면서 고기를 잘도 먹는다. 한참 동안 먹더니 먹을 만큼 먹었나보다. 또 다시 자기들끼리 모여 놀기에 바쁘다. 요사이 아이들은 고기를 많이 먹지 않는 것 같다.

쇠고기를 먹으면서 맏아들이 엄마 아버지는 막내아들을 잘 두었단다. "막내아들이 없었더라면 이렇게 비싼 쇠고기 갈비를 먹어 볼 수 있겠느냐?"고 한다. 그 말에 막내아들은 이 모든 것이 아버지 덕이란다. 아버지가 원서를 넣어 주었기 때문에 이런 쇠고기 맛도 볼 수 있단다. 그 말에 맏아들은 막내 말이 맞는 말이란다. "나도 우리 아버지가 재수를 권하였기 때문에 지금 같은 일을 할 수 있단다. 둘째도 아버지가 원서를 넣어 주지 않았더라면 이렇게 안정된 직장을 가질 수가 있었겠느냐?"고 한다. 맏아들의 그런 말을 듣고 나니 어쩐지 기분이 좋다. 정말로 아들들에게 도움을 그렇게 주었는지는 나도 잘 모르겠다. "너희들이 잘 했기 때문에 그렇게 되었지." 라고 하였다. 집사람은 "너희들도 잘 하지만 우리 며느리들이 잘 한다." 고 며느리들을 칭찬한다. 그 말에 맏아들이 "엄마가 며느리들에게 너무 아부하는 것 아니냐?"고 묻는다. 나머지 아들들도 엄마가 며느리들에게 아부하는 것 같단다. 중학교 다니는 맏손녀도 그 이야기를 듣고 씩 웃는다. 집 사람은 "며느리들이 종알종알하면 이런 자리를 마련할 수 있었겠느냐?"고 한다. 우리 며느리 셋 모두가 착하고 잘 한단다. 집 사람의 이야기를 듣고 나니, 그 말도 맞는 말 같다. 집안에 우애는 여자들한테 달려 있단다.

막내아들의 "아버지 덕이지요." 하는 소리를 들으니 옛 일들이 희미하게 떠오른다. 우리 맏아들은 K대학 전자공학과에 합격을 하였다. "재수를 하여보라."고 권하였다. 맏아들은 초, 중, 고 12년 동안 공부하느라고 심신이 많이 지쳐 있었나보다. 그냥 대학을 다니겠단다. 맏아들에게 재수를 시키기 위하여 시내에 있는 학원들을 찾아다녔다. 유신학원은 단과 반이란다. 일신학원은 종합 반으로 고등학교 식으로 공부를 시킨단다. 고등학교 4학년이란다. 입학 조건이 까다로웠다. 출신고교에서 성적증명서를 떼어오란다. 모든 서류를 제출하여 입학부터 먼저 시켜놓았다. 그리고 맏아들에게 재수를 다시 권유하였다. 재수를 1년 하고 나니 성적이 많이 향상되었다. 그 다음 해에 K대학교 치과대학에 합격이 되었다.

둘째아들은 초등학교 들어가던 해부터 아프기 시작하여 대구 동산병원에서 큰 수술을 받았다. 초등학교 4학년까지 예천에서 대구까지 입원, 퇴원, 외래 진료를 받으러 다니느라고 공부를 하지 못하였다. 그래서 기초가 많이 부족하여 초, 중, 고를 힘겹게 졸업하였다. 그러나 D대학교 사대 수학교육학과에 입학을 하였다. 2학년까지 다니다가 대구 공항에 있는 공군부대에서 방위로 군복무를 하고 있었다. 그 때 나는 예천 감천고등학교에서 3학년을 담임하고 있었다. 대학수학능력 원서를 도교육청에 접수하러 오면서 둘째 아들의 원서도 함께 제출하였다. 군 복무를 하면서 대학수학능력시험을 쳤다. 그 해가 대학수학능력 1차 년도였다. 대학수학능력시험이 IQ검사를 하듯이 사고력을 측정하는 시험이었다. 1년에 두 번 시험을 쳤다. 두 번 모두 성적이 잘 나왔다. 그래서 취업이 잘 되는 대구교육대학에 다시 입학을 하였다.

막내아들은 K대학교 유전공학과에 합격을 하고 등록을 하였다. 휴학을 하고 재수를 하겠단다. 막내아들은 벌써부터 의과대학에 가는 것이 꿈이었다. 1년 재수한 후 대학수학능력 성적이 자기가 예상한 만큼 나오지 않았나보다. 의대에 원서 내는 것을 주저주저하고 있었다. 그래서 내가 원서를 들고 K대학교 의대를 찾아갔다. 그날이 원서 마감 날이었다. 20명 모집에 13명이 이미 접수되어 있었다. 원서를 들고 온 학생과 학부형들 30여명이 초조하게 기다리고 있었다. 남은 자리는 7자리뿐이란다. 원서 마감시간까지 서로의 눈치만 보고 있다. 마감시간을 얼마 남겨 놓지 않고 학부형들이 "원서의 점수를 공개하자."는 의견이 나온다. 성적이 되지 않는 사람들은 내일 원서마감인 Y대학과 G대학으로 가잔다. 아이들을 희생시킬 수 없단다. 성적을 공개했을 때 우리 아들의 점수가 접수할 순번에 들지 않으면 원서도 한 번 내 보지 못할 것 같은 생각이 들었다. 그래서 나는 원서를 미리 접수시켰다. 우리 막내는 K대학교 유전공학과에 이미 자리가 마련되어 있었기 때문에 과감하게 원서를 접수시킬 수 있었던 것 같다. 그날 저녁뉴스에 우리 막내가 넣은 곳에 정원에 한 사람이 넘어섰단다. "학부형들끼리 대학입학전형을 하였다."는 보도도 함께 나온다. 학부형들이 성적을 공개하여 성적순으로 원서를 접수시킨 것을 두고 하는 말인 것 같았다. 오늘 막내아들이 "아버지 덕이지요."라는 말이 이런 사실을 두고 한 말인가 보다.

막내가 의대에 합격하던 해가 내 평생에 가장 재수가 좋았던 해였던 것 같다. 막내의 합격자 발표가 있기 하루 전에 둘째 아들이 "대구교육대학교에 합격되었다."는 소식이 먼저 들려온다. 둘째가 합격하였다는 소식이 들려오니 막내의 합격이 불안해지기 시작한다. '신은 거듭 행운을 주지는 않을 것 같다.'는 생각이 들었기 때문이다. 그 이튿날 막내의 의대합격 소식이 또 들려온다. 정말 그날은 덩실덩실 춤을 추었던 것으로 기억된다. 그리고 며칠 되지 않아 내가 그렇게 가고 싶어 하던 벽지학교인 문경서중학교로 발령까지 난다. 벽지만 다녀오면 교감으로 승진을 할 수 있었기 때문에 너무도 기다렸던 영전 소식이었다. 그렇게 억수로 재수 좋은 해는 내 평생에는 다시 오지 않을 것 같다. "사람 평생에 세 번의 행운이 온다."는 말이 정말인가보다. "이 모든 것이 아버지 덕이지요."란 그 말 한마디에 지난 추억들이 살살 풀려 나오고 있다.

막내아들에게 쇠고기 대접을 받고 나니 기분이 그렇게 좋을 수가 없다. 불현듯 우리 아버지 어머니 생각이 떠오른다. 나는 우리 부모님께 이런 기쁨을 드렸던가하는 죄책감이 밀려온다. 우리 부모님께 용돈 한 번 드리지 못하고, 외식 한 번 시켜드리지 못하였다.

 맛깔스런 댓글이 달린
수필가의 일기

나는 69년부터 직장생활을 하였다. 10년 가까이 매달 받은 봉급을 부모님께 모두 보내드렸다. 직장생활 10년 동안 내 집이 없었다. 그래서 적금을 부었다. 적금을 넣고 3개월 만에 적금대부를 받아서 조금만한 초가집 하나를 마련하였다. 그 후에 두 차례 집을 팔고 사면서 지금의 내 보금자리를 마련하였다. 뒤이어 아들들 대학까지 졸업시키고, 결혼까지 시켰다. 이런 핑계로 부모님에게 외식 한 번 사 드리지 못하고, 용돈 한 푼 드리지 못하였다. 아무리 어렵다고 하더라도 부모님에 대한 성의 부족이고, 핑계에 지나지 않았다는 것을 이제야 깨달았으니 너무도 한심스럽다.

"나무가 가만히 있고자 하나, 바람이 가만히 두지 않는다."고 한다. 지금 와서 그런 생각을 한들 무슨 소용이 있겠는가? 외식 한 번 시켜 드리고, 용돈 한 푼 드리고 싶어도 두 분 모두 이 세상에 계시지 않는다. 아버지, 어머니 정말로 보고 싶습니다. 불효한 자식을 너그러운 마음으로 용서하여 주십시오. 아버님, 어머님!

송하 / 전명수 12.04.18. 07:28

정말 따뜻한 가정이요, 다복하신 삶입니다. 옹기종기 가족 간에 인정이 넘치는 정경이 눈에 훤하게 비쳐지는 듯합니다. 며느리 자랑하시는 시어머니의 모습과 그 마음이 돋보이며 존경스럽습니다. 재미있게 읽고 부러운 마음 안고 갑니다. 더욱 행복한 가정되시기 바랍니다.

염해일 12.04.18. 14:24

그렇게 살아가는 것이 인생이라는 생각을 합니다. 송하님, 건강하고 행복하세요.

김보부 12.04.18. 22:09

해일님, 정말 아름답고 다복한 가정을 꾸려나가며 가족 간에 우애가 넘치는 광경이 그려지네요. 사모님께서도 손자들 챙기시랴, 며느님들 챙기시는 모습이 아울러 머리에 그려집니다. 자식들이 부모와 형제간의 우애를 챙기시는 그 모습이 새삼 존경스러우며. 좋은 가정 좋은 글 잘 읽고 갑니다. 늘 건강 하세요

산세베리아 12.04.19. 05:03

교장선생님. 화목한 모습 참 부럽네요. 갑자기 이 새벽에 멀리멀리 떨어져 사는 자식들이 보고 싶어지네요. 그들도 그렇겠지요? 그럴 거라고 생각하면서 살아요. 가까이 사는 것도 복이지요.

염해일 12.04.19. 07:08

보부님, 산세베리아님 찾아주셔서 행복합니다. 지난 번 모임에서 만나 기분이 좋았답니다. 항상 행복하고 건강하세요.

청년의 힘 12.04.19. 11:43

3대가 같이 다복하게 생활하시는 정경이 눈에 선하고 부럽습니다. 저희도 같이 살다가 서울로 보내고 나니, 손자 손녀가 보고 싶을 때가 문득문득 나지요. 집안 어른들의 사랑에 며느리들의 행복한 모습, 가족 모두가 웃음과 복이 넘치는 가정을 만들고 있네요. 훌륭하신 부모 밑에 효자 효부들이네요. 항상 건강하고 행복하세요. 잘 읽고 갑니다.

염해일 12.04.19. 11:33

청년의 힘님, 손자 손녀들이 서울에 살고 있다니 많이 보고 싶겠네요. 댓글에 올라오는 청년의 힘님의 손자손녀들의 사진을 자주 보았답니다. 손자손녀들이 잘 생

겼더군요. 할아버지 할머니는 손자 손녀 보는 재미로 사는 것 같아요. 떨어졌다가

한 번씩 만나면 그 즐거움과 행복은 배가가 될 거예요. 행복하세요, 청년의 힘님!

"나무가 가만히 있고자 하나, 바람이 가만히 두지 않는다."고
한다. 지금 와서 그런 생각을 한들 무슨 소용이 있겠는가? 외식
한 번 시켜 드리고, 용돈 한 푼 드리고 싶어도 두 분 모두 이 세
상에 계시지 않는다. 아버지, 어머니 정말로 보고 싶습니다. 불효
한 자식을 너그러운 마음으로 용서하여 주십시오. 아버님, 어머
님!

 맛깔스런 댓글이 달린
수필가의 일기

오늘 아침에는 어르신들 한글 교육 봉사를 하기 위하여 아침 일찍 집을 나섰다. 어르신들이 배울 교과서를 가지러 서부교육지원청에 다녀와야 하기 때문이다. 동부정류장 앞에서 508번 시내버스를 탔다. 어제 서부도서관 직원에게 "서부교육지원청이 어디에 있느냐?"고 물어보았다. 서구청 앞에서 시내버스를 타고 신평리 네거리에서 좌회전을 하여 가면 삼익맨션이 나온단다. 삼익맨션 부근에 있단다. 직원의 이야기를 듣고는 감이 잡히지 않는다. 그래서 오늘 아침에 평상시보다 40분 일찍 집을 나섰다. 시내버스를 타고 가면서 운전기사에게 "서부교육지원청을 가려면 어디에서 내려 환승을 해야 되느냐?"고 물었다. 운전기사는 이 차가 바로 그 앞을 지나간단다. 삼익맨션 앞에서 내리란다. 서구청을 지나니 네거리가 나오면서 좌회전을 한다. 아마 이 네거리가 신평리 네거리인가보다.

네거리를 지나고 나니, 조바심이 나기 시작한다. 운전기사에게 "서부교육지원청이 아직도 많이 남았느냐?"고 물었다. 다음에 내리란다. 시내버스에서 내리니 어디로 가야 할지 모르겠다. 지나가는 사람들에게 "서부교육지원청을 가려면 어디로 가면 되느냐?"고 물었다. 대부분 사람들이 모른단다. 겨우 아는 사람을 만났다. 가르쳐 주는 곳으로 조금 가니 서부교육지원청으로 들어가는 팻말이 나타난다.

서부교육지원청 건물이 깨끗하고, 아담하다. 1층 사무실에 들어가서 "초등교육과가 어디 있느냐?"고 물었다. 초등교육과는 없어졌단다. 교육청이 교육지원청으로 바뀌면서 직제도 많이 바뀐 모양이다. 사연을 이야기하니 창의인성교육과로 가란다. 2층에 올라가서 서쪽으로 쭉 가면 서쪽 끝에 창의인성교육과가 나온단다. 그곳에 가니 다시 3층으로 올라가서 서쪽 끝으로 가란다. 사무실 문을 열고 들어가니 장학사님들이 사무를 보고 있다. 찾아온 사연을 이야기하니 과장님실로 안내한다. 과장님께 "지난번에 전화를 하였던 염해일이라."고 하니 반갑게 맞아 주신다. 커피를 한 잔 마시면서 이야기를 나누었다. 과장님이 서부교육지원청 현황을 이야기하여 준다. 서부교육지원청은 서구와 북구에 있는 학교들을 지원한단다. 서구에 49개교, 북구에 144개교로 전체 193개의 유치원과 초, 중, 고를 지원하고 있단다.

과장님이 얼마나 친절한지 모르겠다. "전화로 연락만 하여 주면 갔다 드릴 텐데 일부러 여기까지 오셨다."면서 미안해한다. "인사도 할 겸 왔다."고 하였다. 다음부터는 전화만 주면 책을 가져다주겠단다. 초등학교 국어 읽기 3-1 교과서도 곧 구해 주겠단다. 언제든지 필요할 때 연락만 하란다. 그러면서 나보고 말씀을 낮추란다. 선배 선생님에 대한 예우도 깍듯하게 한다. 책을 받아가지고 3층에서 내려오니, 계속 따라 내려오면서 길 안내를 하여 준다. 정말로 친절한 과장님이다.

나는 2011년 2월 말에 42년간 근무하였던 교직에서 정년퇴직을 하였다. 정년퇴직을 하기 바로 직전에 대구시에서 뽑는 금빛평생봉사단에 원서를 내어 합격을 하였다. 정년퇴직을 하자말자 "서부도서관에 가서 어르신들 한글 교육봉사를 하라."는 명을 받았다. 지난 1년간 어르신들에게 한글을 가르쳤다. 어르신들이 배우는 교과서인 초등학교 교과서를 구하는데 고생을 많이 하고 있었다. 어르신들은 초등학교 교과서를 어디에서 팔고 있는지를 모른다. 그리고 책을 살 수 있는 돈이 없는 어르신들도 있었다. 지금 배우고 있는 초등학교 국어 읽기 2-1 교과서는 내가 구하여 어르신들께 드렸다. 초등학교 국어 읽기 2-1 교과서를 구하기 위하여 대구시내 여러 초등학교를 찾아 다녔다. 어렵게 초등학교 국어 읽기 2-1 교과서를 구하였다.

지금 배우고 있는 초등학교 국어 읽기 2-1 교과서가 거의 다 배워간다. 다시 초등학교 국어 읽기 2-2 교과서를 구해야 한다. 지난번에 교과서를 구하는데 고생을 많이 했기 때문에 서부도서관의 관할 구역인 서부교육지원청에 도움을 받기로 하였다. 서부교육지원청 홈페이지에 들어갔다. '묻고 답하기' 코너가 있었다. 그곳에 들어가 사연을 쓰고 "초등학교 국어 읽기 2-2 교과서를 구해 달라."고 글을 올렸다. 이튿날 "접수되었다."는 휴대폰 메시지가 대구시교육청에서 왔다. 그 후로는 결과처리에 대한 연락이 오지 않는다. 홈페이지에 다시 들어가 보았다. 아무 답이 없다.

그래서 이번에는 서부교육지원청에 직접 전화를 하였다. "초등학교 국어 읽기 2-2교과서를 구하고 싶다."고 하였다. 전화를 받

 맛깔스런 댓글이 달린
수필가의 일기

은 사람이 담당과장인 창의인성교육과장님에게 전화를 돌려준다. 나의 신분을 밝히고 "초등학교 국어 읽기 2-2교과서를 좀 구해 달라."고 하였다. "교장선생님이 그렇게 좋은 일을 하시는데 구해 드리겠다."면서 흔쾌히 대답을 한다. 몇 시간이 지난 후에 과장님으로부터 연락이 온다. 교과서 주문할 시기가 아니어서 구하기가 어렵단다. "각 초등학교에 공문을 보내서 구하는 방법이 없느냐?"고 물었다. 각 학교에 사발통문을 돌려서 한 번 구해 보겠단다. 그리고 1주일이 지났는데도 아무 연락이 없다. '책을 구할 수 없는 가 보다.' 하면서 다시 서부교육지원청에 전화를 하였다. "과장님을 좀 바꾸어 달라."고 하였다. 과장님이 지금 전화를 받고 있단다. 조금 후에 전화를 다시 걸어 달란다. 그러면 "과장님께 말씀 좀 전해 달라."고 하면서 전달내용을 이야기하였다. 전화를 받은 장학사가 초등학교 국어 읽기 2-2 교과서를 이미 구해 놓았단다. 그래서 구해 놓은 교과서를 가지러 오늘 서부교육지원청에 갔다.

책을 가지고 서부도서관에 돌아오니 평상시보다 많이 일찍 하였다. 4층 사무실에 노트북을 가지러 가기 위하여 엘리베이터를 탔다. U어르신이 엘리베이터에 함께 올라탄다. 오늘 수업을 마치고 점심 식사를 대접하고 싶단다. "말씀만 들어도 고마우니 되었다."고 하였다. 이미 식당에 점심예약을 하여 놓았단다. 수업을 마치고 꼭 식사를 함께 하여 달란다.

어르신들이 수업하는 선생님께 주려고 음료수를 가져온다. 쉬는 시간에 음료수를 마시라고 가져오는 것 같다. 선생님 것을 가져오면서 반원 전체가 먹을 간식도 함께 들고 온다. 그것이 유행처럼 번지기 시작한다. 그래서 교실에 음료수와 음식들을 일체 가지고 오지 못하게 하였다. 대부분 어르신들이 자식들에게 돈을 받아서 쓰신다. 반원 전체(30명)가 먹을 음식을 준비하면 큰 부담이 될 것 같았다. 돈이 없어서 음식을 준비하지 못하는 어르신들도 많이 계신다. 남의 음식을 얻어먹기만 하는 것도 부담이 될 것 같았다. 반원들 간에 위화감이 조성될 것 같은 생각도 들었다. 그래서 일체 음식을 가져오지 못하게 하였다.

그 이튿날부터 내가 먹을 음료수는 내가 준비하여 가져갔다. 매일 집으로 배달되는 우유를 가지고 오다가 시내버스 안에서 먹었다. 시내버스에서 먹던 우유를 먹지 않고 교실로 가지고 들어갔다. 내 책상위에 올려놓았다가 쉬는 시간에 휴게실로 가져가서 마셨다. 그 후로는 어르신들이 먹을 것을 가져오지 않는다. 아마 그런 일이 있었기 때문에 U어르신도 엘리베이터를 타는 나를 따라 와서 조심스럽게 그런 이야기를 하였나보다.

수업을 마치고 4층 사무실에 노트북을 갖다 놓고 내려왔다. 어르신들 대표되는 반장과 부반장님이 출입문에서 나를 기다리고 있다. U어르신이 "나를 데리고 오라." 고 하더란다. "자꾸 가자." 고 한다. 가지 않을 수 없는 형편이었다. 식당에 가니 U어른이 기다리고 있다. U어른은 선생님이 호주 뉴질랜드 여행을 가시는데 그냥 보내기가 섭섭하여 이 자리를 마련하였단다.

부부모임에서 외국여행을 가기 위하여 2년 전부터 여행비를 모

 맛깔스런 댓글이 달린
수필가의 일기

앗다. 4월 23일부터 9박 10일간 호주 뉴질랜드 관광을 가기로 하였다. 3월 초에 여행사와 계약을 맺었다. 그래서 어르신들에게 양해를 얻고, 여행 때문에 못하는 수업을 미리 앞당겨서 모두 하였다. 그래서 어르신들이 내가 호주 뉴질랜드로 여행가는 날짜를 알고 있었다.

점심식사는 굴 국밥이란다. 굴 국밥으로 소문난 집이란다. 굴 국밥을 시켜 놓고 여러 가지 이야기를 한다. U어르신은 서문시장에서 큰 옷 가게를 하고 있단다. IMF가 오기 전에는 전포가 여러 개 있었단다. 직원들도 10여명을 데리고 있었단다. 돈도 많이 벌었단다. 친정집이 가난하여 초등학교도 못 다녔단다. 못 배운 것이 한이 되었단다. 늦게나마 공부를 하니 그렇게 좋을 수가 없단다. U어르신은 선생님이 다른 곳으로 갈까봐 걱정이 되었단다. 그래서 선생님이 다른 곳으로 못 가도록 구청장님에게 부탁을 하려고 하였단다. 구청장이 U어르신을 보고 "필요한 일이 있으면 언제든지 이야기하라."고 하더란다. "꼭 들어 주겠다."고 약속을 했단다. 그래서 남편에게 그 이야기를 하였단다. 남편은 "선생님의 입장을 들어 보지도 않고 막무가내로 그런 부탁을 해서 되겠느냐?"고 하더란다. 그래서 이야기를 못하였단다. 그 이야기를 듣고 "걱정하지 마시라."고 하였다. "내 형편이 되는 한 언제까지든지 가르쳐 드리겠다."고 약속을 하였다.

어르신들 한글 교육 봉사를 시작할 때는 '42년간 나라의 녹을 먹었으니, 퇴직 후에는 사회를 위하여 봉사를 하여야겠다.' 는 마음을 가지고 시작하였다. 그러나 어르신들을 가르치면서 내 생각이 많이 달라졌다. 어르신들을 통하여 내가 많은 것을 배우고, 어르신들로부터 많은 사랑을 받고 있다는 사실을 깨달았다. 사람은 사랑을 먹고 산다는 말이 맞는가보다. 지금은 '내가 남을 위하여 봉사한다는 생각보다 내가 어르신들로부터 삶의 활력소를 얻고 도리어 많은 것을 배우고 있다.'는 생각을 한다. 봉사하는 일은 남을 위한 일이라기보다는 나 자신을 위한 일임을 깨달아가고 있다.

댓글 4 회 ｜ 조회 40회 〈 ①17기 게시판 조회 27회　②아름다운 글방 조회 13회 〉

송하 / 전명수 12.05.04. 04:07

인생 선배를 제자로 두신 보람도 쏠쏠해 보입니다. 봉사하는 가운데 남에게 도움을 준다는 것 보다 자신이 배우며 깨닫고 긍정적이며 활기차게 살아갈 수 있음에 결국은 나 자신을 위한 일이라 느껴지는 점을 공감합니다. 재미있게 읽고 갑니다. 항상 건강하시고 행복하게 지내시기 바랍니다.

염해일 12.05.04. 05:59

봉사는 결국 나를 위한 일이 되는 것 같더군요. 사람은 스스로가 일을 하면서 많은 것을 배우고 느끼면서 살아가는 것 같습디다. 송하님, 행복하세요.

김보부 12.05.06. 21:13

염교장님의 어르신들의 한글교육 봉사 정말 아름다워 보이네요. 교육계의 정년을 하시고도 열성적으로 봉사하시는 교장선생님의 열성적인 사회 봉사정신에 다시 한 번 경의를 표합니다. 좋은 글 잘 읽고 갑니다. 늘 건강하시고 행복하십시오.

염해일 12.05.07. 05:04

 맛깔스런 댓글이 달린
수필가의 일기

보부님의 칭찬에 몸 둘 바를 모르겠습니다. 봉사라기보다 나 자신을 위한 일인 것 같습니다. 찾아 주셔서 감사합니다. 행복하세요, 보부님.

한국 의사가 본 미국 할머니의 쓸쓸한 죽음

어제는 설날 하루 전인 작은 설날이다. 막내네 가족이 가장 먼저 들어온다. 막내아들이 빠진 손자들과 손녀, 막내며느리만 들어온다. 가장인 막내아들은 골프를 치로 갔단다. 이어서 맏아들네 가족이 들어온다. 곱게 한복을 차려 입은 손녀들과 맏며느리가 들어온다. 맏아들네 가족이 집에 들어오니, 설날 기분이 난다. 맏아들도 골프를 치로 갔단다. 점심을 먹을 때가 되었는데도 팔공산에 살고 있는 둘째 아들네 가족이 들어오지를 않는다. 명절 때나 집안의 각종 행사가 있을 때 항상 둘째네 가족이 가장 먼저 들어온다. 그런데 오늘은 둘째네 가족이 점심을 먹을 때까지도 들어오지를 않는다. 슬며시 걱정이 된다. 주방에 있는 집 사람에게 다가가서 "둘째 네가 무슨 일이 있는 것 아니냐?"고 물어본다. '누구 아플까?' 아니면 '부부 싸움을 하였을까?' 점심을 먹고 한참 후에야 둘째네 가족이 들어온다. 두 돌 지난 막내 손녀 지원이가 감기에 걸렸단다.

둘째 네가 들어오고도 한참 후에야 맏아들과 막내아들이 함께 들어온다. 왜관에 가서 골프를 치고 오는 길이란다. 이어서 동생네 가족들이 들어온다. 동생 부부와 결혼한 큰 질녀 부부가 손녀를 데리고 함께 들어온다. 조카는 놀러 나가고, 결혼한 둘째 질녀는 내일 오기로 하였단다. 거실 안이 그득하다. 집안이 꽉 찬다. 명절 기분이 절로 난다.

가족들이 모두 모이니, 우리 맏아들이 '2011 명작선 한국을 빛낸 문인들' 책을 들고 자기 아버지 자랑을 시작한다. 이 책속에 아버지의 작품이 실려 있단다. 그리고 이번 달 1월 27일에 아버지의 수필집 '교장선생님의 일기' 가 출간되어 나온단다. 출간된 수필집은 전국 대형서점과 인터넷 서점에서 시판될 예정이란다. 아마 집 사람이 맏아들에게 모든 이야기를 하였나보다. 중학교 다니는 맏손녀가 "진짜냐?" 고 묻는다. 할아버지의 수필집이 큰 서점에서 판매된다고 하니 놀라는 눈치다. 친구들에게도 자랑을 하겠단다. 큰 질녀는 출간되는 날짜를 다시 물어온다. 모두가 관심을 가지는 눈치다.

 맛깔스런 댓글이 달린
수필가의 일기

저녁때가 되어 저녁밥상이 차려진다. 큰 거실이지만 모두가 함께 저녁을 먹기는 비좁은 모양이다. 안방에는 9명의 손자손녀들이 먹을 밥상이 따로 차려진다. 거실에는 어른들의 저녁상이 차려진다. 어른들도 12명이나 된다.

전라도에 살고 있는 막내처남이 보름 전에 쇠뼈를 보내왔다. 집 사람은 3일 전부터 처남이 보내온 쇠뼈를 끓여서 쇠고기 곰을 만들고 있다. 저녁상에 쇠고기가 듬뿍 들어간 곰국이 한 상 가득 차려진다. 모두들 맛있게 잘들 먹는다. 제수씨는 "우리 사위가 큰 집에 와서 옳은 대접을 받는다."고 한다. 자기 집에서는 아직까지 고기 국도 한번 끓여 주지를 못하였단다. 그런데 큰 질녀는 쇠고기 곰을 먹지 않는다. 큰 질녀는 "평상시에도 고기를 먹지 않는다."고 한다. 큰 질녀는 대구 시내에서 선생님을 하고 있다. 우리 아들들이 "직장에서 회식을 할 때 고기를 먹지 않으면 어떻게 하느냐?"고 묻는다.

큰 질녀는 어릴 때 외할아버지 회갑 잔치에 갔었단다. 그곳에서 잔치에 사용할 돼지를 잡는 모습을 보았단다. 돼지를 묶어 놓고, 망치로 돼지 머리를 때리고, 칼로 돼지 목을 찔러 붉은 피를 받고, 돼지 몸을 칼로 오리는 참혹한 장면을 모두 보았단다. 어린 질녀에게는 그것이 큰 충격적이었나 보다. 그 이후로는 절대로 고기를 입에 넣지 않고 있단다. 그래서 오늘 저녁에도 쇠고기가 듬뿍 들어간 쇠고기 곰을 먹지 않고 있다.

저녁을 먹고 난 후에 선생님을 하고 있는 둘째 아들이 손자 손녀들을 모아 놓고 장끼 자랑을 시키고 있다. 오늘 저녁에 장끼를 가장 잘 보여 주는 사람에게는 내일 아침에 세뱃돈을 많이 주겠단다. 세뱃돈을 많이 준다는 말에 손자손녀들이 자기의 끼를 마음껏 보여주기 시작한다. 셋째 집 손녀인 서윤이는 유치원에서 배운 노래를 잘도 부른다. 율동까지 섞어가면서 재롱을 부린다. 둘째 집 5학년인 손자 철웅이는 바이올린 연주를 멋들어지게 연주한다. 그것도 한 곡이 아닌 여러 곡을 들려준다. 둘째 집 2학년인 손녀 지운이는 플루트 연주를 한다. 연주하는 자세도 그럴 듯하다. 아마 부부 교사를 하고 있는 자기 아빠, 엄마가 가르쳐 주었나보다. 맏집의 둘째 손녀인 2학년 수연이는 캐나다에 어학연수를 다녀왔다. 저희 사촌들이 장끼 자랑을 시작할 때 앞에 나와서 영어로 먼저 소개를 한다. 마지막에는 개다리 춤과 각종 춤으로 자기들 춤 솜씨를 유감없이 보여준다. 손자 손녀들의 재롱이 너무 귀엽고 예쁘다. 모든 할아버지 할머니들이 손자 손녀들의 이런 재롱들을 보는 재미로 살아가나 보다.

설날 아침에 동생들 가족이 차례를 지내기 위하여 우리 집으로 들어온다. 그런데 동생부부와 조카만 들어온다. 큰 질녀 부부가 같이 오지를 않는다. 아마 처가 집 제사를 지내기가 쑥스러웠나보다. 차례를 모두 끝내고 난 다음, 큰 질녀에게 "밥 먹으로 오라." 고 전화를 한다. 그러나 전화를 받지 않는다.

질녀 부부는 설 며칠 전에 부모님께 미리 세배를 드리고 왔단다. 설날에는 처가 집에 와서 설을 보내고 있단다. 여자는 출가외인이

 맛깔스런 댓글이 달린
수필가의 일기

라 하더니 그 말이 정말인가보다. 결혼하기 전에는 명절 때마다 큰 집인 우리 집에 와서 제사를 지내고 명절을 함께 보냈다. 결혼을 하고 나니 설날 아침에 큰 집에 오지를 못한다.

동생 집 큰 질녀와 둘째 질녀 시집은 서울이란다. 두 집 모두가 교회에 나가기 때문에 명절 때 제사를 지내지 않는단다. 그래서 명절 때에도 큰집 작은집 간에 왕래가 별로 없나보다. 집 사람이 우리 며느리들에게 그런 이야기를 하였단다. 며느리들이 부러워하더란다. 그 모습을 보고 집 사람은 많이 서운하였나보다. '너희들도 아들딸 키워 결혼시킨 후에 형제간에 서로 오가지도 않고, 너희들 집에 오지도 않으면 좋겠니?' 하고 묻고 싶었단다. 그러나 참았단다. 사랑은 내리 사랑이란다. 부모가 자식 생각하는 마음과 자식이 부모 생각하는 마음이 많이 다르단다. 하늘과 땅 차이란다.

동생들 가족들이 모두 떠난 뒤에 아들들과 며느리들이 함께 모여 이야기를 나누고 있다. 집 사람이 내년부터는 명절 때 해외여행을 가고 싶은 가족들은 여행을 다녀오란다. 요사이 TV에서 명절 때 해외여행을 떠나는 가족이 많다는 뉴스보도가 계속 나오고 있기 때문인가 보다. 우리나라도 점차 핵가족화 되어가고 있다. 음식에서부터 정신까지 서구화가 되어가고 있다. 서구의 좋은 것은 받아 드려야겠지만 전통적인 우리의 좋은 풍습과 사상은 서구화에 물들지 않았으면 좋겠다.

언제가 수필을 한 편 읽은 일이 있다. 우리나라 의사가 미국 병원에 가서 의사 생활을 하였단다. 의사생활을 하면서 보고, 느낀 것들을 수필로 썼다. 자기가 맡은 환자 중에 80세 가까이 되는 할머니 한 분이 있었단다. 그 환자는 입원할 때도 혼자였고, 병원에 입원을 한 후에도 항상 병실에 혼자 있었단다. 병실에 찾아오는 사람이 아무도 없었단다. 의사가 진료를 하기 위하여 할머니 병실에 들어가면 끝없이 이야기를 펼쳐 놓는단다. 이야기를 들어주면 그렇게 좋아하더란다. 이야기를 들어주는 것이 치료 효과가 있는 것 같더란다.

하루는 그 환자의 병실에 꽃다발이 두 개가 배달되어 왔단다. '왠 꽃이냐?'고 묻지도 않았는데 보내온 꽃다발에 대한 이야기를 늘어놓더란다. 이 꽃은 큰 회사를 경영하고 있는 사장인 맏아들이 보내온 꽃이란다. 맏아들의 어릴 때 이야기부터 학창시절 이야기, 맏아들 가족들에 대한 이야기를 한없이 하더란다. 저 꽃은 대학교수를 하고 있는 둘째 사위가 보내 온 꽃이란다. 둘째 사위와 둘째 딸에 대한 이야기도 끝이 없더란다. 자식들 이야기를 하면서 할머니의 얼굴에 생기가 돌기 시작하더란다.

그 날 저녁에 그 할머니가 돌아가셨단다. 자식들에게 연락을 하려고 하여도 연락할 곳이 없더란다. 가족들을 한 번도 본 적이 없었기 때문이란다. 그래서 병원 진료 카드를 찾아보니, 맏아들의 전화번호가 있더란다. 맏아들에게 연락을 하였단다. 맏아들이 전화를 받더니 "그 할머니 결국 돌아가셨군요!" 하면서 이웃집 할머니 이야기하듯이 말을 하더란다. 그러면서 "바빠서 갈 시간이 없으니 장례 절차를 밟아 달라."고 하더란다.

 맛깔스런 댓글이 달린
수필가의 일기

우리나라도 점점 서구화 되어가고 있다. 이런 일이 우리나라도 언제 일어날지 모를 일이다. 서양의 좋은 것은 받아들이고, 우리가 전통적으로 갖고 있는 좋은 효 사상과 가족애만은 서양 것이 아닌 우리 것으로 계속 이어나갔으면 좋겠다.

조광자 12.05.05. 08:56

미국 할머니의 이야기가 남의 일 같지 않게 여겨지는 것은 무슨 연유인지 모르겠습니다.

염해일 12.05.05. 14:52

저도 그런 생각을 한답니다. 우리의 전통인 효 사상을 다시 되찾아야 하지 않을까하는 생각을 하여본답니다. 조광자님, 찾아 주셔서 고맙습니다. 항상 건강하고 행복하세요.

송하 / 전명수 12.05.06. 01:28

설날을 전후하여 선생님의 가족 이야기에 신이 났다가 미국의 어느 할머니의 병상 이야기에 그저 서글퍼집니다. 인생은 혼자 왔다가 혼자 가는 것이라 하지만 노환에 들었을 때는 그의 자녀들이 돌보는 것이 우리의 미덕인데 삭막한 이야기입니다. 혹여 미래에 우리의 이야기가 되지 않을까 걱정도 됩니다. 건강하게 지내시기 바랍니다.

염해일 12.05.06. 06:59

우리나라 부모님들은 자식에 대한 정이 각별한 것 같습니다. 우리의 전통적 효 사상이 우리 후손들에게 전통으로 이어졌으면 좋겠습니다. 송하님 건강하고 행복하세요.

김보부 12.05.06. 21:29

자식을 훌륭하게 잘 길러 놓으신 황혼의 할머니의 병상 찾아오는 사람 하나 없는 쓸쓸한 투병생활과 할머님의 돌아가신 사연이 남의 일 같지 않네요. 혹여 닥쳐올 우리네의 일 같습니다. 늘 건강하십시오.

염해일 12.05.07. 05:02

우리나라 효는 아직까지 그런 수준은 아닌 것 같습니다. 우리가 젊은이들에게 전통적인 우리의 효를 교육해야 할 책임이 있는 것 같습니다. 보부님 행복하고 행복하세요.

하늘에서 하룻밤

고향친구들의 부부 모임인 건우회에서 호주 뉴질랜드 여행을 가기 위하여 2008년 6월부터 매달 10만원씩 적금을 부었다. 총무가 개설한 적금 통장으로 자동이체를 시켜 놓았다. 그 돈이 300만원이 모였다. 그 돈에다 310만원을 더 보태서 4월 23일부터 5월 2일까지 9박 10일간 호주, 뉴질랜드 부부 여행을 떠나게 되었다.

4월 23일 12시 30분에 김포 공항으로 출발하는 국내선 비행기를 타기 위하여 김해공항으로 오란다. 김해공항을 가기 위하여 아침 8시 30분에 고속버스 터미널로 나간다. 약속 시간보다 30분 일찍 고속버스 터미널에 도착하였다. 벌써 몇 집이 나와서 기다리고 있다. 출발 시간이 되어 경북고속 리무진에 올랐다. 우리의 버스는 동대구 IC로 들어가 부산으로 가는 고속도로를 달리고 있다. 월드컵 경기장을 지났다. 붉은 산복숭아와 하얀 산벚꽃들이 온 산을 아름답게 수놓고 있다. 청도 땅에 들어선다. 들판이 온통 붉은색이다. 청도가 복숭아 생산지로 이름이 나 있단다. 밭에는 하얀 눈이 온 것 같이 비닐하우스로 뒤덮여있다. 푸른 나무들과 붉은 복숭아꽃과 하얀 비늘하우스들이 햇빛을 받아 더욱 곱고 아름다운 빛을 내뿜고 있다.

밀양에 들어왔다. 넓은 들판이 끝없이 펼쳐진다. 고속도로 옆에 "밀양 신공항 최적지" 란 입간판이 높다랗게 우뚝 서 있다. 밀양에 국제 신공항이 들어선다면 많은 사람들이 혜택을 누릴 수 있을 것만 같다. 가까운 대구, 경북, 경남, 부산, 울산에 사는 사람들이 밀양 신공항 혜택을 많이 누릴 것만 같다.

뉴질랜드 호주여행을 계약했던 3월에는 대구에서 인천까지 리무진으로 가기로 계약이 되어있었다. 출발하기 얼마 전에 김해에서 김포 공항으로 가는 국내선 비행기가 새로 신설되었단다. 그래서 김해공항에서 비행기로 김포 공항으로 가게 되었다. 대구에서 리무진을 타고 인천을 가면 시간이 많이 걸릴 뿐만 아니라 우선 사람이 많이 지칠 것이라는 생각을 하는 사이 우리의 버스는 삼랑진을 거쳐 대동 IC를 빠져 나오고 있다. 고속도로변에는 낙동강물이 유유히 흐르고 있다. 낙동강 변에는 4대강 사업의 마무리 작업으로 분주하다. 4대 강 사업의 결과물이 눈으로 보이기 시작한다. 천계천이 서울 시민들의 사랑을 받듯이, 낙동강은 국민들의 휴식처와 세계 사람들의 관광지로 각광받을 날도 멀지 않을 것만 같다.

김해공항에 도착하니 여행사 사장님과 담당 직원이 나와 있다. 여행사 사장님이 9박 10일간 우리를 안내하여 준단다. 김해공항 국내선 대합실에는 제주도로 수학여행 떠나는 학생들과 국내 여행을 떠나는 관광객들로 떠들썩하다.

여행사 담당 직원이 마일리지에 적립된 것을 확인을 하여준단다. 나는 20,400포인트, 집 사람은 10,000 포인트가 적립되어 있단다. 국내선 비행기를 몇 차례 공짜로 탈 수 있는 포인트란다. 여행사직원이 간식거리인 과자와 술안주들을 담은 비닐 팩과 비행기 기내와 여행지 숙박 호텔에서 신을 슬리퍼를 하나씩 나누어준다. 두 구멍짜리 전기 코드와 여행 계획표와 안내서도 함께 나누어준다. 세심한 배려가 돋보인다. 여행사 사장님이 우리 총무와 사돈 간이란다. 여행사에서 특별히 신경을 많이 쓰는 것 같다. 우리가 가져간 짐을 먼저 비행기에 싣는다. 몸수색을 마치고, 12시 30분에 김포공항으로 출발하는 대한항공기에 오른다.

  맛깔스런 댓글이 달린
수필가의 일기

손님을 실은 대한 항공기는 천천히 활주로로 이동한다. 활주로에서 한참 동안 숨을 고른 후에 갑자기 긴 활주로를 전 속력으로 달리더니 하늘로 날아오른다. 하늘 위에서 내려다보는 경치는 너무 아름답다. 낙동강의 푸른 물줄기와 푸른 산들과 옹기종기 모여 있는 다정한 마을들이 아련하게 멀어져만 간다. 비행기가 고도를 높인다. 구름 속을 날고 있다. 한참을 올라가니 비행기는 어느 사이 새파란 하늘 위를 날고 있다. 비행기 아래 저 멀리에 하얀 구름들만 보인다. 구름바다 끝은 파란 하늘과 맞닿아 있다. 이런 것을 두고 운평선(?)이라고 해야 하나? 운해와 파란 하늘을 구경하는 사이 우리의 비행기는 서울 하늘 위를 날고 있다. 비행기가 고도를 낮추는가 싶더니 어느새 김포공항에 살포시 내려앉는다.

김포 공항 밖을 나오니 우리를 인천 공항까지 데려갈 리무진이 기다리고 있다. 김해비행장에서 실었던 우리의 짐이 우리의 뒤를 따라오고 있다. 공항 직원들에 의하여 우리의 짐이 리무진에 실려진다. 김포공항에서 인천 공항을 가는 도로변에는 하얀 벚꽃과 노란 개나리꽃이 반갑다고 손짓을 한다. 대구와 서울의 날씨가 많이 다르나보다. 대구의 벚꽃과 개나리꽃은 벌써 지고 새잎이 파릇파릇 돋아나고 있다. 그런데 서울의 개나리와 벚꽃들은 이제 한창 피고 있다. 주변의 밭에는 비닐하우스들이 하얗다. 서울 사람들이 먹을 채소들을 재배하고 있나보다. 꽃들을 감상하는 사이 넓은 갯벌을 메운 간척지들이 눈앞에 펼쳐진다. 인천공항이 가까워 오나보다. 노란 개나리와 빨간 진달래꽃으로 단장된 인천 공항이 우리들을 기다리고 있다.

여행사 사장님이 우리를 인천공항 지하 3층 식당으로 안내를 한다. 오늘 점심은 사장님이 쏜단다. 돌솥밥, 된장찌개, 회덮밥을 골고루 시킨다. 한 가지 종류만 시키면 시간이 너무 많이 걸린단다. 돌솥밥을 맛있게 먹었다. 점심식사 후 출국 수속을 마치고 8번 탑승구를 찾아올라간다. 인천공항에서 뉴질랜드의 북 섬에 있는 오클랜드 공항으로 출발하는 대한항공기가 오후 5시에 있단다. 인천 공항은 국제공항답게 외국인들도 많이 보인다. 우리가 대기하고 있는 8번 탑승구에는 뉴질랜드 관광을 가는 한국 관광객들로 분빈다. 우리나라가 정말로 살기가 좋아졌나보다. 인천공항을 몇 차례 이용하였다. 갈 때마다 감회가 새롭다. 우리나라에 이렇게 큰 국제공항이 있다는 것에 자부심을 느낀다. 공항 건물들은 모두가 포항제철에서 생산된 철로 지었단다. 공항이 크고 웅장하면서 깨끗하다. 출발 30분전에 뉴질랜드 북 섬에 있는 오클랜드 행 대한항공기에 몸을 싣는다. 비행기 안이 매우 넓다. 한 줄에 9명씩 28줄로 모두 250명이 타고 있다. 줄마다 3명씩 3줄로 통로가 두 개인 대형 항공기이다.

우리 집 사람은 창 쪽에 앉았고, 나는 집 사람 옆에 앉았다. 출발을 기다리면서 밖을 내다본다. 인천 공항에는 우리 비행기뿐만 아니라 외국 비행기들도 손님을 기다리고 있다. 하늘에서는 쉼 없이 비행기들이 뜨고 내린다.

비행기가 활주로로 서서히 이동한다. 긴 활주로에는 대낮인데도 전기 불을 환하게 밝혀 놓았다. 활주로에 들어선 비행기는 한참 동

 맛깔스런 댓글이 달린
수필가의 일기

안 달릴 준비를 하다가 전력 질주를 하면서 공중으로 서서히 날아 오른다. 하늘 높이 떠 있는 비행기에서 밖을 내다본다. 햇볕이 쨍쨍 내려쬐이고 있다. 따뜻한 햇살이 집 사람의 무릎에 살며시 내려앉는다. 비행기 아래를 내려다본다. 하얀 뭉게구름이 바다를 이루고 있다. 발끝이 간질간질하다. 비행기가 아주 높이 떠 있나보다.

밖의 경치에 취해 있는데 스튜디어스들이 음료수를 주문하란다. 토마토 쥬스를 한 잔 마셨다. 시원하고 상쾌하다. 땅콩 한 봉지를 덤으로 준다. 이어서 비빔밥이 저녁 기내식으로 나온다. 간장과 반찬이 조금 부실하다. 그런대로 맛있게 먹었다. 식사 후에 먹을 과일과 원두커피까지 배달된다. 그 후에도 예쁜 스튜디어스들이 시시각각으로 음료수를 들고 다니면서 서비스를 한다. 정말로 우리나라 항공기의 서비스가 너무 좋은 것 같다.

11시간을 날아가야 뉴질랜드 북 섬에 있는 오클랜드 공항에 도착한단다. 밤새도록 달려야 하기 때문에 많이 지루할 것 같다. 앞 의자에 달려 있는 TV화면을 의자에 붙어 있는 리모컨을 꺼내서 전원을 켜 본다. 한국어, 영어, 일본어, 중국어 중에서 하나를 선택하란다. 한국어를 선택하였다. 영화, 비디오, 게임, 기내면세품, 대한항공정보, 오디오, 운행정보, 어린이 세상, 중에서 보고 싶은 것을 선택하란다. 영화를 선택하니 한국영화, 할리우드 영화, 아시아 영화, 유럽영화가 나온다. 각 파트마다 들어가 보았다. 이어폰을 귀에 꽂고 영화 몇 편을 감상하였다. 시간이 잘도 흘러간다. 나를 향하고 있는 천장에 달린 전구를 리모컨으로 켰다. 전기불빛이 나를 향하여 쏟아진다. 신문을 읽다가 나도 모르게 잠이 든다. 나는 신경이 매우 둔한가보다. 얼마나 잠을 잤는지 모르겠다. 집 사람이 깨운다.

스튜디어스들이 음료수를 가져온다. 이어서 아침 기내식이 나온다. 흰 죽이다. 그런대로 먹을 만하였다. 식사 후에 밖을 내다보니 동쪽 하늘에서 아침놀이 붉게 물들고 있다. 비행기 아래를 내려다 보았다. 북 섬이 푸른 바다위에 떠 있다. 집들이 숲 속에 잠겨있다. 아파트들은 보이지를 않는다. 비행기가 고도를 낮추더니, 구름바다 위를 살며시 내려앉는다. 동쪽에서 붉은 아침 해가 떠오른다. 아침 7시 23분이다. 비행기에 오르자 말자 시계를 3시간 당겨 놓았다. 우리나라와 시차가 3시간이나 난단다. 우리나라 시간으로는 새벽 4시 23분이다.

입국 절차를 마치고 검색대를 빠져나가는데 집 사람의 가방에 이상이 있단다. 검역관이 가방을 열어본다. 고추장 담은 병이 나온다. 옆에서 "코리아 캐찹"이라고 이야기 하니 그대로 통과시켜준다. 짐을 찾아 밖으로 나오니 북 섬에서 우리를 안내하여 줄 현지 가이드가 환한 웃음으로 우리를 맞아준다.

송하 / 전명수 12.05.07. 08:34

참 재미있는 여행 노정이었습니다. 11일간의 뉴질랜드와 호주의 해외 여행기가 기대됩니다. 시드니공항에서 고추장 때문에 검색 견에 채킹당하였던 기억이 되살아납니다. 헤프닝이었지만요. 지금 거긴 가을이었지요! 감사합니다.

🙂 염해일 12.05.07. 11:45

뉴질랜드의 계절은 우리와 반대이더군요. 우리나라 10월 풍경이더군요. 집 사람이 지난 해 실크로드 갈 때 가져갔던 고추장이 식사하는데 큰 역할을 하였기 때문에 이번에도 유리병에 많이도 담아갔습니다. 그것이 검색대를 지날 때 사진으로 찍혔나봅니다.' 코리안 캡찹' 이라고 하니 그대로 통과시켜 주더군요. 우리도 그것이 추억이 될 것 같네요. 송하님 읽어 주셔서 고맙습니다. 행복하세요.

🙂 김광남 12.05.07. 16:19

여행도 견강할 때 많이 다녀야 할 것 같네요. 즐겁고 행복한 여행이 되었겠네요, 상당이 부러워요….

🙂 염해일 12.05.07. 17:24

정말 그런 것 같아요. 한 나이라도 젊어서 많이 다녀야 될 것 같아요. 다리가 말을 듣지 않으면 돈이 있어도 갈 수가 없을 것 같아요. 광남님, 찾아 주셔서 행복하네요. 광남님도 행복하고 건강하세요.

🙂 웃음남 12.05.07. 22:34

뉴질랜드 여행의 시작이네요 마음 맞는 친구 부부모임에서 함께 여행하시게 되어 이번 여행 멋지고 유익한 여행 되었겠네요. 앞으로 한 카트 한 카트씩 즐거웠던 여행담 들려 주실거죠. 기대하고 있을게요. 전 뉴질랜드 가보지 못해 기대가 더 큽니다.

🙂 염해일 12.05.08. 07:52

정말 좋은 구경을 하였습니다. 구경한 것을 정리하여 글을 쓸 생각입니다. 웃음남님, 너무 기대하시지 말고 읽어 주시면 좋겠습니다. 건강하고 행복하세요, 웃음남님.

뉴질랜드에서 첫날 여행이 시작된다. 오클랜드 공항에 내려 현지 가이드를 뒤를 따라 가니, 북섬에서 3일간 관광을 시켜 줄 미니버스가 우리를 기다리고 있다. 우리의 짐은 버스 뒤에 매달린 트레일러에 모두 싣는다. 김웅 현지 가이드님이 진기홍 운전기사님을 소개한다. 두 분 모두 뉴질랜드로 이민 온 한국 사람들이란다. 오늘 관광 일정을 알려준다. 먼저 4시간을 달려 와이토모로 간단다. 그 곳에서 점심식사를 하고, 반딧불 석회동굴을 구경한단다. 그리고 다시 3시간을 더 달려 북섬의 중앙인 로토루아로 간단다. 그곳에서 지열로 끓어오르는 간헐천, 온천호수, 온천 폭포를 구경하고, 폴리네시안 스파에서 천연유황 온천욕을 즐긴단다. 저녁식사 후 이틀 동안 머물 호텔에 투숙하는 것으로 오늘 일정이 마무리 된단다. 가이드의 뉴질랜드 소개가 이어진다.

뉴질랜드는 북섬과 남섬의 중간에 쿡해협을 두고 서로 떨어져 있단다. 뉴질랜드는 한국과 계절이 반대란다. 지금이 가을이란다. 우리나라의 10월의 날씨란다. 낮과 밤의 일교차가 10도씩이나 벌어진단다. 저녁에 따뜻한 옷으로 갈아입어 감기에 조심하란다. 운전석이 오른쪽에 있고, 왼쪽 주행을 하는 것이 한국과 다르단다. 길 건널 때 항상 조심하란다. 뉴질랜드는 농업국가로 공장이 없는 나라란다. 공장에서 생산되는 공산품들은 거의 모두 외국에서 수입하여 쓴단다. 양모와 치즈, 육류 등을 수출하는 친환경 청정 국가란다.

물과 공기가 그렇게 깨끗할 수가 없단다. 수도꼭지에서 나오는 물은 그대로 먹어도 된단다. 화장실 수도꼭지에서 나온 물도 그대로 받아먹으란다.

뉴질랜드의 국토는 우리 남한의 3배란다. 우리나라 부산 인구 정도인 430만 명이 살고 있단다. 북섬에 있는 오클랜드에 뉴질랜드 인구의 4분의 1인 120만 명이 살고 있단다. 뉴질랜드 430만 명 중에 백인이 80%, 원주민인 마오리족이 15%, 이주민 5%로가 살고 있단다. 지방에는 넓은 초원에 목축업을 하는 사람들이 살고 있단다. 뉴질랜드는 강도도, 살인도 없는 나라란다. 좀도둑들은 있단다. 차에 귀중품을 두지 말란다. 핸드백과 가방은 항상 몸에 지니고 다니란다. 국민소득은 35,000불로 선진국이란다. 물건을 살 때는 카드로 사란다. US달러와 뉴질랜드 달러, 호주 달러는 환율 차 때문에 손해를 볼 수가 있단다.

호주와 뉴질랜드는 문화와 복지는 비슷하단다. 호주는 맹수가 있는데, 뉴질랜드는 맹수도, 뱀도, 쥐도, 다람쥐도, 개구리도 없는 나라란다. 바다에서 화산이 폭발하여 생긴 새로운 땅이란다. 그래서 목축업을 하는데 축사가 필요 없단다. 모든 가축들이 초지에서 생활한단다. 초지에서 풀을 뜯어먹고, 잠도 잔단다. 그래서 면역력이 강한 초유가 많이 생산되는 나라란다. 축산업자 한 사람이 보통 백만 평 이상의 초지를 가지고 있단다. 그 넓은 초지를 30~50개의 방목지로 나눈단다. 방목지 경계선마다 사철나무와 소나무, 전기가 통하는 철책선으로 담장을 만들어 놓았다. 한 방목지에 2개월씩 방목하고 옆에 있는 방목지로 옮겨 간단다. 방목이 끝난 초지는 갈아 엎어서 1년간 놀리면서 땅 힘을 기른단다. 젖소들이 뀌는 방기에서 이산화탄소가 많이 나와 정부에서 젖소 주인들에게 방기세를 매기려고 하였단다. 축산업자들의 반발로 방기세 대신 소 한 마리당 일정 양의 나무를 심기로 하였단다.

두 시간 달려 조금만한 마트가 있는 휴게소에 차가 멈춰 선다. 화장실도 마트에 있는 것 하나뿐이다. 마트에는 온갖 물건들이 전시되어 있다. 탱주보다 조금 더 큰 사과 한 봉지를 샀다. 2.99달러의 사과 값을 카드로 결제하였다. 조금만한 사과가 달고 맛이 좋다. 화장실 수도꼭지에서 빈 병에 물을 가득 담았다.

뉴질랜드는 가을에도 가을 기분이 나지 않는단다. 이유는 우거진 푸른 나무들과 파란 풀들이 많이 자라고 있기 때문이란다. 가는 곳마다 넓은 평야가 끝없이 펼쳐진다. 파란 풀 위에는 얼룩 소, 하얀 양, 누런 사슴들이 한가로이 풀을 뜯고 있다. 파란 풀 위에는 가축들만 보일뿐 사람들은 보이지를 않는다. 가는 중간 중간에 숲으로 둘러싸인 외딴 집들이 한두 채씩 나타난다.

드디어 와이토모에 도착하였다. 식당에 들어가니 뷔페식당이다. 쇠고기 스테이크가 나온다. 고기가 연하고 부드럽다. 점심 식사 후 반딧불 석회 동굴을 찾았다. 동굴 들어가는 입구에 특이한 카우리 나무가 우리를 반긴다. 입구에서 표를 검사하는 사람에게 "기아오라" 라고 인사를 한다. 우리말로 "안녕하세요." 란 가오리 원주민의 말이란다. 동굴 안에 들어가니 동굴 벽의 곳곳에 조개화석과 바다물결 흔적들이 보인다. 바다가 융기하여 만들어진 동굴이란다. 새부리 모양, 부부 모양의 다양한 석순들이 공중에 매달려 있다. 땅위에는 가족상, 코끼리상 등의 종류석들이 하늘을 향하여 자라고 있다. 석순과 종류석으로 장식된 대성당이 나타난다. 그 곳에서 "야호!" 하고 소리를 질러 본다. 메아리가 없다. 동굴안의 돌들이 모두 비어 있어 소리를 흡수하기 때문이란다. 이곳에서 음악연주회와 결혼식을 하기도 한다.

동굴 깊숙이 들어가니 호수가 나타난다. 동굴 천정에는 많은 별들이 반짝이고 있다. 천정의 별들이 호수에 반사되어 동굴 전체가 별나라다. 가이드가 손전등을 켜서 천정을 비춘다. 천정에 반짝이는 것들은 별이 아니고, 반딧불이다. 반딧불은 습한 곳에 살면서 가느다란 국수 꼬리 같은 줄을 수없이 늘어뜨려 마치 왕관을 보는 것 같다. 그 줄에 벌레가 걸리면 지쳐 죽을 때까지 기다렸다가 끌어 당겨 잡아먹는단다. 이런 동굴은 세계에서 여기 하나뿐이란다. 동굴 호수에 떠 있는 배에 오르니, 배를 운행하는 처녀가 천정에 달린 줄을 이용하여 배를 운행한다. 동굴 호수가 캄캄하고 조용하다. 천정과 호수에는 별들만이 반짝이고 있다. 동화의 나라에 들어온 것 같다. 동굴 안에서 사진을 찍지 못하게 한다. 반딧불을 보호하기 위함이란다. 동굴 호수를 한 바퀴 돌아서 동굴 입구 쪽으로 나오니 동굴 안과는 전혀 다른 환한 세상이 우리를 기다리고 있다.

물이 동굴로 흘러 들어가는 것을 보고 이 동굴을 발견하였단다. 1인당 입장료가 우리 돈 45,000원이란다. 1년에 40만 명이 찾아온단다. 반딧불 벌레가 1년에 175억 원의 돈을 벌어준단다. 이 동굴의 소유주는 마오리 부족들이란다.

반딧불 석회동굴 관람이 끝난 후 로토루아로 출발한다. 폴리네시안 스파에서 천연유황 온천욕을 즐기기 위하여서다. 가는 길옆 초원 곳곳에 커다란 봉우리를 만들어 비닐을 덮어 씌워 놓았다. 그 위에 둥그런 자동차 타이어를 여러 개 올려놓았다. 가축들에게 먹일 풀 사료들을 땅속에 묻어 발효를 시켜, 영양가 높은 가축의 사료를 만드는 중이란다. 영국 사람들이 뉴질랜드에 들어오면서 원시림들을 모두 베어 내고 초지를 만들었단다. 국토의 50%가 초지란다. 뉴질랜드는 목초지 구획법에 의하여 젖소 한 마리에 1,520평이 있어야만 목장으로 허가를 내어준단다. 한국은 젖소 한 마리에 4평만 있으면 키울 수가 있단다.

한참을 가다가 특별한 곳을 구경시켜준단다. 흔들다리가 공중에 매달려 있다. 다리 아래에는 새파란 강물이 흐르고 있다. 다리 위를 걸어간다. 아래를 내려다보니 가물가물하다. 다리가 후들거린다. 흔들다리가 출렁일 때마다 몸이 흔들거리면서 떨어질 것만 같다. 출렁 다리 아래에는 조금만한 수력발전소가 있다. 수력발전소에서 물이 쏟아져 나오고 있다. 다리 주변에는 몇 백 년 묵은 나무들이 숲을 이루고 있다. 정말 아름다운 풍경이다.

다시 온천장을 향하여 달린다. 초지에서 풀을 뜯고 있던 젖소들이 줄을 지어 걸어가고 있다. 마치 군인들이 일렬종대로 행군을 하는 모습이다. 젖을 짤 시간이 되면 방목장의 울타리 문을 열어 놓는

 맛깔스런 댓글이 달린
수필가의 일기

단다. 한 놈이 나가면 모든 젖소가 그 뒤를 죽 따라 나간단다. 수백 마리가 줄을 서서 가는 모습이 장관이다. 새벽과 오후 3시 하루 두 차례씩 젖을 짠단다.

로토루아에 도착하여 폴리네시안 스파에 있는 천연유황 온천장을 찾아들어간다. 간단한 샤워시설만 갖춘 노천온천이다. 땅 속에서 90도의 온천물이 쏟아져 나온단다. 이 온천물 속에는 라듐과 프리스트가 들어 있어, 근육통이나 관절염에 그렇게 좋단다. 노천온천탕에는 42도, 풀장은 36도로 식혀서 온천욕을 즐긴단다. 수영복으로 갈아입고 샤워부터 시작한다. 샤워를 하는데 너무 춥다. 가까이 있는 풀장으로 뛰어 들었다. 풀장에서 어느 정도 몸을 녹인 후에 42도의 노천온천탕으로 옮겨간다. 온도가 각기 다른 5개의 노천 온천탕을 골고루 다니며 온천욕을 즐긴다. 노천 온천탕은 남여가 뒤섞여 온천욕을 즐기는 혼탕이다. 노천 온천욕을 즐기면서 끝없이 펼쳐진 로토루아 호수와 파란 하늘이 빚어내는 아름다운 자연을 만끽할 수 있어 더욱 좋다. 노천온천탕 건너편 갯벌에는 지열로 흙이 부글부글 끓어 공중으로 튀어 오르고 있다. 아직도 땅속에 불덩이가 돌아다니나보다.

온천욕을 즐긴 후 한국 사람이 운영하는 식당에서 쇠고기 버섯전골로 저녁식사를 한다. 식당 2층 옥상에 대형 태극기를 걸어 놓았다. 외국을 나가면 모두가 애국자가 되나보다. 잘못 걸려 있는 태극기를 바로 잡아 주고 호텔로 왔다. 뉴질랜드에서 가장 높고 좋은 5층 호텔이다. 4층이 호텔 로비이다. 4층 밖은 마당이며 도로이다.

우리 부부는 로비에서 엘리베이터를 타고 아래로 내려가 307호에
투숙하였다. 호텔에서 창밖을 내다보니 마을의 불빛이 저 아래에서
반짝이고 있다. 호텔을 높은 언덕 아래에 지었나보다.

김보부 12.05.09. 23:32

좋은 고향 친구들과 부부동반의 뉴질랜드 여행 행복하고 아름다운 광경이 그려
집니다. 그곳에서 온천을 즐기는 아름다운 모습이 정겨워 보이네요. 뉴질랜드 여
행기 잘 읽고 갑니다. 늘 건강하시고 행복하십시오.

송하 / 전명수 12.05.10. 05:20

무공해의 나라, 목축의 나라, 호수의 나라, 그 곳에서 마오리족의 한스러움을 느
껴보았습니다. 마오리족 학교에 방문하여 아리랑과 고향의 봄을 불러주던 생각이
납니다. 선생님의 여행기를 읽고 있으니 오래전에 다녀온 여행길 마다 다시 가본
느낌입니다. 좋은 여행 잘 하신듯합니다.

염해일 12.05.10. 07:26

보부님, 송하님 벌써 다녀가셨네요. 즐겁고 행복했던 뉴질랜드 여행이었습니다.
뉴질랜드는 공기가 맑고, 물이 깨끗한 청정 무공해 친환경 국가이더군요. 정말 부
러운 나라였습니다. 두 분 모두 행복하세요.

웃음남 12.05.14. 17:15

부럽네요. 좋은 곳 다녀오셨네요. 정말 하루하루를 열심히 사시는 것이 눈에 선
하네요. 정말 뉴질랜드는 천국 같은 나라네요. 물론 천국은 내 마음 속에 있지만
송하님도 뉴질랜드에 갔다 오셨군요. 젓소도 스트레스 적게 받고 넓은 목초지에서

 맛깔스런 댓글이 달린
수필가의 일기

자연 그대로 자라니 건강하고 우유의 질도 좋겠네요. 반딧불동굴 장관이었겠네요. 두 분 건강히 잘 다녀오셔서 좋은 글 올려주셔서 감사합니다.

염해일 12. 05. 14. 19:31

웃음남님, 저의 글을 끝까지 읽어 주셔서 행복합니다. 뉴질랜드는 동물들과 나무들의 천국인 것 같아요. 자연이 너무 맑고 깨끗해요. 웃음남님, 행복하세요.

지열로 펄펄 끓어오르는 온천지열지대의 진흙열탕

오늘은 뉴질랜드 북섬 관광 2일째 날이다. 어제 밤은 비행기에서 하룻밤을 잤기 때문에 아침 운동을 하지 못하였다. 오늘은 새벽 5시에 운동을 나간다. 뉴질랜드의 5시는 한밤중이다. 호텔 밖으로 나가서 호텔 마당을 걷고 있다. 남의 나라에서 호텔 밖으로 운동을 나가려니 겁이 난다. 선선한 날씨인데도 할아버지 한 분이 반팔과 반팔바지로 도로 산책로를 걸어가고 있다. 할아버지 뒤를 따랐다. 끝없이 펼쳐진 산책로를 계속 걸었다. 가로등불이 길을 환하게 밝혀준다. 바다갈매기 울음소리가 들려온다. 바다가 가까이 있나보다. 40분 가까이 할아버지 뒤를 따라가다가 되돌아왔다. 돌아오는 길에 시내버스를 기다리는 의자에서 온 몸 운동을 하였다. 호텔로 돌아오니 날이 범범하게 새기 시작한다. 시계를 보니 7시이다. 호텔목욕탕에 더운 물을 받아 온몸을 담근다. 너무도 상쾌한 뉴질랜드의 첫날 아침이다.

호텔뷔페식으로 아침식사를 한다. 빵과 고기 위주의 양식이다. 동양 사람들을 위한 밥도 있다. 후식으로 신선한 과일과 우유를 마셨다. 아침식사 후 2일째 관광을 위하여 버스에 오른다. 가이드가 오늘 일정을 알려준다. 아그로돔 농장에서 양털깎기쇼 및 양몰이개 시범 쇼를 구경하고, 트랙터를 타고 농장 견학을 간단다. 견학이 끝나면 땅속에서 솟아오르는 스프링수를 구경 한단다. 점심을 먹은 후 로토루아 호수를 들러서 지열이 펄펄 끓는 지열탕을 구경한 후 족욕을 한단다. 족욕이 끝나면 호텔로 돌아와서 항이 디너 및 마오리부족의 민속쇼를 구경한단다. 쇼가 끝나면 호텔 투숙으로서 오늘 일과를 마무리한단다. 이어서 가이드의 설명이 이어진다.

북섬에는 19 종류의 양을 기르고 있단다. 그 중에서 메리노 양이 가장 우수하단다. 양의 털은 6개월마다 깎아 주어야 한단다. 양털을 깎을 때는 2~3분 안에 깎아야 한단다. 깎는 시간이 5분 이상이 지나면 양이 스트레스를 받는단다. 3년 전에 우리나라 코메디언 이

 맛깔스런 댓글이 달린
수필가의 일기

홍렬이 여기에 와서 양털을 30분 동안 깎았단다. 그 양은 스트레스를 받아서 결국 이틀 후에 죽었단다. 양의 털을 깎아도 몸에서 기름이 나오기 때문에 추위를 타지 않는단다.

거대한 목양 농장인 아그로돔 농장에 도착하였다. 양털 깎기 쇼를 보기 위하여 농장내부에 있는 공연장 안으로 들어간다. 카우보이가 보조진행자 한 사람을 데리고 무대 위로 올라온다. 헤드폰을 쓰란다. 사회자의 말이 우리말로 통역되어 나온다. 사회자의 코믹한 말과 연기로 양털 깎기 시범쇼가 시작된다. 양 우리에 있는 19종류의 양을 모두 무대 위로 불러낸다. 양들이 사회자가 시키는 대로 행동한다. 앉으라고 하면 앉고, 서라면 선다. 사회자가 메리노 양을 다리 사이에 꽉 끼더니, 기계로 양털을 깎기 시작한다. 시원한가 보다. 양이 가만히 있다. 2분 만에 양털을 모두 깎는다. 정말 신기하다. 깎아낸 양털을 관객에게 준다. 손으로 비벼보란다. 정말 손에 기름이 묻는다.

양 몰이하는 개를 불러낸다. 개가 양 주위를 빙빙 돈다. 양들이 겁을 먹는다. 개가 양들을 이리저리 몰고 다닌다. 무섭게 짖는 개가 나온다. 양들이 개의 소리에 어쩔 줄을 모른다. 사회자가 개들에게 양 등을 타고 다니란다. 말이 떨어지기가 무섭게 개가 양들의 등에 뛰어오르더니 양들의 등을 이리저리 건너다닌다. 공연장 밖으로 나온다. 사장님의 딸이 운전하는 트랙터에 몸을 싣는다. 농장 해설하는 사람은 한국에서 유학 온 28살의 청년이란다. 코메디언 같은 말과 행동으로 농장을 돌면서 해설을 하여 재미를 더하여준다. 농장 정상에서 트랙터가 멈추더니 가축들에게 7분 동안 먹이를 주란다. 양과 사슴에게 먹이를 준다. 잘도 받아먹는다. 먹이를 주는 모습을 카메라에 담기에 분주하다. 다시 트랙터를 타고 내려온다. 키위 밭에서 트랙터는 멈춰 선다. 키위 꿀과 키위 와인 시식회를 한단다. 키위 꿀이 달고 맛이 좋다. 트랙터가 타조 옆을 지난다. 수놈 타조 한 마리가 암놈 타조 5마리를 거느리고 다닌다.

우리의 버스는 하모리 스프링수를 찾아 다시 달린다. 하모리에 도착하였다. 스프링수를 보기 위하여 시냇물을 따라 상류로 올라간다. 올라가는 길은 50~60m가 넘는 쭉쭉 곧은 레드우드 나무가 숲을 이루고 있다. 산림욕을 즐기면서 숲속을 걸어간다. 바닥에는 낙엽이 쌓여서 발이 푹푹 빠진다. 공기가 너무 맑고 깨끗하다. 햇볕이 잘 드는 쪽에는 가지가 울창하다. 그러나 햇볕이 들지 않는 그늘 쪽에는 가지가 하나도 없다. 레드우드나무는 나무 스스로가 가지치기를 한단다.

레드우드 숲길을 30분 걸어올라 가니 시냇물의 끝이다. 냇물이 시작되는 끝에 깊이가 45m나 되는 분화구가 있다. 전망대에서 내려다본다. 물이 펑펑 솟아오르고 있다. 맑고 깨끗한 물이다. 미나륨이 듬뿍 든 생수란다. 전망대를 내려와 나무뿌리를 밟고 빈병에 생수를 담는다. 마셔본다. 시원하고 단백하다. 다시 빈병에 물을 가득 담아 나온다.

내려오는 곳곳에 모래가 보글보글 끓어오르는 용소가 보인다. 기다란 수초들이 냇물 속에 누어서 물과 함께 흐르고 있다. 맑은 물

 맛깔스런 댓글이 달린
수필가의 일기

위에는 청둥오리와 하얀 고니들이 한가로이 노닐고 있다. 냇물 위에 냇가의 나무줄기가 축축 늘어져 아름다움을 더하고 있다. 인형 같은 서양 어린아이들이 새파란 잔디위에 뛰놀고 있다. 레드우드나무숲을 벗어나니 냇물이 호수로 흘러들어간다. 호수가로 난 도로를 따라 산 정상을 오른다. 정상에 있는 식당에서 호수와 마을을 내려다보면서 점심을 먹는다. 쇠고기 스테이크 맛이 연하고 부드럽다.

점심식사 후 정상에서 로토루아 시내를 굽어본다. 넓고 푸른 호수 주위에 마을들이 옹기종기 모여 있다. 푸른 나무 숲속에 알록달록한 지붕들이 보인다. 호수 둘레에 있는 낮은 산 풀밭에는 하얀 양들과 누런 사슴들이 한가로이 풀을 뜯고 있다. 마을 사이로 난 도로에는 차들이 띄엄띄엄 다니고 있다.

우리의 차는 다시 산을 내려와 족욕장을 찾아간다. 로토루아 호수가 넓고 크다. 호수물위에는 부리가 길고 빨간 두루미와 가마우지, 육지 갈매기들이 물 위를 유유히 헤엄쳐 다닌다. 물새들이 물을 치면서 호수 위로 날아오른다. 하얀 갈매기들이 파란 잔디 위에 살며시 내려앉는다. 풀을 뜯어먹고 있다. 새들이 풀을 먹고 있는 진풍경이 벌어진다.

산산한 날씨인데도 서양인들은 반팔 반바지를 입고 다닌다. 고기를 많이 먹어 추위를 덜 타나보다. 파란 잔디 위에 노랗고 빨간 단풍이 든 나무들이 너무도 잘 어울린다. 파란 호수 위에 하얀 요트가 유유히 떠다니고 있다. 잔디 위를 걸으니 발이 푹푹 빠진다. 집 사람은 카펫트 위를 걷는 기분이란다. 한참 걸어가니 박물관이 나온다. 박물관 앞에 있는 잔디를 짧게 깎아 여러 개의 게이트볼 경기장을 만들어 놓았다. 게이트 볼 경기장 주변에는 야자수 나무와 푸른 향나무가 시원한 그늘을 만들어주고 있다.

케이트볼 경기장 건너편에는 연기가 솟아오르고 있다. 연기 나는 곳으로 간다. 땅 속에서 85도의 뜨거운 물이 솟아오르는 웅덩이가 있다. 가이드가 계란을 사왔다. 바구니에 담아 웅덩이 속에 집어넣는다. 조금 후면 먹을 수 있단다. 85도의 웅덩이 물을 식혀서 그 옆에 족욕장을 따로 만들어 놓았다. 족욕장에 발을 담근다. 아르헨티나에서 배낭여행을 온 처녀들도 우리와 함께 족욕을 한다. 가이드가 삶은 달걀을 가져온다. 알맞게 익은 달걀 맛이 너무 좋다. 족욕장 부근의 도랑 여기저기에 불이 난 것 같이 하얀 연기들이 솟아오르고 있다. 연기가 솟아오르는 곳으로 가 본다. 흙탕물이 보글보글 소리를 내면서 끓고 있다. 유황냄새가 코를 찌른다. 끓는 흙탕물 주위에는 사람들이 접근하지 못하도록 울타리를 쳐 놓았다. 아직도 땅 속에 불덩이가 돌아 다니나보다.

호텔로 돌아와 마오리족들이 지열을 이용하여 전통적으로 만들어 먹었다는 항이 요리로 저녁식사를 한다. 지열로 구운 양고기, 닭고기, 사슴고기, 찜요리들이 푸짐하게 나온다. 맛도 특이하면서 좋다. 식사를 마치고 마오리족의 민속춤 공연이 시작된다. 무대 바로 앞에 우리들이 자리 잡고 있다. 가까이에서 민속춤을 볼 수 있어 좋다.

사회자가 관객 한 사람을 무대 위로 불러낸다. 마오리족을 찾아

 맛깔스런 댓글이 달린
수필가의 일기

온 손님이란다. 마오리족의 무희들이 무대 위로 올라온다. 남자들은 짧은 바지만 걸친 근육이 발달한 우람한 사람들이다. 보기만 하여도 겁이 난다. 여자들은 화려한 민속 옷을 차려 입었다. 전기 불을 끄니 야광 옷이 번쩍인다. 기다란 봉과 작은 막대를 돌리면서 혀를 코까지 내미는 틱댄스와 하카춤으로 무대 위의 손님을 위협한다. 손님이 "헤치지 않겠다."는 의사 표시를 하니 코를 마주 대는 코인사를 한다. 야광으로 번쩍이는 줄을 돌리고, 공을 주고받는 포이댄스로 손님을 환영하는 춤을 춘다. 춤 공연이 모두 끝나자 배우들이 관객 중에 몇 사람을 무대 위로 불러낸다. 집 사람도 불려 나간다. 간단한 민속춤을 배운다. 즉석에서 배우와 함께 춤 공연을 한다. 마오리족의 민속춤은 힘이 있고, 역동적이다. 모든 공연이 끝나자 사진 촬영을 원하는 방청객들을 위한 기념촬영으로 마무리한다. 관람을 끝낸 우리들은 내일의 관광을 위하여 잠자리에 들어간다.

웃음남 12.05.14. 17:26

가는 곳 마다 뜨거운 물과 유황냄새 나는 매연, 얼마 전 일본 북해도 가서 느끼고 본 전경하고 비슷한 감이 오네요. 양털 깎는데 시간 걸리면 스트레스를 많이 받는가 봐요. 쯔쯔 족욕을 하고 나면 피로가 싹 풀리는데 세상 어디가나 본토인은 토속민속춤 등으로 생활을 영위하고 있는 것 같아 쓸쓸함까지 느껴지네요. 즐거운 여행 두 분 행복하셨겠습니다. 감사합니다.

🙂 염해일 12.05.14. 18:14

웃음남님, 일본에 다녀오셨군요. 일본도 온천이 유명하다더군요. 그리고 활화산이 있다고 하더군요. 활화산이 있는 지역은 어디 가나 비슷하나 봅니다. 저는 이번에 가서 그런 모습을 처음 보았답니다. 정말 자연은 위대하다는 생각이 들었습니다. 웃음남님, 행복하고 건강하세요.

🙂 김보부 12.05.15. 12:44

뉴질랜드 관광에서의 여행 체험을 고스란히 담으신 교장선생님의 수필을 읽으니, 새로운 감회가 떠오르는 것 같습니다. 저는 4년 전에 그곳에 다녀왔습니다. 선생님의 수필을 읽으니 또 한 번 가야겠다는 생각이 드네요. 선생님의 생생한 현장 체험 잘 읽고 갑니다. 늘 건강하시고 행복하십시오.

🙂 염해일 12.05.15. 13:53

뉴질랜드에 일찍 다녀오셨네요. 혹시 잘못 기록된 것이 있더라도 널리 이해해주시기 바랍니다. 저가 보고 느낀 대로 쓰다가 보니 주관적인 것이 많이 있습니다. 보부님 행복하세요.

🙂 송하 / 전명수 12.05.15. 22:14

오래전에 다녀 온 곳이라 곳곳의 풍광과 체험하신 모습들이 기억에 새롭게 다가옵니다. 재미있게 읽고 갑니다. 고맙습니다.

🙂 염해일 12.05.16. 07:04

송하님 다녀오셨다는 말 지난번에 들었습니다. 저가 보고 느낀 것을 기록하다가 보니 잘못된 곳은 없는지 모르겠습니다. 넓은 아량으로 읽어 주시면 좋겠습니다. 행복하세요. 송하님.

지난 4월 23일부터 5월 2일까지 뉴질랜드 호주 관광을 다녀왔다. 떠날 때는 운동을 하는 공원에 아카시아 잎이 파릇파릇 돋아나고 있었다. 관광을 다녀오니 아카시아 잎이 무성할 뿐만 아니라 탐스럽고 하얀 꽃이 피기 시작하였다. 아카시아의 하얀 꽃잎과 나무들의 푸른 잎들이 공원을 아름답게 수놓고 있었다. 공원 산책로를 걷고 있으면 향긋한 아카시아 꽃향기와 신선한 풀냄새가 코끝을 스친다. 요 며칠 사이에 아카시아 꽃잎이 떨어지고 있다. 지압 밟는 돌 위에 아카시아 꽃잎이 하얗게 떨어져 있다. 떨어진 꽃잎이 시들고 말라서 까만 돌 틈 사이에 칙칙하게 흩어져 있다. 꽃들을 밟으면서 돌 위를 걷고 있다. 우리 인간들도 아카시아 꽃잎 같은 삶을 살고 있지 않을까하는 생각을 하여본다.

사촌 형님 집에 큰 일이 났단다. 형님이 살고 있는 서울로 향하였다. 형님이 계신다는 서울시립병원으로 찾아갔다. 집안의 사촌들과 조카들, 친인척들이 모두 모였다. 집안 큰일에 한 번도 빠지지 않으시던 만수 형님만이 보이지 않는다. 방안에 들어가니 향기 그윽한 꽃 속에 만수 형님이 앉아 있다. 형님 앞에 꿇어 앉아 만수 형님이라고 불러본다. 아무 말이 없다. 형님은 어디로 가시고 사진만이 남아 있을까? 친인척들이 온다고 마중을 나갔을까? 아니면 오시는 손님들에게 맛있는 음식을 대접하기 위하여 시장에 갔을까? 형님은 보이지 않는다. 형님이 돌아올 때까지 기다려 보아야겠다.

30년 전에 같은 학교에 근무했던 선생님들이 오래 전부터 모임을 가졌다. 예천농고에 근무하였던 선생님들이다. 그래서 모임의 이름도 ‘예농회’ 라고 지었다. 지난 번 모임에서 회원들이 아카시아 꽃이 피는 봄에 놀러 가잔다. 우리들이 근무하였던 예천으로 가잔다. 사모님들과 함께 가잔다. 자가용이 아닌 멋스런 경북관광순환테마 열차로 가잔다. 지난 목요일 들뜬 마음으로 우리 부부는 동대구역으로 나갔다. 동대구역에서 출발하는 “참된 나를 찾아 떠나는 경북 관광 테마 열차” 라고 커다란 글씨가 새겨진 열차에 몸을 실었다. 차창 밖으로 흐드러지게 피어있는 아카시아 꽃들을 감상하고 가는데 갑자기 나의 휴대폰 벨이 울린다. 서울에 살고 있는 오촌 조카로부터 걸려온 전화였다. 울먹이는 목소리로 “오늘 새벽에 아버지가 돌아가셨다.” 고 한다. 그 전화를 받고나니 정신이 멍하여지고, 머리가 띵하여진다. 예천 관광을 마치고 돌아오는 길에 내일 서울로 올라갈 차표와 내려올 차표를 예매하였다.

그 이튿날 KTX로 서울을 올라갔다. 교통이 너무도 편리하고 좋아졌다. 2시간 만에 서울역에 도착하였다. 서울역에서 전철 1호선을 타고 가다가 6호선으로 갈아탔다. 6호선 마지막역인 봉화산역에 내려 서울시립병원을 찾아들어갔다. 지하철을 타는데 1시간이 걸렸다. 병원 영안실을 찾아 형님이 계시는 빈소에 들어갔다. 빈소에는 형님대신 인자하고 자상한 형님의 영전 사진만이 나를 기다리고 있다. 형님의 영전 사진을 보고 있으려니 눈물이 앞을 가린다. 눈물 속에 보는 형님의 모습은 옛날 그대로이다. 인생은 나그네라더니

 맛깔스런 댓글이 달린
수필가의 일기

정말인가보다. 잠깐 이 세상에 왔다가 가는 것이 인생인가보다. 갑자기 천상병 시인의 '귀천'이란 시가 떠오른다.

나 하늘로 돌아가리라.
새벽빛 와 닿으면 스러지는
이슬 더불어 손에 손을 잡고,
나 하늘로 돌아가리라.
노을빛 함께 단 둘이서
기슭에서 놀다가 구름 손짓하면은,
나 하늘로 돌아가리라.
아름다운 이 세상 소풍 끝내는 날,
가서, 아름다웠더라고 말하리라….

서울시립병원 영안실은 매우 넓고 크고 깨끗하다. 영안실 호실마다 상복을 차려 입은 상주들이 슬픈 얼굴로 문상객들을 맞이하고 있다. 상주들이 너무 슬퍼 보인다. 문상 온 손님들의 얼굴도 모두가 어둡다. 모두가 남의 일 같지 않나보다. 제복을 갖추어 입은 P상조회 직원들의 옷에는 "내 부모 형제처럼 정성을 다하여 모시겠습니다."라는 글씨가 새겨져 있다. 상조회 직원들이 상주와 문상객들의 뒷바라지에 정성을 쏟고 있다. 상조회 직원들이 상주 대신 모든 일을 도맡아 처리해준다. 장례에 필요한 모든 준비물과 제례 절차까지 촘촘히 챙겨주고 있다. 정말로 편리한 세상이 되었다. 우리 아버지가 돌아가셨을 때는 모든 장례 준비물과 제례 절차까지 상주가 알아서 해야 했다. 문상객들의 음식 준비도 집안사람들과 동네 사람들이 총 동원되어 음식을 만들고 대접하였다.

　오늘 토요일 아침 8시에 발인을 하였다. 상주들 모두가 기독교를 믿고 있다. 모든 장례 절차는 목사님이 오셔서 기독교식으로 진행하고 있다. 목사님과 교인, 친인척들이 엄숙하게 발인식을 진행하고 있다. 발인식이 끝나자, 상조회에서 마련한 시신을 모신 영구차와 친인척을 태운 버스가 서울시립승화원으로 간다. 승화원 들어가는 입구에 "고인을 가족처럼 정성을 다하여 모시겠습니다."란 커다란 플랜카드가 우리를 맞이하고 있다. 승화원 주차장마다 장례차와 친인척들이 타고 온 자가용으로 만원이다. 시신을 모신 운구차들은 기다랗게 줄을 서서 자기 순서를 기다리고 있다. 운구차 옆에는 상주를 중심으로 친인척들이 모여 초조하게 화장 순서를 기다린다. 한참을 기다리니 우리의 순서가 되었다. 조카들에 의하여 형님의 관이 운구 되어 화장실로 모셔질 수레에 실려진다. 23개의 유족 참관실 중에서 우리는 7번로실로 가서 마지막 인사를 하란다. "이곳은 고인의 영혼을 모시는 공간입니다. 사진 촬영은 삼가 주시기 바란다."는 글씨가 새겨진 7번로 유족 참관실에서 대기하고 있다. 조금 있으니 유족 참관실 안쪽에서 무거운 철문이 열리면서 형님의 관이 내려온다. 목사님의 기도 속에 형님과 마지막 고별인사를 한다. 그리고 직원이 단추를 누르니, 형님의 관은 화장실로 서서히 들어간다. 인생무상을 느끼는 순간이다.

 맛깔스런 댓글이 달린
　　　수필가의 일기

　형수님과 상주들은 2층에 있는 유족 대기실로 올라가고, 친인척들은 1층에 있는 공동 대기실에서 화면을 지켜보고 있다. 화면에는 화장 진행 상태를 보여주고 있다. 로번호, 고인성명, 진행상태, 종료예정 시간 등이 실시간으로 화면에 나타난다. 오전 10시에 들어간 형님의 관이 오전 11시 37분에 종료된다는 화면이 뜬다. 화장하는 시간이 1시간 30분이나 소요된다. 진행상태 난에는 "진행중" 이란 글씨가 계속 떠 있다. 마지막 10여분을 남겨 놓고 "냉각중" 이란 글씨로 바뀐다. 그 뒤를 이어 "종료" 란 문구가 뜨면서 "7번로 의식이 종료되었습니다. 유족께서는 유족 참관실로 모여 주시기 바랍니다." 란 화면이 동시에 뜬다. 7번로 유족참관실로 간다. 조금 기다리니 무거운 철문이 다시 열리면서 형님의 하얀 유골만이 우리를 맞이한다. 형수님과 상주들의 울음소리와 친인척들의 눈물만 쏟아질 뿐이다. 유족들의 참관이 끝나고 나니, '수골실' 앞으로 모이란다. 유골분쇄 과정을 거친 후에 유골함만이 실려 나온다. 상조회 직원이 하얀 보자기에 유골함을 싼다. 정말 우리 인간은 "흙에서 왔다가 한 줌의 흙으로 돌아간다." 는 말이 맞나보다.

　다시 유골함을 운구차에 모시고 유족을 실은 장례 버스는 유골함을 영원이 모실 납골당을 향한다. 한참을 가니 경기도 고양시 덕양구 벽제동에 있는 산 중턱에 '추모공원 하늘문' 이 나타난다. 들어가는 입구에는 "영혼의 안식처 하늘문" 이란 글씨가 쓰인 큰 비석이 우뚝 서 있다. 사무실 들어가는 입구에는 "염만수님의 봉안 삼가 조의를 표합니다." 란 화면에 큰 글씨가 우리의 눈물을 자아낸다. 사무실 직원이 상주들을 안내한다. 우선 유골함을 봉안할 실과 방부터 먼저 선택하란다. 1층은 믿음관, 3층은 사랑관이란다. 상주들이 실마다 다니면서 형님의 유골을 모실 고급 호텔 같은 방을 돌아본다. 형님은 3층 사랑관에 모셔진다. 사랑관에는 아파트식으로 되어 있다. 10층으로 38줄이다. 그 중에서 형님이 모셔질 방은 여섯째 줄 맨 아래층이다. 형님의 유골함을 모실 때도 목사님의 편안한 안식처가 되기를 기원하는 기도가 올려 진다. 형님의 방 옆에는 염씨 한 분이 이미 모셔져 있다. 그 곳 유골함에 "故 염동진 陰 1943년 06월 21일 生, 陽 2010년 10월 10일 卒." 이란 글씨가 새겨진 유골함이 안치되어 있다. 유골함과 함께 고인의 사진과 생전에 가족들과 함께 환하게 웃으면서 찍었던 사진들이 놓여있다. 고인이 평소에 자주 애용하였던 안경, 도장, 시계들이 꽃들로 단장된 방안에 나란히 모셔져 있다. 그리고 방 한편에는 딸들이 쓴 편지가 걸려 있다. "아빠 많이 보고 싶어, 그리고 많이 그리워요! 아빠 딸로 태어나 너무 행복해요. 다음에도 우리 아빠 딸 부녀간으로 다시 만나요. 꿈속에서라도 만나고 싶어요. 아빠 너무 사랑해요." 란 글들이 보는 이의 마음을 아프게 한다.

　형님! 아담한 사랑관에서 옆에 계시는 종씨 어른과 같은 실에 계시는 여러 어르신들과 함께 편안하고 행복하게 지내세요.

 맛깔스런 댓글이 달린
수필가의 일기

송하 / 전명수 12.05.16. 13:22

이 세상에 왔다가 누구나 다 가야할 그 길은 피할 수 없는 길이고 보면 어쩌지 못하겠지만 혈육을 떠나보내는 마음은 찢어질 만큼 고통스러운 일이지요, 집안의 슬픈 행사에 노고가 많으셨고, 많이도 서운하였겠습니다. 온 집안이 조속히 평상심을 되찾으시기 바랍니다.

염해일 12.05.16. 13:52

저희 어른들 4형제분들 중에서 가장 큰 집 막내 형님이 돌아가셨습니다. 가슴이 많이 아프군요. 저희 사촌이 23명입니다. 지금까지 모두가 행복하게 잘 살고 있었습니다. 시간이 약이라고 하더군요. 곧 집안이 편안하여 지겠지요. 송하님의 격려 말씀 감사드립니다. 송하님도 행복하세요.

청년의 힘 12.05.16. 15:14

누구나 다 가야할 길이지만, 혈육을 다시 돌아오지 않는 길로 보내는 그 아픔을 참기가 힘들겠지요. 염해일님. 슬픔에 늦게나마 애도를 표합니다.

웃음남 12.05.16. 19:20

삼가 조의를 표합니다. 가시는 분 애착 탐착 다 놓으시고 청정일념 맑은 마음으로 가시옵소서. 해일님 힘내세요.

김보부 12.05.19. 20:57

이세상애 태어나서 잠시 머물다 태어난 곳으로 되돌아가는 피할 수 없는 운명. 혈육을 떠나보내는 슬품이 크겠습니다. 늦게나마 고인의 삼가 명복을 빕니다. 해일님 용기내시고, 강경하십시요.

염해일 12.05.21. 07:04

청년의 힘님, 웃음남님, 보부님 위로의 말씀 감사합니다. 형님의 일을 당하고 많은 것을 느꼈답니다. 우리 모두는 간다는 것을, 일찍 가고 늦게 간다는 차이뿐이라는 것을 알았답니다. 모두 모두 건강하고 행복하세요.

아름답고 품위 있는 여왕의 도시 퀸스타운

3일 동안 북섬 구경을 모두 마치고 오늘은 남섬으로 가는 날이다. 남섬 가는 비행기를 타기 위하여 호텔에서 아침 6시 30분에 오클랜드 공항으로 나간단다. 오늘 아침 운동은 4시 30분에 나가서 6시에 돌아왔다. 호텔에서 아침 도시락을 싸준다. 북섬의 가이드가 남섬으로 가는 비행기 수속을 밟아 준다. 모든 수속이 끝난 후 북섬의 가이드와 작별 인사를 하고, 공항 식당에서 도시락을 먹는다. 참새들이 도시락 먹는 곳으로 날아온다. 공항 안에 여러 마리의 참새가 날고 있다. 뉴질랜드는 자연과 인간이 하나가 되는 나라인가보다.

북섬의 오클랜드 공항에서 7시 50분에 남섬을 향하여 비행기가

 맛깔스런 댓글이 달린
수필가의 일기

날기 시작한다. 밖에는 보슬비가 부슬부슬 내리고 있다. 비행기가 구름 속을 날더니 어느 사이 파란 하늘 위를 날고 있다. 창밖을 내다보니 파란 하늘과 하얀 구름뿐이다. 예쁜 스튜디어스들이 아이스크림, 커피, 사탕을 서비스한다. 얼마의 시간이 흘렀는지 모르겠다. 비행기가 고도를 낮추더니 구름 속으로 내려온다. 남섬이 가까워오나 보다. 창밖을 내려다보니 남섬의 논밭과 집들이 보인다. 강물도 흐르고 있다. 비행기가 날개를 살짝 든다. 착륙을 하나보다. 9시 6분에 비행기는 남선의 크라이스트처지 공항에 살며시 내려앉는다. 수속을 마치고 짐을 찾아 공항 밖으로 나오니 남섬의 가이드가 우리를 반갑게 맞이하여 준다. 가이드를 따라가니 남섬에서 3일 동안 우리를 구경시켜 줄 미니버스가 기다리고 있다. 버스에 오르니 가이드가 자기소개를 한다. 윤병조 실장이라면서 이민 온 지가 10년이 되었단다.

남섬에서 3일간 일정을 알려준다. 오늘은 마운트쿡을 거쳐 아름다운 휴양지인 퀸스타운까지 600Km를 달려간단다. 오마라마 갈색 초원지대를 지나 옥빛의 데카포호수와 푸카키호수를 구경한단다. 푸카키 호수에서는 뉴질랜드 최초의 교회와 양치기 개동상을 구경한단다. 다시 아름다운 천혜의 자연 경관을 감상하면서 마운트쿡 전망대에서 해발 3,753m의 만년설을 바라본단다. 아름다운 휴양의 도시 퀸스타운에 도착하여 호텔에 투숙한단다. 내일은 뉴질랜드 최고의 비경인 밀포드 사운드까지 600Km를 달려간단다. 마지막 날은 아름답고 품위 있는 여왕의 도시 퀸스타운 시내 관광후 크라이스트 처지까지 600Km를 되돌아와 시내관광을 한단다. 버스를 타고 가면서 가이드가 남섬에 대한 소개를 한다.

남섬은 적도 부근에 있으며 온대성 기후로 우리나라 날씨와 비슷하단다. 남섬에는 한국 사람이 3,500명 정도 살고 있단다. 지난해 2월 6일 남섬에 강진이 일어났단다. 시내에 있는 유물들이 많이 파괴되었단다. 파괴된 유물들은 현재 철거 중이란다. 그래서 크라이스트 쳐지 시내 관광은 곤란하단다. 뉴질랜드는 자연을 파괴하지 않기 위하여 고속도로나 터널을 만들지 않는단다. 친환경 농산물을 생산하여 수출하며, 굴뚝산업인 공장은 없단다. 공산품은 수입하여 쓴단다.

뉴질랜드 낙농업은 농과대학에서 연구한 결과에 따라 과학적 낙농업을 한단다. 가축의 종류에 따라 먹는 풀도 모두 다르단다. 육우는 고기의 질을 좋게 하는 옥수수를 먹이고, 젖소는 우유를 좋게 하는 케일이나 순무를 먹인단다. 넓은 초지를 12칸씩 나누어 한 칸에 두 달씩 방목을 하고, 다른 방목지로 계속 옮겨간단다. 방목한 땅은 갈아엎어 1년간 놀려서 땅 힘을 높인단다. 가축의 똥, 오줌은 최고의 퇴비란다. 방목지 경계에는 미루나무, 사철나무, 철책선으로 울타리를 만들어 놓았다. 푸른 울타리 나무, 파란 풀, 하얀 양, 얼룩 젖소, 누런 사슴들이 파란 하늘 아래에서 한가로이 풀을 뜯고 있다. 파란 풀 위에는 스프링클러에서 쏟아지는 물이 풀밭을 촉촉이 적셔 주고 있다.

두 시간을 달려 휴게소에 도착하였다. 화장실 벽에 낙서들이 있

 맛깔스런 댓글이 달린
수필가의 일기

다. 한글 낙서도 보인다. 한글 낙서를 보고 있으려니 내 얼굴이 달아오른다. 소변보는 곳이 양철로 만들어 놓아 일렬로 서서 볼 일을 보도록 되어있다. 잠시 쉬었다가 다시 달리기 시작한다. 여기서부터는 산악지대가 계속 이어진다. 돼지 사육장이 나타난다. 사육장 곳곳에 간이 돼지우리가 있다. 돼지의 정서적 안정과 새끼를 키우기 위한 돼지집이란다. 방목을 하기 때문에 육질이 좋고, 지방이 적은 최상급 돼지고기란다. 돼지 주인들은 수의사들이란다. 농림부 직원이 상주하고 있단다. 돼지와 양의 태반은 화장품으로 이용하고 있단다.

해발 고도가 점점 높아지고 있다. 가까이 있는 산에 만년설이 쌓여있다. 먼 산에는 빙하가 보인다. 산 아래에는 하얀 양과 누런 사슴들이 풀을 뜯고 있다. 한참을 더 달려 산을 넘어가니 사막이 끝없이 펼쳐진다. 드문드문 갈색 풀만 보인다. 가축들은 보이지 않는다.

풀을 깎아 건초를 만든단다. 건초에 우유를 넣어 발효시켜 요구르트 건초를 만든단다. 곳곳에 비닐을 덮어씌운 봉우리에 헌 타이어가 올려져있다. 그것이 사일로란다. 거기서 생산된 요구르트 풀을 가축들에게 먹이기 때문에 육질이 그렇게 좋단다. 자연 원리에 의해 낙농을 한단다. 년 강우량이 150mm밖에 되지 않는단다. 물이 없어 갈색 풀만 자란단다. 이런 국유지를 개인들에게 빌려 주어 목초지로 개발하고 있단다. 비행기처럼 생긴 스프링클러에서 물이 공중을 날아오른다. 그 아래 목초가 자라고 있다. 사막 곳곳에 파란 풀밭들이 만들어져 있다. 그 풀밭에 젖소들이 풀을 뜯고 있다. 사람의 힘은 끝이 없나보다. 젖소들은 운동을 많이 하기 때문에 젖이 위로 달라붙어 있단다. 그 높은 지대에도 마을이 있다. 마을 곳곳에 노란 단풍 든 미루나무와 파란 소나무들이 숲을 이루고 있다. 먼 산에 있는 양들이 하얀 새 같이 보인다. 마을 입구에 공동묘지도 보인다.

드디어 테카포 호수에 도착하였다. 알프스 산맥의 빙하가 녹아서 만들어진 호수란다. 호수의 길이는 20Km, 깊이가 120m란다. 맑은 날 서녘하늘을 바라보면 연파랑에서 핑크색, 오렌지색, 보라색으로 변해가는 아름다운 호수를 볼 수 있단다. 옥빛 호수에 오리들이 유유히 떠다니고 있다. 파란 호수 주위에 노란 단풍 든 버드나무들이 서 있다. 파란 호수에 노란 단풍 버드나무가 일렁이고 있다. 호수 입구에 뉴질랜드 최초 교회가 서 있다. 교회 옆에는 청동으로 조각된 개의 동상이 세워져 있다. 농부의 아내가 런던에서 주문하여 만든 동상이란다. 동상에는 "개가 없었다면 목장을 운영할 수 없었을 것이다. 개의 노고에 진심으로 감사한다." 는 글씨가 새겨져 있다. 다시 푸카키 호수를 향하여 달린다.

산봉우리에 둘러싸인 넓은 사막 들판이 끝없이 펼쳐진다. 외딴집 두 채가 있다. 새로 개발한 목초지에 소와 양이 풀을 뜯고 있다. 노란 단풍과 갈색 들판과 숲속에 싸인 외딴집이 한 폭의 그림이다. 비가 왔나보다. 도로가 촉촉이 젖어 있다. 영롱한 무지개가 우리를 유혹하고 있다. 푸카키 호수에 도착하였다. 해발 550m, 수심이 60m로 뉴질랜드에서 4번째로 큰 호수란다.

 맛깔스런 댓글이 달린
수필가의 일기

산 정상 부근에 마을이 있다. 2,000~2,500명이 살고 있단다. 푸카키가든에서 매운탕으로 점심식사를 하고, 다시 퀸스타운을 향하여 달린다. 도로변에 있는 넓은 초지에는 수많은 젖소들이 줄을 서서 걸어가고 있다. 젖을 짜기 위한 행렬이란다. 우리의 버스는 2차선 도로를 80Km로 달리고 있다. 달려오는 차가 우리 차와 부딪칠 것만 같다. 운전석이 오른쪽에 있고, 차가 왼쪽으로 다녀서 그럴까?

포도나무 밭 부근에 있는 휴게소에서 차가 멈춰 선다. 곧고 긴 도로에 버드나무 가로수들이 노랗게 물들어 있다. 도로 바닥에도 떨어진 단풍잎으로 노랗다. 천지가 노랗다. 환상적 풍경이다. 기다란 가로수 길을 배경으로 카메라 샷터 터지는 소리가 계속 들려온다. 시식코너에서 과일 맛을 본다. 과일들이 달고 맛있다. 밤낮 온도차가 15도나 난단다. 그래서 포도 농사가 잘 된단다. 포도나무 위에는 새들이 포도를 먹지 못하게 하얀 그물을 씌워 놓았다.

다시 우리의 버스는 깊은 산골짜기를 달린다. 도로 아래로 흐르는 도랑에는 노랗게 단풍든 휘늘어진 수양버들이 끝없이 펼쳐진다. 정말로 아름다운 풍경이다. 황홀하다. 여행사 사장님은 아름다운 단풍을 카메라에 담기에 바쁘다. 번지 점프하는 다리에 도착하였다. 다리 중간에서 번지 점프를 한단다. 43m 높이란다. 아래를 내려다본다. 가물가물하다. 킹스타운 영화 드라마도 여기서 찍었단다. 사금을 채취하였다는 사금 밭에는 그 당시의 집들이 유적지로 남아 있다.

아름다운 휴양의 도시 퀸스타운에 도착하였다. 수심 400m, 길이 84Km로서 뉴질랜드에서 3번째로 큰 와카티푸 호수를 중심으로 만들어진 도시란다. 호수가 거인이 누워있는 모습이란다. 호수 주위는 물론 산 중턱에까지 예쁜 집들이 많이 들어 서 있다. 수자원이 풍부하고 1급수 물과 공기가 좋기로 유명하단다. 자연 경관이 좋아 세계 사람들의 휴양지로 각광을 받고 있단다. 1년에 150만 명의 관광객들이 이곳을 찾는단다. 호수를 내려다보면서 저녁식사를 한다. 아름다운 경치에 취한다. 이틀 동안 머무를 호텔을 찾아간다.

댓글 8회 ㅣ 조회 48회 〈 ①17기 게시판 조회 39회　②아름다운 글방 조회 9회 〉

운암 12.05.23. 17:12

오래 만에 카페에 들러 염선생의 여행기를 읽어 들어가니 뉴질랜드 북섬 남섬에 빨려 들어가는 기분입니다. 누구나 한 번 가보고 싶어지는 곳입니다. 너무 잘 읽었습니다. 좋은 글 많이 주시어 감사하고, 건강하고 행복하십시오.

염해일 12.05.23. 18:29

운암님 찾아 주셔서 감사합니다. 그리고 저의 글을 재미있게 읽었다니 더욱 기쁘답니다. 행복하고 건강하세요, 운암님

송하 / 전명수 12.05.24. 09:59

뉴질랜드의 아름다운 자연 경관이 다시 스쳐 지나가는 기분입니다. 세월이 흐르니 거기도 많이 변했나 봅니다. 광활한 목장 경계가 철조망이던 것이 이젠 생 울타리로 변하였다니 더욱 친밀해지고 보기 좋은 풍경이겠습니다. 달리는 도로에 하얀 양떼들이 길을 건너는 동안 차량은 한참 동안이나 기다려주는 그곳 운전자들

 맛깔스런 댓글이 달린
수필가의 일기

의 너그러움이 인상에 아직도 남아 있습니다. 재미있게 읽고 갑니다. 고맙습니다.

🔘 염해일 12.05.24. 13:30

도로에 양떼들이 길을 건너는 동안 차를 기다려 주었다는 말을 들으니 많이 변한 것 같네요. 지금은 도로변 쪽으로는 전기가 통하는 철책선을 쳐 놓아 양들이 밖으로 나올 수 없도록 하여 놓았더군요. 송하님 찾아 주셔서 행복합니다. 송하님도 행복하세요,

🔘 김보부 12.05.24. 23:30

염선생님의 생생한 뉴질랜드의 아름다운 자연 경관은 지금도 머리에 그려 지내요. 테카포 호수의 맑은 물 알프스 산맥의 빙하가 녹아서 만들어진 자연의 호수의 맑은 물을 바라보면 연파랑에서 핑크색, 오렌지색, 보라색으로 변해가는 아름다운 광경이 눈에 보이는 것 같군요. 이렇게 상세하게 기술하여 주신 염선생님에게 다시 한 번 고마움을 느낍니다. 늘 건강하시고 행복한 나날 되십시오.

🔘 염해일 12.05.25. 07:34

보부님의 글이 너무 멋지네요. 보부님이 저의 글에 대하여 아낌없는 칭찬을 하여 주니 글 쓰는 것이 힘이 나네요. 정말 뉴질랜드 자연 경관은 너무 좋더군요. 보부님 행복하고 건강하세요.

🔘 웃음남 12.05.25. 22:20

염교장님의 여행담을 읽고 있으면 그 풍경 그 일 그 일을 내가 경험하고 즐기는 것처럼 상세히 또 멋지게 서술해주셔서 앉아서 뉴질랜드 모두를 느끼고 있는 기분입니다 그러나 가끔은 약도 나네요. 난 가보지도 못했고 또 언제 갈 지 기약도 없으니 체력도 대단해야 하겠네요. 하루에 600 킬로미터 이상을 여러 날 이동하셨네요. 언제 시간 있으면 기념사진도 함께 봤으면 하네요. 건강하게 다녀오심을

축하드립니다.

염해일 12.05.26. 07:50

웃음남님, 저의 글을 읽어주셔서 고맙네요. 그리고 별로 좋지 않는 글을 과분하게 평가하여 주시어, 더욱 송구스러우면서도 기쁘네요. 여행사 사장님이 따라갔답니다. 여행사 사장님은 관광과 박사과정을 다니고 있다고 하더군요, 우리 뒤를 일일이 따라 다니면서 사진을 찍어 주더군요. CD로 구워 준다고 하더군요. 찍어 놓은 사진을 마지막 날 저녁에 보았답니다. 여행 일정 전 과정을 찍었더군요. 아마 좋은 기념사진이 될 것 같더군요. 아직 받지는 못하였지만 받으면 한 번 보여 드리겠습니다. 웃음남님, 한번 꼭 다녀오세요. 정말 좋은 곳이더군요. 건강하고, 행복하세요, 웃음남님.

 맛깔스런 댓글이 달린
수필가의 일기

오늘은 뉴질랜드 여행의 최고봉인 밀포드 사운드 구경을 간단다. 600Km를 달려가야 하기 때문에 아침 6시까지 버스에 오르란다. 아침 4시 30분에 모닝콜 소리를 듣고, 5시에 호텔 뷔페식당으로 간다. 죽과 빵, 우유, 버섯, 삶은 콩으로 아침식사를 한다. 후식으로 복숭아, 배가 달고 맛있다. 6시에 밀포드 사운드에 가기 위하여 버스에 오른다. 뉴질랜드의 아침 6시는 한밤중이다. 도로가 많이 어둡다. 가이드가 오늘 일정을 간단히 설명하고, 부족한 잠을 채우란다. 버스 안에 불도 모두 끈다. 저절로 잠이 온다. 버스 안이 조용하다. 모두가 잠 들었나보다. 잠을 깨니 날이 밝아온다. 시계를 보니 7시이다. 차창 밖에는 하얀 양들과 얼룩 젖소들이 풀을 뜯고 있다. K회원은 누에가 뽕잎을 먹는 것 같단다. 누에 이야기가 나오니 어릴 때 집에서 기르던 누에 생각들이 났나보다. 한참 동안 누에에 얽힌 이야기로 꽃을 피운다. 누런 사슴들이 우두커니 서서 지나가는 우리들을 쳐다보고 있다.

한참을 달리다가 우리의 차는 남섬에서 두 번째로 큰 테아나 호수 휴게소에 멈춰 선다. 여기에 화장실은 1불을 내고 볼 일을 보아야 한단다. 지금쯤은 돈 받는 사람이 오지 않았을 것이란다. 빨리 가서 볼 일을 보고 나오란다. 그러나 벌써 출근한 직원이 화장실을 지키고 있다. 우리 모두는 슈퍼로 들어간다. 커피를 시켜 마시면서 화장실을 이용한다. 호수 가에 서서 끝없이 펼쳐진 아름다운 호수를 바라본다. 호수가 깨끗하고 맑다. 물속이 훤히 들여다보인다. 호수를 배경으로 기념사진을 찍고 다시 차에 오른다. 가이드의 설명이 이어진다.

퀸스타운에서 밀포드 사운드까지는 먼 거리가 아니란다. U자로 돌아가기 때문에 멀고, 시간도 많이 걸린단다. 뉴질랜드에서는 터널 하나를 뚫으려면 국민투표에 붙여야 한단다. 국민의 과반수가 찬성을 하여야만 터널을 뚫을 수가 있단다. 뉴질랜드 국민들은 자연을 훼손하지 않으려고 한단다. 퀸스타운에서 밀포드 사운드까지 600Km를 돌아가면 멀고 시간도 많이 걸리지만 아름다운 자연을 더 많이 볼 수 있어서 좋은 점도 있단다.

피아르국립공원에 들어선다. 126헥타르로 뉴질랜드에서 가장 큰 국립공원이란다. 유네스코에서 지정한 공원이란다. 도로변 주위와 산에 같은 높이로 자란 마누카 나무가 숲을 이루고 있다. 마누카 나무는 7m 이상을 자라지 않는단다. 이 나무는 다른 곳으로 옮겨 심으면 자라지 못한단다. 그래서 이 공원에만 있는 희귀한 나무란다. 마오리족들은 마누카 꽃잎을 따서 액즙을 내어 염증에 바른단다. 염증이 감쪽같이 낫는단다. 마누카 꽃잎에서 채취한 마누카 꿀은 세계에서 알아주는 꿀이란다. 한국 농협에서도 마누카 꿀을 많이 사 간단다. 뉴질랜드 국립병원에서 마누카 꿀에 역류성 위염을 치료해주고, 위암을 안정시켜 주는 항암 물질 들어있다는 것을 발견하였단다. 그래서 국민들에게 마니카 꿀을 먹도록 권장하고 있단다. 마누카 꿀에서 로얄제리가 나오고, 프로폴리스도 나온단다. 마

 맛깔스런 댓글이 달린
수필가의 일기

누카 잎으로는 차를 끓여 먹기도 하고, 맥주를 만들어 먹기도 한단다.

　나무들이 터널을 이루어 도로가 어두컴컴하다. 주위에 산봉우리들이 하늘 높이 솟아 있다. 높은 산봉우리 아래에는 안개가 자욱하다. 너도밤나무에 은빛 이끼가 뒤덮여 있다. 이끼는 습한 곳에서만 자란단다. 이곳이 산소 발생량이 가장 많은 지역이란다. 공기가 맑고 깨끗하다. 가까이 있는 산에는 하얀 만년설이 소복이 쌓여 있다. 우리의 버스는 숲이 우거진 안개 거리를 라이트를 켜고 계속 달려간다.

　거울호수에 도착하였다. 빙하가 녹은 물이 모여 만들어진 호수란다. 호수의 물이 맑고 깨끗하다. 습지 호수로 작은 연못이다. 호수 주변에는 25m나 되는 너도밤나무가 무리를 이루고 있다. 손톱크기만한 은빛 잎을 달고 있는 것이 너도밤나무의 특징이란다. 거울호수에는 아름다운 산과 단풍든 나무와 파란 하늘이 담겨 있다. 그래서 거울호수란 이름이 붙었단다. 'Mirror Lake' 라고 세워 놓은 팻말이 호수에 거꾸로 나타나고 있다. 죽은 나무에서 큰 나무가 자라고 있다. 아마 나무 씨앗이 떨어진 후 싹이 나서 큰 나무가 되었나보다. 수염 같이 생긴 이끼가 나무에서 축 축 늘어져 있다. 아름다운 거울 호수에 모두가 취해 있다.

　우리의 버스는 다시 뉴질랜드 관광의 하이라이트인 밀포드사운드를 향하여 달리기 시작한다. 다시 한참을 달려가니 절벽바위산들이 나타난다. 여기서부터는 나무가 자랄 수 없는 1,450m의 한계 지점이란다. 바위에는 누런 이끼들만이 끼어 있다. 나무들은 보이지를 않는다. 구름이 길을 막고 있다. 2,300m의 정상에 있는 눈이 녹아 흐르고 있는 도랑에 차가 멈춰 선다. 너무도 깨끗한 물이다. 빙하수를 떠서 마셔본다. 물맛이 좋다. 빈병에 물을 가득 채운다. 계속 산을 오른다. 산 정상에 있는 만년설이 녹아 깎아지른 절벽을 타고 쏟아져 내려온다. 아름다운 폭포수를 만들고 있다. 여러 모양의 폭포수를 감상하면서 산을 오른다.

정상 바로 아래에 터널이 나타난다. 호머 터널이란다. 20년 만에 완공된 터널로 순수한 사람의 손으로 만든 터널이란다. 터널의 길이가 1,217m이란다. 터널 속에 바위들이 툭툭 튀어 나와 있다. 조잡한 굴이다. 터널이 좁아 일방통행을 하고 있다. 밀포드 사운드를 가기 위하여 반드시 이 터널을 통과해야만 한단다. 터널을 지나니 내리막길이다. 길이 꼬불꼬불하다. 죽령 고개를 넘어 가던 옛 생각이 떠오른다. 바위 모습도 다양하다. 다시 한참을 내려가니 소나무 숲이 나타난다. 소나무의 아래 부분에는 파란 이끼, 위로 올라갈수록 하얀 이끼들로 수를 놓고 있다. 멀리 보이는 소나무 줄기가 하얗다. 신비로운 풍경이다. 공기가 맑고 경치가 좋다. 인간은 자연 앞에서 모두가 엄숙하고 나약하여지나보다.

드디어 뉴질랜드 여행의 절정인 밀포드 사운드에 도착하였다. 높은 산들 사이에 끝없이 펼쳐진 호수이다. 빙하가 치고 내려가면서 생긴 호수란다. 호수에는 하얀 유람선들이 떠다니고 있다. 한참을 기다리니 유람선 한 대가 들어온다. 상기된 얼굴들이 유람선을 내려온다. 그 유람선에 우리가 오른다. 가이드가 유람선 안에 있는 식당에 가서 점심식사부터 먼저 하란다. 선상 뷔페식당이다. 먹고 싶은 음식을 담아서 자리에 앉는다. 아름다운 호수를 바라보면서 먹는 점심식사는 진수성찬보다 더 맛있다. 선상에서 아름다운 경치를 감상하면서 식사하는 것은 운치가 있어 더욱 좋다. 산 정상에 있는 만년설이 녹아 흐르는 물이 깎아지른 듯한 절벽을 타고 사정없이 내리치면서 하얀 물줄기를 내뿜고 있다. 가까이서 보니 위에는 굵은 실타래이나 아래로 내려오면서 수십만 개의 실오라기가 되어 흘러내린다. 멀리서 바라보니 여자의 하얀 속 치마폭을 펼쳐 놓은 것 같다.

호수 양 옆에 우뚝 솟은 수많은 산봉우리들은 하늘과 맞닿아 있다. 봉우리 주위에는 하얀 구름들이 두둥실 떠돌고 있다. 산봉우리 아래 깎아지른 검푸른 바위, 파란 이끼, 푸른 나무, 하얀 물줄기가 한 폭의 그림이다. 맑고 푸른 호수에서 돌고래 떼가 헤엄쳐 올라오고 있다. 너무도 멋진 돌고래 쇼이다. 깎아지른 듯한 절벽에 푸른 나무가 자라고 있다. 유람선을 타고 한참을 내려가니 호수 끝에 푸른 태평양 바다와 맞닿아 있다. 호수 끝에서 우리의 유람선은 다시 되돌아온다. 되돌아 올 때는 갈 때와 반대 방향으로 돌아온다. 선상에는 인종 전시장이다. 선상에서 파란 눈의 아가씨가 목도리를 머리 위로 올린다. 많이 추운가보다. 아름다운 호수와 깎아지른 듯한 절벽과 구름이 떠도는 높은 산봉우리를 배경으로 모두가 사진 찍기에 바쁘다. 맑고 푸른 호수에는 여러 대의 유람선들이 떠다니고 있

다. 지나가는 유람선 선상에는 울긋불긋한 꽃들이 손을 흔들고 있
다. 모두가 아름다운 경치에 취해있다. 호수 위에서 물안개가 피어
오른다. 산 중턱에 있는 구름들은 하늘로 올라간다. 검푸른 절벽과
하얀 물과 푸른 나무들이 조화를 이룬다. 파란 호수 위에는 하얀 갈
매기가 날고 있다. 호수 가에 있는 바위에는 붉은 해초들이 띠를 이
루고 있다. 검은 바위, 붉은 해초, 푸른 바다, 파란 나무, 하얀 유람
선들이 아름다운 밀포드 사운드를 만들고 있다. 밀포드 사운드에서
가장 큰 스타린 폭포 앞으로 유람선이 간다. 눈이 모자라도록 가파
른 절벽에서 물이 쏟아져 내려온다. 높이가 150m이란다. 나애가라
폭포보다 3배나 높은 폭포란다. 이 폭포수 물을 맞으면 흰머리가
검은 머리로 변한단다. 자기의 소원도 이루어진단다. 유람선이 폭
포수 떨어지는 가까이에서 한참 동안 머문다. 물보라가 얼굴과 온
몸을 적신다. 깎아지른 절벽에 나무가 자라고 있다. 나무들은 생명
력이 강한가 보다.

우리의 유람선은 폭포수 곁을 떠난다. 거무스름한 바위에 거무스
름한 물개가 바위 위로 올라온다. 바위에 넓적 엎드린다. 바위마다
물개가 누워있다. 아마 휴식을 취하고 있나보다. 바위와 물개가 잘
구별이 되지 않는다. 하얀 갈매기들이 아름다운 호수 위를 날고 있
다. 파란 하늘, 푸른 호수, 하얀 구름, 푸른 나무, 하얀 유람선이 떠
다니는 이 호수는 신선들이 사는 세상이 아닌지 모르겠다. 바위산
아래에 안개가 피어오르고, 끝없이 치솟은 산봉우리는 푸른 하늘을
떠도는 구름과 조화를 이룬다. 아담한 선착장 주위로 버스 한 대가

지나가고 있다. 이 호수는 유네스코 세계문화유산으로 등재되어 있
단다. 이 아름다운 밀포드 사운드를 눈 안에 넣고 우리의 버스는 다
시 퀸스타운을 향하여 달려가고 있다.

송하 / 전명수 12.05.29. 02:48

오래전에 보았던 밀포드사운드가 한눈에 다시 들어오는 기분입니다. 돌아오는
길에 높고 넓은 바위를 타고 수많은 가닥의 물줄기가 흘러내리면서 바람을 타니
마치 훌라 춤을 추는 것 같이 보였습니다. 멋진 광경이 눈에 선합니다. 하얀 이끼
도 기억에 생생하고요. 밀포드의 피요르드도 인상에 깊이 남아 있습니다. 아름다
운 경관을 상세히 묘사해 주시어 고맙습니다. 즐거운 마음으로 잘 읽고 갑니다.
무지 행복한 시간 되십시오.

염해일 12.05.28. 18:30

송하님 읽어 주셔서 행복합니다. 저가 보고 느낀 것을 글로 쓰다가보니 주관적
인 것이 많이 들어 있습니다. 너무도 아름다운 밀포드 사운드를 저의 필력으로는
반도 옮길 수가 없더군요. 혹시 잘못 기술된 것이 있더라도 너그러이 이해하여 주
십시오. 송하님 행복하고 건강하세요.

웃음남 12.05.29. 08:35

오늘도600Km를 달려가시네요. 체력이 대단하십니다. 마누카나무 참 탐나는 나
무 같은데 옮길 수 없다니 그것도 자원입니다. 스타린 폭포에서 폭포수 물을 맞으
셨나요. 머리도 검게 되고 갓바위처럼 한 가지 소원을 들어주신다니 무슨 소원 비
셨는지. 전 뉴질랜드에 가보질 못했는데 친구들이 가서 오랫동안 살 곳은 아니지

만 여행은 꼭 한번이라도 다녀오라고 권하네요. 여행 다녀오셔서 이렇게 동영상을 보듯이 상세하고 사실적으로 올려주셔서 감사합니다. 건강하십시오

염해일 12.05.29. 13:36

웃음남님, 찾아 주셔서 행복합니다. 아름다운 밀포드 사운드가 정말로 멋졌어요. 필력이 부족하여 실감나게 다 표현하지 못한 것이 아쉬울 따름입니다. 남섬에서 1600Km를 달렸답니다. 그래도 피곤함을 느끼지 못하였답니다. 뉴질랜드 호주 다녀오던 그 날도 가요동아리 창녕모임에 참석하였답니다. 끝까지 있지는 못하였지만, 그 날 새벽 6시에 대구 공항에 도착하였답니다. 그리고 10일 후인 5월 17일 중국 계림 4박 5일 여행을 또 다녀왔답니다. 정말 제가 생각해도 신기합니다. 그만큼 체력이 받쳐 주는 것은 그 동안 운동을 열심히 했기 때문이 아닌가 생각합니다. 웃음남님, 행복하세요.

김보부 12.05.29. 14:08

염선생님의 뉴질랜드 관광을 상세하고 아름답게 올려주시니, 오래전에 보았던 밀포드 사운드의 광경이 영화 필림처럼 지나가네요. 세삼 느끼지 못한 모든 광경이 더욱 아름다워 보입니다. 염선생님의 하나하나 실감나게 올려 주신 글월 잘 읽고 갑니다. 늘 건강하십시오.

염해일 12.05.29. 14:28

보부님 저의 글을 읽어 주셔서 행복합니다. 저의 글이 보부님이 관광하셨던 그때가 회상된다니 기분이 좋습니다. 좀 더 잘 서술하였더라면 하는 생각을 하여봅니다. 보부님, 행복하고 행복하세요.

 맛깔스런 댓글이 달린
수필가의 일기

30여 년 전에 예천농고에 근무하였다. 그때 같이 근무하던 선생님들이 오래 전부터 모임을 갖고 있다. 모임의 이름도 '예농회' 이다. 1년에 겨울방학과 여름방학 두 차례씩 모임을 갖는다. 모임을 갖는 날짜도 잊어버리지 않게 봉급 다음 날인 1월 18일과 8월 18일로 못을 박아 놓았다. 올 겨울 모임에서 봄에 부부여행을 가기로 결정하였다. 날짜도 5월 10일로 미리 정하여 놓았다. 그것도 우리가 근무하던 예천으로 자가용이 아닌 경북관광 순환테마 열차로 가기로 하였다.

택시를 타고 출발 시간에 맞추어 동대구역으로 나간다. 1번 입구에 모든 회원들이 벌써 나와서 기다리고 있다. 8시 20분에 출발하는 경북관광 순환테마 열차를 타기 위하여 기차로 간다. 기차 머리에는 "사람과 사람을 잇는 따뜻한 경북여행" 이란 글씨가 새겨져 있다. 화려하게 단장한 기차 몸체에는 "경북관광순환테마 열차"라고 커다란 글씨가 새겨져 있다. 열차 안에 들어간다. 각 고장을 대표하는 특산물, 명승지의 사진과 풍선으로 방안을 예쁘게 단장하여 놓았다. 경북북부의 아름다운 자연과 문화자원을 활용한 친환경관광 상품 개발과 지역주민들의 편리한 철도 이용을 위한 열차란다. 아침 일찍 출발하여 자기가 보고 싶은 지역에 내려 연계버스로 지역관광을 즐긴단다.

동대구를 출발한 버스는 대구역에서 잠깐 멈춰다가 다시 출발한다. 대구를 빠져 왜관에 도착하였다. 아카시아 꽃이 만발하여 산 전체가 아름다운 꽃밭이다. 아카시아의 그윽하고 향긋한 꽃향기가 열차 안까지 스며들어온다. 가도 가도 끝없이 펼쳐진 하얀 아카시아 꽃밭이다. 우리나라 산에 아카시아 나무가 이렇게 많이 있다는 사실을 전에는 몰랐다. 왜관 낙동강 철교를 지나 구미에 들어선다. 높은 아파트들이 빽빽이 들어서 있다. 공업도시답게 곳곳에서 허연 연기가 피어오르고 있다. 저 연기 아래에는 수많은 사람들이 땀 흘려 일을 하고 있을 것이라는 생각을 하니 괜히 구경을 다니는 것이 미안하여진다. 구미역 바로 옆 절벽에는 알록달록한 등들이 많이도 달려 있다. 절벽 위에 '금강사' 란 큰 절이 보인다. 초파일이 가까워 오나보다. 붉은 색이 나는 밭에는 아주머니들이 포도나무 손질을 하고 있다. 밭둑과 논둑에는 파란 풀들이 파릇파릇 자라나고 있다.

열차 직원이 옆방에 레크레이션을 하고 있단다. 참여하고 싶은 사람은 참여하란다. 옆방으로 가본다. 무대가 만들어져 있고 좌석도 무대를 향하고 있다. 부부 레크레이션 강사가 지도를 하고 있다. 남편이 먼저 트럼펫으로 몇 곡을 연주한다. 관객들의 박수를 받는다. 이어서 남편이 자기 아내를 소개한다. 자기 아내는 잘 생기고, 예쁘고, 몸매도 좋단다. 못하는 것이 없단다. 똥까지도 버릴 것이 없단다. 소개를 받은 아내의 얼굴이 홍조를 띤다. 아내는 섹스폰으로 몇 곡을 연달아 연주한다. 관객들의 우레와 같은 박수를 받는다. 아내의 악기 연주도 보통 수준이 아니다. 악기 연주가 끝나고 나니

 맛깔스런 댓글이 달린
수필가의 일기

관광객과 함께 노래도 부르고 춤도 춘다. 다시 그 옆방으로 가보았다. 먹을 것을 파는 식당 겸 상점이다. 이어지는 두 개의 옆방은 일반 승객들을 위한 방이다. 그 방에는 아무런 치장을 하여 놓지 않았다. 방과 방 사이는 작은 홀을 만들어 놓았다. '웰빙방', '신라방'이라는 문패를 달아 놓았다. 몇 사람씩 모여 대화를 나눌 수 있도록 의자와 탁자를 배치하여 놓았다.

김천역에서 기관사가 바뀐다. 많은 승객들이 타고 내린다. 날씨가 선선한데도 반팔로 오르내리는 젊은 사람들이 많다. 젊은 사람들은 혈기가 왕성하여 추위를 덜 타나보다. 다시 기차는 상주를 향하여 달린다. 가면서 기차 기적 소리가 여러 번 울린다. 어릴 때 듣던 기차 기적소리어서 정감이 간다. 상주 옥산역 앞 들판이 넓다. 곳곳에 마늘밭이 푸르다. 농기계가 논을 갈고 있다. 상주 들어가는 입구에 상주대학이 붉은 옷을 입고 있다. 상주역이란다. "물건을 두고 내리지 말라."는 안내 방송이 나온다.

점촌역을 거쳐 우리가 내릴 용궁역에 도착하였다. 역 밖으로 나오니 봉고차가 우리를 기다리고 있다. 기사 겸 가이드가 자기소개를 한다. 먼저 회룡포를 구경한단다. 넓은 용궁 들판을 지나 회룡포 여울마을 앞을 지나간다. 수박비닐하우스가 들판을 하얗게 수놓고 있다. 도로에 단풍나무 가로수가 심어져 있다. 차안에는 '시계바늘'이란 흥겨운 노래 가락이 흘러나온다. 회룡포를 오르는 숲속 오르막길을 우리의 차는 힘겹게 오르고 있다. 회룡포에 도착하니 박용성 해설사가 회룡포에 대한 해설을 하여준다.

물도 돌고, 산도 돈다는 회룡포는 국가 명승지 16호로 지정되어 있단다. 2000년 KBS 인기드라마 '가을동화'를 여기서 촬영하여 전국에 처음으로 소개되었단다. 회룡포는 용이 비상처럼 물을 휘감아 돌아 간다하여 붙여진 이름이란다. 산 높이가 190m이란다. 비룡산을 다시 350도로 되돌아서 흘러가는 육지속의 섬마을이란다. 섬마을에는 경주 김씨 9세대가 현재 살고 있단다. 맑은 물과 하얀 백사장이 어우러진 천혜의 관광지란다. 회룡대 정자에 오른다. 앞이 탁 트여 가슴이 시원하다. 섬 가운데 알록달록한 지붕과 잘 정돈된 논밭과 우거진 나무들과 육지로 연결하는 뽕뽕다리가 한 폭의 그림이다. 회룡대 정자에서 집 사람이 준비하여간 떡과 포도, 커피로 잠시 휴식을 취한다.

다시 회룡포 정자에서 내려와 봉고차에 오른다. 점심을 먹기 위하여 다시 용궁으로 들어간다. 내려오는 경사 길이 우거진 나무들로 어둡다. 나뭇가지들이 도로에 축축 늘어져 있다. 도로 옆에는 노란 애기똥풀이 길을 예쁘게 장식하고 있다. 벌레에 물렸을 때 애기똥풀로 문지르면 낫는단다. 애기똥풀로 염색도 한단다. 용궁에 도착하였다. 강호동이 와서 1박 2일을 하였다는 순대집을 찾아간다. 수리중이란다. 할 수 없이 그 다음으로 유명한 순대집을 찾아간다. 허름한 초가집이다. 식당 안이 만원이다. 번호표를 주면서 30분 정도 기다리란다. 한참을 기다려 식당 안으로 들어갈 수가 있었다. 10여분을 기다리니 순대국이 나온다. 정말 듣던 대로 순대국 맛이 일품이다. 그래서 사람들이 그렇게 많이 모여드나보다.

 맛깔스런 댓글이 달린
수필가의 일기

점심식사 후에 삼강을 찾아간다. 용궁들 논에 물을 가득 가득 담아 놓았다. 옛날 우리들 농촌 생각이 난다. 논둑에 개구리가 뛰어다니고, 비오는 날에는 두꺼비 울음소리가 요란하였다. 농촌의 아름다운 풍광을 감상하면서 삼강에 도착하였다. 삼강은 낙동강, 내성천, 금천의 3개의 강이 만난다고 하여 붙여진 이름이란다. 삼강마을에는 청주 정씨들 집성촌이란다. 삼강 들어가는 입구에 450년이 되었다는 회화나무가 우리들을 맞이한다. 가시에 찔리면 스무날이 되어야만 낫는다는 가시나무들이 회화나무 옆을 지키고 있다. 회화나무 옆에 큰 '들돌' 이 있다. 들돌을 들어야 어른으로 인정을 받을 수가 있단다. 들돌 드는 정도에 따라 일군의 품삯을 결정하였단다. 들돌을 들어본다. 꿈쩍을 하지 않는다. 아직도 어른이 덜 되었나보다. 삼강 안을 둘러본다. 밤이 되면 낯모르는 사람들이 호롱불에 둘러 앉아 야담을 나누었다는 보부상 숙소와 길손들을 위해 기꺼이 노를 잡았던 사공이 기거하던 사공숙소가 옛 모습을 하고 있다. 방안에는 이곳을 다녀간 사람들이 남긴 낙서로 도배가 되어 있다. 삼강 둑에 올라가 강물을 바라본다. 세 강이 합쳐서 그런지 물이 많이도 흐르고 있다. 도도히 흐르는 강줄기만 탁 트여 있고, 주위는 높은 산으로 둘러싸여 있다. 동네 부녀회에서 음식을 만들어 판매하고 있다. 묵과 두부와 파전을 시켜 술을 마시고 있다. 우리는 모두가 들여다 볼 수 있는 유리로 된 '누드 방' 에서 삼강의 멋을 즐기고 있다.

회룡포를 구경하고 다시 용궁으로 나와 예천읍으로 달려가고 있다. 국제 양궁장이 있는 '진호 양궁장' 을 찾아간다. 국제 양궁장 답게 매우 넓고 크고 경치가 아름다운 곳에 자리 잡고 있다. 우리는 다시 용문사를 향하여 달려가고 있다. 용문사 들어가는 입구에 철 쭉꽃으로 꽃단장을 하여 놓았다. 용문사에는 보물 684호인 윤장대 가 있다. 윤장대를 돌릴 수 있는 날은 음력 3월 3일과 9월 9일 이틀 뿐이란다. 윤장대외에도 교지, 목불좌상, 목각대, 팔상행 등의 보물 들이 자리 잡고 있다. 고려 명종 때 그렸다는 후불벽 목각탱이 이절 에서 가장 오래된 보물이란다.

　용문사를 구경하고 대구로 가는 기차를 타기 위하여 다시 예천읍 으로 내려온다. 내려오는 도중에 기사에게 특별 부탁하여 우리가 근무하였던 예천농고 자리를 찾아간다. 예천농고 들어가는 길이 옛 모습 그대로이다. 길만 약간 넓혔을 뿐이다. 학교 들어가는 입구에 그 당시에 같이 근무하였던 아저씨 집이 옛 모습 그대로 그 자리에 서 있다. 모두가 반가워한다. 그리고 한마디씩 한다. 우리가 근무하 던 예천농고로 들어간다. 예천농고는 없어지고, 그 자리에 경도도 립대학이 들어서 있다. 대학 축제 기간인지 대학생들이 행사를 하 느라고 떠들썩하다. 우리의 차는 교내를 한 바퀴 돈다. 마지막 지점 에 오니, 우리가 근무하였던 교무실 건물이 그대로 남아 있다. 모두 가 내린다. 건물 앞에 있는 동산도 그대로이다. 동산에 있는 가이스 트 향나무를 발견한 임업 선생 J는 자기가 옮겨 심은 그 나무가 그 대로 있단다. 너무도 반가워한다. 감회가 새롭다. 예천서 6시 30분 에 출발하는 기차에 몸을 싣고 예천의 향수를 가슴속에 가득 품고

 맛깔스런 댓글이 달린
　　　　수필가의 일기

대구로 향하는 열차에 몸을 싣는다.

웃음남 12.05.30. 07:41

뉴질랜드 중국 여행의 피로도 가시기전에 또 반가운 얼굴들과 함께 예전에 근무하셨던 예천에 다녀오셨네요. 용궁에 있는 회룡포도 다녀오시고, 40여 년 전에는 저도 경북북부 지역에 출장을 많이 다녀서 이름만 들어도 옛 생각이 나네요. 정다운 많은 친구 분들이 있어 노후를 항상 즐겁고 보람 있게 보내시는 모습 행복해 보이십니다. 교장님도 항상 건강하시고요.

염해일 12.05.30. 07:58

웃음남님, 40년 전에 경북북부 지방에 많이 다녀 이름만 들어도 옛 생각이 난다니 반갑네요. 예천이 저의 고향이기도 합니다. 저의 고향 예천을 알고 있다니 더욱 반갑네요. 행복은 스스로 만들어 가야 할 것 같더군요. 저는 될 수 있는 대로 행복하게 살려고 노력하고 있습니다. 웃음남님, 저의 글을 잊지 않고 읽어 주셔서 행복합니다. 건강하고 행복하세요.

송하 / 전명수 12.05.30. 20:29

추억이 어린 옛 근무지를 다시 찾아 나선 발길이 무지 즐거웠겠습니다. 좋은 테마 여행하시고 오셨습니다. 삼강주막에서 파전이나 묵으로 막걸리 한 사발 하면서 옛 선인들이 문경새재를 넘나들던 기분도 내어 보시고 명물인 순대도 맛보았으니 더 좋은 여행이었겠습니다.

염해일 12.05.31. 07:52

정말로 좋은 경북관광 순환테마 열차 여행이 되었습니다. 예천뿐만 아니라 다른 지역에도 열차 여행을 하면서 그 지역의 정서를 느끼고 싶었습니다. 송하님 건강하고 행복하세요.

🙂 김보부 12.05.31. 16:01

순환테마 관광 열차로 추억이 깃들어 있는 옛 근무지와 고향을 찾은 즐거운 여행이 되셨네요. 염선생님은 퇴임이후 정다운 많은 친구들과 좋은 덕담을 나누며 관광을 다니시는 모습이 정말 아름다워 보입니다. 항상 건강하게 좋은 친구들과 노후를 더욱 더 아름답게 보내시기 바랍니다. 행복하십시오.

🙂 염해일 12.05.31. 17:52

보부님, 좋은 덕담 주셔서 감사하고 행복합니다. 행복은 누가 그저 가져다주는 것이 아니고, 자기 스스로 만들어가야 한다고 생각합니다. 저도 최선을 다하여 즐겁게 살려고 노력하고 있습니다. 보부님 행복하고 행복하십시오.

🙂 김광남 12.06.03. 13:01

좋은 추억이 되셨겠네요. 회룡포 마을과 순대국도 먹고, 꼭 한번 가고 싶어지네요. 건강하십시오.

🙂 염해일 12.06.03. 14:23

광남님, 찾아주셔서 행복합니다. 가보시지 않았다면 한 번 다녀오셔요. 한 번쯤은 꼭 가 볼만한 곳입니다. 광남님, 건강하고 행복하세요.

 맛깔스런 댓글이 달린
수필가의 일기

제 5부 유둣날

오늘은 뉴질랜드에서 북섬 3일, 남섬 3일 구경을 모두 마치고 호주로 가는 날이다. 아침 4시 모닝콜 소리에 이어 아침식사는 하지도 못하고, 5시에 크라이스트처치 공항으로 가는 버스에 오른다. 공항에는 이미 많은 관광객들이 비행기를 타기 위하여 나와 있다. 아들 둘, 딸 둘의 연년생인 네 자녀를 데리고 관광을 가는 젊은 서양 부부가 있다. 아빠는 작은 딸을 안고, 엄마는 그 다음 작은 딸을 안고 있다. 나머지 둘은 엄마 뒤를 졸졸 따라 다니고 있다. 서양 아이들은 인형같이 예쁘고 귀엽다. 출국 수속을 마치고 7시에 호주 시드니로 향하는 비행기에 오른다. 비행기 안에 동양인은 우리들뿐이다. 우리는 긴 옷을 입고 있는데 그들은 반팔 반바지 차림이다. 정말 서양인들은 추위를 타지 않나보다.

비행기를 탄지 얼마 되지 않아 기내식이 나온다. 빵과 계란 후라이가 나온다. 후식으로는 과일 몇 조각이 나온다. 탑승한지 1시간 30분 만에 호주 하늘 위를 날고 있다. 호주 하늘에서 내려다보는 호주도 숲속에 싸여 있다. 비행기가 고도를 낮추더니 눈같이 하얀 구름 속을 살포시 내려앉는다. 출국장으로 나오니 가이드가 안내판을 들고 서 있다. 가이드를 따라 가니, 우리를 태워줄 버스가 기다리고 있다.

버스에 오른다. 가이드가 자기소개를 한다. 이어서 호주 관광 일정에 대한 안내를 한다. 오늘은 호주의 그랜드캐년이라 불리는 블루마운틴을 구경하고, 세계 기네스북에 올라 있는 52도 급경사의 궤도 열차와 공중에 떠 있는 케이블카를 타고 하늘에서 블루마운틴을 구경한단다. 내일은 시드니 동부 해안관광과 선상 런천 크로즈를 하고, 아름다운 달링 하버에 있는 시드니 수족관광과 시드니 시내관광을 한단다. 마지막 날은 시드니 공항에서 인천 공항으로 출발하는 것으로 호주 관광을 마무리한단다. 이어서 호주에 대한 설명이 이어진다.

뉴질랜드는 어린 땅으로 우리나라 제주도와 같이 호주의 한 섬이었단다. 호주는 세계에서 여섯 번째로 큰 나라란다. 인구는 2,500만 명이란다. 1인당 국민소득이 25,000불의 부자나라란다. 사회보장제도가 잘 되어 있는 나라란다. 실업자에게도 한 달에 60~70만 원의 실업 수당을 준단다. 호주는 여자들에게 지원을 많이 하여 주는 여자의 나라란다. 과부 수당과 미혼모 수당이 2주에 100~150만 원이 나온단다. 미혼모가 어린애를 낳으면 일백만원과 우유 값 칠십 만원, 어린애 키우라고 팔십 만원, 학교 다니는 학생에게도 20만원을 통장으로 입금시켜준단다. 호주는 먹고 사는데 걱정이 없는 나라란다. '어떻게 하면 질 높은 삶을 살 수 있느냐?' 가 삶의 목적이란다. 호주에서는 100% 의료보험이란다. 병원비가 무료란다. 그래서 국민들에게 운동을 많이 시킨단다. 정부에서는 지금 1~2백만 원을 써서라도 나중에 큰 돈 들어가는 것을 미리 막을 수 있는 프로그램을 운영하고 있단다. 정년퇴직한 사람들이 골프클럽 등 각종 운동클럽에 나오도록 운동 수당을 주고 있단다. 나라가 국민들의 건강을 미리미리 챙겨준단다. 그래서 일본 다음으로 오래 사는 나라가 호주란다.

호주는 한 명도 일하지 않고 지하자원만 팔아도 150년을 살 수 있단다. 땅속에 지하자원이 많이 매장되어 있단다. 그러나 하나도 파내지 않고 중동국가에서 지하자원을 수입하여 쓴단다. 호주는 지구상에서 마지막 남은 파라다이스로 관광대국이란다. 관광수입도 대단하단다. 호주는 공장이 없단다. 모든 공산품은 수입하여 쓴단다. 호주는 자기 집의 나무도 함부로 자르지 못하게 한단다. 국가로부터 허가를 받아야만 자를 수가 있단다. 시드니는 온통 나무들로 둘러싸인 초록의 세상이다. 호주 사람들의 주식은 고기란다. 고기 중에서 양고기가 가장 비싸단다. 가장 좋은 고기는 내수용으로 국민들을 먹이고 나머지를 수출한단다. 가이드의 설명을 듣고 나니 호주 사람들이 한없이 부럽다.

동물원을 향하여 우리의 차는 달린다. 고속도로로 들어선다. 90Km 속력으로 달린다. 고속도로 통행료가 없단다. 고속도로의 차들은 자기 차선을 지키면서 달리고 있다. 크락션 소리도 들리지 않는다. 호주 사람들은 살기가 좋으니 바쁠 일이 없단다. 한참을 달려 페더데일 야생 동물원에 도착한다. 동물원 안으로 들어간다. 우리나라 동물원과 별 차이가 없는 것 같다. 단지 우리나라 동물원에는 동물들을 우리에 가두어 기르나, 여기는 동물들이 우리 밖으로 자유로이 나돌아 다니고 있다. 자연친화적인 동물원이다. 카소외리라는 새는 공격성이 강하단다. 캥그루 사촌인 월나미도 마당을 펄떡

 맛깔스런 댓글이 달린
수필가의 일기

펄떡 뛰어 다닌다. 토끼, 사슴, 공작 닭들이 함께 어울려 마당을 돌아다닌다. 새들이 우리 밖으로 나와 나무 위, 지붕 위, 담 위에 앉아 요란하게 지저귄다. 나무 위에 자고 있는 코알라가 너무 예쁘다. 천장을 거꾸로 돌아다니는 박쥐가 많이 힘들어 보인다. 희귀한 동물이 많이 있다.

우리의 버스는 동물원을 나와 네바타 산장을 향하여 고속도로로 달린다. 고속도로 중앙분리대와 도로 주위가 모두 나무들로 우거져 있다. 산도, 들도 마을도 모두 나무로 숲을 이루고 있다. 공기가 너무 맑고 깨끗하다. 나무숲을 구경하는 사이 에버튼 하우스에 도착하였다. 100여 년 동안 한국 사람이 운영하고 있다는 식당으로 들어간다. 아름다운 정원으로 꾸며진 식당이다. 선인장, 야자수, 소나무들이 잘 손질되어 있다. 야자수 나무에 열매가 탐스럽게 매달려 있다. 야자수 나무 꽃에 벌이 모여들고 있다. 야자수 나무는 꽃이 피면서 껍질이 바다의 배 모양으로 떡 벌어져 있다. 특이한 모습이다. 식당 안은 한국 관광객 일색이다. 굽고 있는 스테이크를 받아와서 점심식사를 한다. 스테이크가 질기다. 소다를 섞지 않아 질기단다. 호주는 모든 음식에 첨가물을 사용하지 않는단다.

점심 식사 후에 호주의 그랜드캐년이라 불리는 블루마운틴을 향하여 달려간다. 가는 길에 소나무과에 속하는 유칼리 나무숲이 우거져 있다. 이 나무는 알카리 성분을 많이 갖고 있단다. 유칼리나무는 수분과 알콜을 동시에 증발하여 푸른 안개처럼 보인단다. 블루마운틴에 도착하였다. 블루마운틴의 전경을 한눈에 볼 수 있는 에

코포인트 전망대에 올라 블루마우틴을 내다본다. 산을 가득 채운 유칼리나무 잎이 강한 태양빛에 반사되어 푸른 안개처럼 보인다. 1,000m 높이의 구릉이 이어지는 계곡과 폭포, 기암 등이 장관을 이룬다. 계절에 따라 색깔이 계속 변화하고 있단다. 전망대 아래를 내려다본다. 천 길 낭떠러지다. 발끝이 간질간질하고 머리가 어질어질하다. 고개를 돌려 왼편을 바라본다. 세 자매가 자기들을 범하려는 마왕에게서 도망치기 위해 잠깐 바위로 모습을 바꾼 것이 지금까지 그대로 바위가 되어 서 있다는 슬픈 전설이 깃든 세 자매 바위가 슬픈 모습으로 서 있다. 영국 에리자베스 여왕이 에코포인트 전망대에서 블루마우틴을 보고 감탄하면서 소감을 말하였단다. 여왕이 한 말을 적은 소감비가 세워져 있다.

지난해 번개 불로 산에 불이 났단다. 입구의 나무들이 시커멓게 그을려 있다. 죽은 나무에서 새순이 파릇파릇 돋아나는 나무들이 보인다. 나무들은 생명력이 매우 강한가보다. 그 높은 열기를 이겨내고 새순이 돋아나고 있다. 시닉월드에 있는 시닉 레일 웨이를 타기 위하여 산을 내려간다. 손님들이 줄을 서서 기다리고 있다. 궤도열차 타는 것을 보조하여 주는 호주 총각들이 "안녕하십니까?", "감사합니다." 란 한국말로 우리에게 인사를 건넌다. 친밀감을 느낀다. 한국관광객들이 호주에 많이들 오나보다. 조금 기다리니 궤도열차가 아래에서 올라온다. 의자 하나에 4명씩 타란다. 궤도열차를 타고 경사진 아래를 내려다보니 현기증이 일어난다. 현존하는 괘도열차 중 경사가 가장 급해서 기네스북에 등재되어 있단다. 나

 맛깔스런 댓글이 달린
수필가의 일기

무 사이로 난 250m의 절벽을 52도 각도로 쏜살같이 내려간다. 정신이 아찔하다. 모두가 감탄사를 연발한다. 이 궤도열차는 1930년까지 석탄을 실어 나르던 것을 개조하여 만든 열차란다.

궤도열차에서 내려 30분 가까이 숲이 우거진 산책로를 걷는다. 산책로 중간에 "시닉월드 워크웨이에 오신 것을 환영합니다. 지금 보고 계신 식물은 살아 있는 생물입니다. 만지면 죽을 수도 있습니다." 란 영어와 한글로 된 안내판이 세워져 있다. 원시림들을 자연 그대로 잘 보존하고 있다. 유칼리나무는 껍질이 벗겨져 하얀 속살을 드러내고 있다. 호주의 전봇대의 대부분은 유칼리나무란다. 산책로에는 사람의 발이 땅에 닿지 않도록 유네스코에서 나무다리를 만들어 주었단다. 오래된 나무들은 땅에 넘어져 있다. "공기가 너무 좋다." 고 모두가 한 마디씩 한다. 산책로가 끝나는 곳에 케이블카가 우리를 기다리고 있나. 절벽 사이를 연결하여 놓은 하늘 길 스카이웨이는 지면에서 300m 높이란다. 케이블카가 공중에 매달려 있다. 케이블카에 오른다. 투명한 바닥 아래로 난 숲을 구경하다가 눈을 들어 웅장하고 아름다운 블루마운틴을 구경한다. 바위 절벽에 실 폭포인 가툰 폭포가 맑고 깨끗한 햇빛을 받으면서 하얀 물줄기를 내뿜고 있다.

다시 우리의 버스는 시드니로 돌아오는 고속도로를 110Km로 달린다. 추월을 하지 않는다. 중앙분리대는 넓게 만들어 나무와 꽃으로 단장을 하여 놓았다. 정말 보기 좋다. 고속도로 양 옆으로도 나무뿐이다. 나무숲속에서는 마을의 지붕들만 어렴풋이 보인다. 내

륙으로 두 시간만 나가면 6,000~7,000천 마리의 양과 젖소들을 한 농가에서 키우고 있단다. 헬기가 하늘에서 소를 몰고, 땅에서는 사람이 말을 타고 다니면서 젖소들을 돌보고 있단다. 낙농업은 뉴질랜드하고는 비교가 안 될 정도로 어마어마하단다. 가이드의 이야기를 듣는 동안 시드니 시내에 있는 올림픽 경기장에 도착하였다. '2000년 시드니 올림픽'을 이 경기장에서 개최하였단다. 경기장이 공원 안에 들어서 있다. 사거리를 중심으로 4곳에 경기장이 들어서 있다. 올림픽 경기장이 너무 넓어 버스로 다니고 있다. 올림픽 경기장도 숲으로 덮여 있다.

카지노 안에 있는 식당으로 저녁을 먹으러 간다. 현대차 판매 상회가 보인다. 외국에서 우리나라 차를 판매하는 상점을 보니 반갑기가 말할 수 없다. 스타시티카지노에 도착하였다. 대형빌딩 3층에 호화찬란한 조명을 받으면서 카지노장으로 들어간다. 카지노장이 매우 넓다. 강원 랜드 카지노장보다는 사람들이 덜 분빈다. 카지노장을 한참 걸어가니 카지노장 끝에 뷔페식당이 있다. 지금까지 보지도 먹어보지도 못한 별별 음식들이 다 모여 있다. 식사하는 사람들 중에 동양 사람들은 우리들뿐이다. 저녁식사 후 시드니에서 최고급인 5성급 호텔로 우리의 피로를 풀기 위하여 들어간다.

송하 / 전명수 12.06.07. 19:31

블루마운틴의 분지와 세 자매 바위 그리고 강가루의 먹이인 유칼리나무가 눈에 선합니다. 재미있게 읽고 갑니다.

염해일 12.06.07. 20:52

송하님, 호주 관광을 잘 기억하고 계시네요. 유칼리나무의 알콜과 수분이 증발되면서 푸른색을 띠기 때문에 블루마운틴이란 이름이 붙었다고 하더군요. 정말 블루마운틴은 너무도 아름답고 멋진 풍경이더군요. 송하님 잊지 않고 찾아 주셔서 행복합니다. 송하님도 행복하세요.

김보부 12.06.08. 23:00

실업자에게도 한 달에 60~70만원의 실업 수당을 주는 나라. 호주는 여자들에게 지원을 많이 하여 주는 여자의 나라란다. 과부 수당과 미혼모 수당이 2주에 100~150만원이 나온단다. 미혼모가 어린애를 낳으면 일백만원과 우유 값 칠십만원, 어린애 키우라고 팔십 만원, 학교 다니는 학생에게도 20만원을 통장으로 입금시켜준단다. 호주는 먹고 사는데 걱정이 없는 나라란다. 정말 부러운 나라이군요. 생생하게 적으신 글귀에 감탄사를 자아내며 즐겁게 읽고 갑니다. 늘 건강하시고 행복하십시오.

염해일 12.06.09. 04:59

호주는 사람이 먹고 사는 데는 걱정이 없는 나라, 복지가 아주 잘 된 나라라고 하더군요. 정말로 부러운 나라라는 생각이 들었답니다. 우리나라도 하루 속히 그런 나라로 되어야 할 것 같습니다. 보부님 잊지 않고 찾아 주셔서 행복합니다. 보부님도 행복하세요.

최근에는 저녁마다 꿈을 꾼다. 꿈도 기분 좋은 꿈이 아니고 무척 고생하는 꿈이다. 특히 42년간 근무하였던 학교에서 있었던 일이 꿈속에 자주 나타난다. 평상시와 같이 학교에 출근하였다. 무슨 일인지 바쁜 일을 하다가 수업에 들어가지 못하였다. 30분 가까이 지나서 반장이 데리러 왔다. 급히 교과서를 챙겨 수업을 하기 위하여 교실을 찾아간다. 교실이 얼마나 많은지 수업하는 교실을 찾을 수가 없다. 교실을 찾아가는 길이 미로이다. 한참을 찾아 헤매다가 겨우 교실을 찾았다. 벌써 수업이 끝나버린 뒤였다. 출근을 늦게 하여 수업에 들어가지 못하였다. 학생들과 선생님, 교장선생님 앞에서 어찌할 줄을 모르고 있는 꿈도 꾸었다. 학교에 출근하였는데 여러 사람 앞에 서니, 상의만 입고 하의는 입지 않고 서 있다. 너무 부끄럽고 창피하여 옷을 입기 위하여 다시 집으로 돌아오는 꿈도 꾸었다. 이런 꿈을 꾸고 나면 하루 종일 꿈 생각에 젖어든다. 요 며칠 사이에는 돌아가신 아버지와 어머니의 모습도 꿈에 자주 보인다. 조상이 꿈에 보이면 좋지 않는 일이 일어난다는 이야기를 들었던 기억이 난다. 조상님들이 좋지 않는 일이 일어날 것을 미리 알려, 조심하게 하려고 꿈에 나타난단다.

나는 하루의 일과가 거의 고정되어 있다. 아침 5시에 아침운동을 나가면 7시 가까이 되어서 집에 돌아온다. 샤워를 하고 양동이에 뜨거운 물을 받아 책상 밑에 갖다 놓는다. 녹차 끓일 준비를 하고, 전기포트에 녹차 물을 끓인다. 발을 뜨거운 양동이 물에 담그면서 컴퓨터로 워드작업을 한다. 녹차를 마셔 가면서 글을 쓴다. 아침 식사 후에는 볼 일을 본다. 화요일, 수요일은 서부도서관에서 어른신들 한글교육 봉사활동을 나간다. 목요일은 집 사람과 함께 자가용을 타고 목요 드라이버를 나간다. 월요일, 금요일은 운경건강대학에 나간다. 월요일은 가요 동아리에 나가서 노래를 배우고, 금요일은 강의를 듣는다. 운경건강대학 나가는 월요일, 금요일은 집으로 돌아올 때 곽병원에서 동부정류장 부근인 우리 집까지 걸어서 온다. 1시간 정도 걷는다. 그것으로 오후 운동을 대신한다. 그 외의 날은 오후 5시에 집 가까이 있는 공원으로 운동을 나간다. 1시간 가까이 걷기 운동만 하고 내려온다. 오후 운동을 마치고 집에 돌아오면 아침과 똑같이 샤워를 하고 족욕을 즐긴다. 저녁식사 후 텔레비전을 보다가 저녁 9시 뉴스를 들으면서 잠을 잔다. 하루 3시간씩 매일 운동을 하기 때문에 저녁 9시만 되면 잠이 마구 쏟아진다. 새벽 5시에 모닝콜 소리를 듣고 잠에서 깬다. 잠은 하루에 7~8시간씩 충분히 잔다.

어제 저녁에는 9시 뉴스시간에 텔레비전의 리모컨을 집 사람에게 빼앗겼다. 집 사람은 뉴스가 아닌 연속극을 보아야 한단다. 나는 연속극에는 별 흥미가 없어서 잠을 자기 위하여 자리에 누웠다. 그날따라 텔레비전 소리에 잠이 잘 오지 않는다. 할 수 없이 중간 방으로 잠자리를 옮긴다. 중간 방은 작은 방이면서 방안에 침대가 놓여 있다. 침대 위에 누웠다. 나는 어릴 때부터 침대 생활을 하지 않았

다. 그래서 침대에 누우면 딱딱한 방바닥에 눕는 것 같이 편하지를
않다. 그래도 누우니 곧 잠이 들었다.

　고향집에 비가 억수같이 쏟아진다. 고향집은 짚으로 이엉을 엮어
지붕을 덮은 초가집이다. 지붕에 이엉을 덮고 오랫동안 이엉을 새
로 덥지 않았나보다. 아버지가 많이 바쁘셔서 이엉을 엮을 시간이
없었나보다. 비가 많이도 내린다. 지붕에서 물이 센다. 물이 벽을
타고 흐른다. 흐르는 빗물이 벽에 골을 만든다. 벽에 골짜기가 여기
저기 생긴다. 집이 곧 무너질 것 같다. 위험하다. 마당에서 방안을
들여다본다. 방안에 물이 고여 있다. 고인 물이 이불을 적시고 있
다. 동생들은 이불을 물이 없는 곳으로 옮기고 있다. 집이 곧 넘어
질 것만 같다. 동생들보고 빨리 나오라고 손짓을 하면서 외친다. 다
른 동생들은 모두 마당으로 뛰어 나온다. 막내 동생은 방안에서 나
오지 않고 우물쭈물 한다. 빨리 나오라고 소리를 지른다. 막내 동생
이 나오자 말자 집이 와르르 무너진다. 한숨이 절로 나온다. 조금만
늦었더라면 막내 동생이 큰 사고를 당할 번하였다.

　집이 무너지면서 부엌 쪽은 무너지지 않고 버티고 있다. 동생들
과 동네 아이들이 무너지지 않는 부엌 쪽 다락으로 오르내린다. 위
험하니, 내려오라고 소리를 지른다. 들은 척도 하지 않고 계속 오르
내리면서 놀고 있다. 남아 있는 부엌 쪽 건물도 곧 무너질 것 같다.
동생들과 동네 아이들이 너무 위험하다. 건물 밖으로 쫓으려고 아
이들을 따라 다닌다. 그래도 요리저리 피하면서 나가지 않는다. 아
이들을 건물 밖으로 쫓으려고 애를 쓰다가 화장실이 가고 싶어진

 맛깔스런 댓글이 달린
　　　수필가의 일기

다. 그래서 벌떡 일어나 화장실 쪽을 향하여 걷는다.

　한발자국을 옮겨 놓는 순간 '쾅' 하는 소리와 함께 나의 몸은 방바닥에 꼬꾸라진다. 그러면서 나의 머리는 심하게 벽에 부딪친다. 오른쪽 팔꿈치는 딱딱한 방바닥에 그대로 꽂힌다. 정신이 없다. 순간적으로 뇌진탕이 아닐까하는 생각이 든다. 머리가 찢어졌는지도 모르겠다. 뇌진탕이거나 머리가 찢어졌다면 이 밤중에 병원 응급실로 가야겠다는 생각이 든다. 부딪친 머리 부분을 손으로 꾹꾹 누른다. 머리에서 피가 흐르는 느낌이 든다. 아픈 부분을 더욱 세게 손으로 눌렀다. '쾅' 하는 소리에 안방에서 자고 있던 집 사람도 놀라서 뛰어나온다. "어찌된 일이냐?" 고 묻는다. "문설주에 머리를 박았느냐?" 고 묻는다. 나는 아무 말도 하지 않고 머리만 눌리고 있다. 집 사람이 방에 불을 밝힌다. 방안이 환하여진다. 집 사람이 나의 머리에 있는 손을 밀치고 상처 난 부분을 찾고 있나보다. 집 사람이 아무 소리를 하지 않는 것을 보니, 피는 나지 않는 모양이다. 상처도 없는 모양이다. 집 사람의 손을 뿌리치고 다시 내 손으로 아픈 부분을 손으로 꼭꼭 누르고 있다. 일단 뇌진탕은 아닌 것 같다. 머리에 피도 흐르지 않는 것 같다. 머리에 이상도 없는 것 같다. 만약에 뇌진탕이 일어났던지, 머리라도 찢어졌더라면 어떻게 되었을까하는 생각을 하니 가슴이 철렁한다. 머리가 심하게 부딪쳤기 때문에 후유증이 없을까하는 생각도 하여본다. 오늘 밤을 지나보아야 확실히 알 수 있을 것 같다는 생각이 든다. 눈알이 빠져도 이만하기 다행이라 하더니 정말 그런 것 같다.

침대 방에서 다시 안방으로 자리를 옮겨 누웠다. 조금 전에 일어
났던 일들이 회상되면서 잠이 잘 오지 않는다. 그러나 얼마의 시간
이 흘렀는지 모르겠다. 나도 모르게 잠속으로 빠져 든다. 나는 감각
이 많이 무딘가보다. 그렇게 혼이 났으면서도 또 다시 꿈속으로 들
어가고 있으니 말이다. 집 사람은 나의 모습을 보고 어떤 생각을 하
고 있을까? 아침 5시 모닝콜 소리에 일어난다. 아무 일 없었다는
듯이 일어나서 아침운동을 나간다. 집 사람은 밤새도록 잠을 자지
못하였을 것을 생각하니 미안한 생각이 든다.

사고를 당하고 집 사람에게 아무 말도 하지 않았던 것은 집 사람
에 대한 서운한 생각이 있었던 것 같다. 집 사람이 텔레비전 리모컨
만 빼앗지 않았다면 어제 저녁 같은 일은 일어나지 않았을 것 같다.
집 사람이 거실에 있는 텔레비전만 보았더라면 이런 일이 없었을
것이라는 생각이 자꾸 내 머리 속을 떠나지 않는다. 오늘 아침에 집
사람이 나에게 말을 걸지 않는다. 나도 아무 말을 하지 않는다. 집
안 분위기가 서먹하여진다. 집 사람은 아침밥을 해 놓고, 어디론가
가고 없다. 걱정이 된다. 한참 만에 집 사람이 돌아온다.

집 사람이 먼저 말을 한다. 오늘 은행에 정기예금을 찾는 날이란
다. 오늘 찾지 않으면 안 된단다. 자가용을 몰고 집 사람을 옆에 태
워 은행을 간다. 서로 사무적인 말만한다. 평상시에는 집 사람과 자
가용을 타고 가면 말을 많이 하는 편이다. 장난 섞인 농담도 한다.
어제 저녁 일 때문에 나의 속이 많이 상하였나보다. 내 성격이 많이
내성적인가 보다. 그리고 속이 좁아터졌나보다. "서운하였다." 고

말하면서 풀어버려야 하는데 그것을 하지 못하고 있다. 집 사람도 많이 당황하고 있다. 오늘 저녁에는 모든 이야기를 하고 풀어 버려야겠다는 생각을 하여본다.

어제 저녁 꿈을 꾸면서 꿈속에서 화장실을 간다고 침대에서 일어났었다. 침대가 아닌 안방 방바닥에서 잠을 자고 있는 것으로 착각을 하면서 일어섰던 것 같다. 침대에서 일어나 화장실을 향하여 그대로 걸었다. 높은 침대에서 방바닥으로 걸었으니 방바닥에 그대로 꼬꾸라질 수밖에 없었다. 꼬꾸라지면서 가까이 있는 벽에 머리가 '꽝' 하면서 심하게 부딪쳤다. 그리고 오른쪽 팔꿈치도 방바닥에 부딪치면서 상처가 났다. 이마에 새로운 계급장도 하나 달았다. 상처 난 부위에 무엇이 닿으면 아프고 쓰리다.

우리 주변에는 위험 요소가 참으로 많은 것 같다. 우리는 알게 모르게 그런 위험요소에 노출되어있다. 매사에 조심하고 차분하게 행동을 하여야겠다는 생각을 하는 계기가 되었던 꿈이었던 것 같다.

송하 / 전명수 12.06.13. 11:12

그만하기 다행이라는 생각이 만사형통으로 다가 옵니다. 가장 가까이 있는 식구들과 알콩달콩 살아야 한다면서도 작은 일에 새침해지는 게 우리네 보통 사람들이 살아가는 모습인 듯합니다. 그래도 교장선생님은 사모님에게 잘 대해 주시는 모범생입니다. 행복한 나날 보내십시오.

염해일 12.06.13. 12:56

큰일을 당하였을 때 그것보다 더 큰 일이 일어나지 않는 것을 다행으로 생각하며 살아가는 것이 좋을 것 같더군요. 사람은 모두가 자기중심적으로 생각하는 것 같아요. 남도 생각하는 삶을 살아가도록 노력하렵니다. 송하님 행복하고 행복하세요.

🙂 김보부 12.06.14. 13:14

자주 꿈을 꾸게 되면 몸이 쇠약해 진다는 말이 있습니다. 몸의 기를 도우시는 게 가장 좋을 것 같군요. 하루 3시간의 운동을 조금 주리시고, 보양씩 음식을 즐겨 드시면서 여름철 건강에 좀 더 신경을 쓰셔야 하겠습니다. 항상 건강하시고 행복한 가정 꾸려 나가십시오.

🙂 염해일 12.06.14. 13:22

보부님 좋은 정보 감사합니다. 몸의 기를 돋을 수 있도록 노력하여야 될 것 같네요. 신경을 쓰도록 노력하겠습니다. 감사합니다. 보부님, 행복하고 건강하세요.

🙂 바이올렛 12.06.16. 18:14

일상에서 흔히 일어나는 꿈인 것 같지만 그 당시는 몹시 괴롭데요. 심신이 몹시 피곤할 때 저도 그런 경험이! 늘 건강하시고 행복하십시오.

🙂 염해일 12.06.16. 19:12

바이올렛님, 찾아 주셔서 행복합니다. 꿈을 꾸고 나면 하루 종일 꿈 생각에 젖어든답니다. 심신이 많이 허약해졌나 봅니다. 건강하고 행복하세요, 바이올렛님

 맛깔스런 댓글이 달린
수필가의 일기

5월 달은 여행복이 터졌나보다. 호주뉴질랜드 9박 10일 여행을 다녀 온 후 보름 만에 4박 5일간 중국 계림여행을 떠나게 되었다. 25년 전 4년간 경산고등학교에 근무하였다. 그 때 내 나이가 40대 초반이었다. 그 학교는 직원 수가 매우 많았다. 50대 이상 되는 선생님들의 모임이 있었다. 40대들도 나이가 비슷한 사람들끼리 모임을 만들었다. 그때 만든 모임이 지금까지 죽 이어오고 있다. 1년에 두 차례 여름방학과 봄방학 때 모여왔다. 이제 회원 모두가 정년퇴임을 하였다. 지난 봄방학 모임에서 해외여행을 가기로 하였다. 회원 모두가 한 번도 가보지 못한 여행지를 찾았다. 중국 계림이 우리의 여행지로 결정되었다. 날짜도 5월 17일부터 5월 21일까지 4박 5일간으로 미리 못을 박아 놓았다. 여행비는 매달 자동 이체하여 모아 놓은 회비에 조금 더 보태기로 하였다. 총무가 110만원에 여행사와 계약을 맺었단다. 회원 K가 너무 비싸다고 여행사에 이야기를 하였나보다. 88만원으로 여행비를 낮추어 여행을 떠나게 된다.

출발 당일인 오후 6시에 대구 공항으로 택시를 타고 나간다. 내가 가장 일찍 도착하였나보다. 여행사 직원이 반갑게 맞아 준다. 오후 7시 20분에 대구 국제공항에서 대한항공 특별기로 출발한단다. 우리 팀들이 모두 모였다. 젊은 부부 두 팀이 우리와 함께 하게 되었다. 서로 인사를 나누었다. 여행사 직원이 출국 수속을 밟아 준다. 출국장으로 올라간다. 면세점에서 물건을 사는 사람들이 많다.
가족들에게 줄 선물을 미리 산단다. 입국할 때는 면세점을 들리지
않기 때문이란다.

오후 7시 20분에 대한 항공기는 중국 계림을 향하여 공중을 날아
오른다. 대구 하늘 위를 난다. 비행기 아래를 내려다본다. 어둠으로
대구 시가지의 불빛만이 보인다. 형형색색의 불빛이 너무도 화려하
고 아름답다. 어디가 어디인지 구별이 잘 되지 않는다. 두류공원의
불빛을 보고 어림짐작만 할 수 있다. 대구시를 벗어나니 화려한 불
빛은 사라지고 도로를 지나다니는 자동차들의 불빛만 가끔씩 보인
다. 눈을 들어 하늘을 바라본다. 아무 것도 보이지 않는다. 다만 비
행기 날개 끝에 달린 불빛만이 둥그런 달같이 보인다. 얼마의 시간
이 지났는지 모르겠다. 갑자기 귀가 멍하여진다. 비행기가 고도를
많이 높였나보다. 아래를 내려다보니 불빛이 화려하다. 아름다운
꽃밭이 다시 펼쳐진다. 큰 도시에 들어 왔나보다. 어느 도시인지 모
르겠다. 얼마 동안 불빛이 보이다가 사라진다. 드문드문 불빛이 보
인다. 이렇게 몇 차례 반복한 후에 경지 정리를 한 것 같이 반듯반
듯한 불빛이 끝없이 펼쳐진다. 아마 서울이 아닌가하는 생각이 든
다.

한참 동안 아름다운 불빛에 넋을 잃고 있는 사이 예쁜 스튜디어
스들이 땅콩을 가져다준다. 쥬스도 공급하여준다. 기장의 안내방송
이 나온다. 시속 750Km로 달리고 있단다. 계림 현지 기온이 25도
란다. 계림과 우리나라와의 시차는 1시간이란다. 한참을 가다가 갑

 맛깔스런 댓글이 달린
수필가의 일기

자기 비행기가 흔들리기 시작한다. "기상이 좋지 않다."는 안내방송이 나온다. 안전벨트를 확인하란다. 비행기 날개와 몸체에 붉은 빛이 번쩍번쩍한다. 그 불빛이 무슨 불빛인지 모르겠다. 자꾸 자꾸 궁금하여진다. 기내식이 나온다. 생선 밥이다. 감자, 당근, 오이, 채소가 반찬으로 따라 나온다. 빵, 물, 커피도 함께 나온다. 저녁식사 후 잠이 들었다. 얼마의 시간이 지났는지 모르겠다. 잠이 깨었다. 비행기 아래를 내려다본다. 불빛이 화려하다. 중국에 들어왔나 보다. 도시가 넓고 크다. 불을 환하게 밝힌 도로가 많기도 많다. 고속도로 인터체인지도 보인다. 도로망이 정말 잘 되어 있다. 도로가 도시의 마을들을 갈라놓는다. 끝없이 펼쳐진 큰 도시이다. 평평한 평야에 도시가 있다. 한참 동안 비행기가 제자리에 멈춰 있는 것 같다. 중국이 정말로 큰 나라인가 보다.

불빛이 보이지 않다가 밤 11시 40분 가까이 되어 다시 화려한 불빛이 나타난다. 우리가 도착할 계림인가 보다. 비행기가 고도를 낮춘다. 계림 공항이 나타난다. "계림 공항에 도착하였습니다. 승객 여러분들은 안전벨트를 착용하시고, 전자기기를 사용하지 마십시오."라는 안내방송이 나온다. 우리의 비행기는 계림공항에 안전하게 살며시 내려앉는다. 공항이 매우 넓고 크다. 공항 입국장에는 직원들이 별로 없다. 아마 한 밤중이라서 그런가 보다. 입국 수속을 마치고 공항 출국장으로 나오니 가이드가 안내판을 들고 우리들을 환한 웃음으로 맞아준다. 우리를 태워 줄 버스를 찾아간다. 한참을 걸어가니 버스가 서 있다. 버스 문이 잠겨 있고 기사가 없다. 가이드가 전화를 하니 기사가 바로 나타난다. 버스에 오른다. 가이드가 자기소개를 한다. 박선이란다. 조선족이란다. 자기 할아버지 고향이 부산이란다. 아직도 처녀란다. 좋은 곳에 중매를 하여 달란다. 공항에서 버스를 타고 40분을 가야 우리가 오늘 저녁에 묵을 호텔이 있단다. 가이드가 계림에 대한 설명과 내일부터 관광할 안내를 함께 하여준다.

공항에서부터 도로변에 계수나무가 꽉 우거져 있다. 도로변 주위도 계수나무가 숲을 이루고 있다. '계림'의 '계'자는 '桂(계수나무 계)'자란다. '림'자는 '林(수풀림)'이란다. 그래서 桂林(계림)이란 이름이 지어졌단다. 계림에는 계수나무 말고도 대나무와 고무나무가 유명하단다. 계수나무 잎이 동백나무 잎과 비슷하단다. 10월에 계수나무 꽃이 핀단다. 계수나무에 꽃이 피면 계림은 너무도 아름다운 도시로 변한단다. 계수나무의 노란 꽃은 '금계',하얀 꽃은 '은계'라고 부른단다. 노란 꽃잎으로 만든 차를 '계화 왕차'라고 한단다. 중국의 차중에서 가장 좋은 차란다. 계수나무 꽃잎으로 만든 술은 중국에서 알아주는 술이란다. 계수나무 꽃잎으로 향수도 만든단다. 매우 비싼 향수란다. 계림 사람들은 차를 많이 마신단다. 그래서 계림에서는 살이 찐 사람이 없단다. 안경을 쓴 사람도 없단다. 내일부터 계림을 구경하면서 계림 사람들을 자세히 보란다.

계림은 중국 광서 장족자치구의 동북쪽에 자리 잡고 있는 도시란다. 베트남하고 이웃하고 있단다. 그래서 자연 풍광도 베트남과 비

 맛깔스런 댓글이 달린
수필가의 일기

숫한 점이 많단다. 사람들의 생활 풍습도 베트남과 많이 닮아 있단다. 푸른 산, 맑은 물, 아름다운 기암괴석, 기이한 동굴, 불룩 솟은 봉우리들이 계림을 아름다운 관광의 도시로 만들고 있단다. 계림의 자연은 오염이 되지 않아 공기와 물이 맑고 깨끗하단다. '계림의 산수는 천하제일이라.'는 찬사를 받고 있단다. 이강의 푸른 물줄기가 계림을 포근히 감싸 안고 있단다.

중국 정부는 1979년 1월에 최초로 계림을 국가 관광 도시로 지정하였단다. 1982년에는 국가급 24개 유명한 역사, 문화, 관광 도시로 지정하고, 1985년에는 중국 10대 관광지로 지정을 하면서 만리장성 다음으로 유명한 관광 명소로 지정하였단다. 계림에는 인구가 477만 명 살고 있단다. 한족이 86%를 차지하고, 그 밖에 장족, 묘족, 요족 등 10여개의 소수민족이 14%를 차지하고 있단다. 계림 외곽에는 장족 외에 회족, 묘족, 요족, 동족 등 28개 소수 민족 68만 명이 살고 있단다. 전체 광서 장족자치구의 16%를 차지하고 있단다. 1년에 세 차례 벼농사를 짓고 있단다. 년 강우량이 1,960mm로 비가 많이 내린단다. 습도도 높단다. 알량미로 만든 쌀국수가 계림의 주식이란다. 계림은 카르스트지역이라서 석회석 성분이 많단다. 그래서 먹는 물이 좋지 않단다. 계림에 오면 녹차를 많이 마시란다.

계림여행 첫날은 계림의 산수 절경을 즐길 수 있는 이강유람선을 타고 난 후 관암동굴을 보고, 양삭으로 자리를 옮긴단다. 양삭서 도연명이 극찬한 전원 속 낙원 세외도원을 보고, 대용수 공원을 구경한단다. 저녁에는 이강의 물줄기와 산봉우리들을 무대로 한 인상유삼제 쇼를 본단다. 장예모 감독이 연출하는 세계 최대의 수상공연으로 소수민족 600여명이 배우로 등장한단다. 둘째 날은 계림으로 이동하여 첩채산을 본 후 용승으로 간단다. 용승의 요족마을에 들어가 민속생활체험을 하고, 계단식 논밭을 구경한단다. 저녁에는 여행의 피로를 풀어주는 온천욕을 즐긴단다. 셋째 날은 용승서 3시간을 이동하여 다시 계림으로 들어온단다. 아름다운 산수가 한눈에 보이는 요산을 케이블카로 오른단다. 그리고 장개석의 별장이자 자연경치도 아름답고 역사문화유적이 풍부한 우산공원을 찾아서 중국의 역사를 본단다. 시내 구경을 모두 마치고 발맛사지로 여행의 피로를 말끔히 푼단다. 저녁에 가선유삼제를 관람한 후 금탑, 은탑의 야경을 감상한단다. 계림의 재래시장을 돌아본 후 계림 공항으로 이동하여 새벽 1시 50분에 대구공항으로 출발하는 대한항공 특별기로 귀국을 한단다. 가이드의 이야기를 듣는 동안 호텔에 도착하였다. 새벽 1시 30분이다.

오늘 우리가 들어갈 호텔은 계림에서 가장 높고, 좋은 7층 5성급 호텔인 제언호텔이란다. 계림은 아름다운 자연을 훼손하지 않게 하기 위하여 7층 이하의 집만 짓게 한단다. 6층 4호실로 들어가서 늦은 잠을 청한다.

송하 / 전명수 12.06.19. 07:46

뉴질랜드 호주에서 중국계림으로 떠나는 여행기가 시작되는군요. 재미있게 읽고 다음 편이 기대됩니다. 고맙습니다.

🌑염해일 12.06.19. 07:53

송하님, 찾아주셔서 행복합니다. 호주 뉴질랜드 다녀오고, 15일 만에 다시 중국 계림 구경을 다녀왔습니다. 계림도 정말 구경할 곳이 많더군요, 송하님 건강하고 행복하세요.

🌑김보부 12.06.19. 12:58 .

호주뉴질랜드 9박 10일 여행을 마치시고 중국 계림으로 여행을 가시네요. 선생님의 여행기를 읽게 되면 그 재미에 푹 빠져 들곤 합니다. 너무나 상세하게 기술하여 주시니 직접 가지 않고도 가서 본 것 같은 착각을 일으킵니다. 좋은 여행기 잘 읽고 갑니다. 해일님 늘 건강하시고 행복하세요.

🌑염해일 12.06.19. 13:28

저의 여행기 재미에 푹 빠졌다고 하니, 글 쓰는 보람을 느낍니다. 보부님 저의 글에 대하여 좋은 평을 하여 주어 고맙습니다. 앞으로 더욱 노력하겠습니다. 행복하세요, 보부님.

이강과 산봉우리들을 무대로 한 인상유삼제 나체 쇼

어제 저녁 늦게 중국 계림에 도착하였다. 새벽 1시 30분에 계림 제언호텔에 투숙하였다. 5시 30분 모닝콜 소리에 잠을 깬다. 오늘 아침은 걷기 운동은 생략하고, 호텔 안마당에서 온몸 운동만 한다. 호텔뷔페식으로 아침 식사를 마치고, 이강 유람선을 타기 위하여 버스에 오른다. 관암에 있는 선착장으로 간다. 계림 시내를 벗어나니, 기이하고 아름다운 산봉우리들이 여기저기 울룩불룩 솟아 있다. 산이 연결되면서 산봉우리가 솟아오르는 것이 보통이나, 여기의 산봉우리들은 산도 없는 평지에서 하늘 높이 솟아 있다. 계림이 옛날에 바다였단다. 지각 변동에 의하여 산봉우리들이 솟아올랐단다. 관암으로 가는 도로 폭이 좁다. 아주 좁은 도로에서는 차가 멈춰 섰다가 오는 차가 지나간 후에 우리 차가 지나간다. 하늘을 찌를 듯이 솟아오른 기이하고 아름다운 산봉우리들이 도로 양 옆으로 수없이 펼쳐져 있다. 너무도 멋진 풍경이다. 옆에 앉은 화가 K형은 산봉우리들이 장난이 아니란다. 여기에서 서너 달 죽치고 앉아 그림을 그리고 싶단다.

아름다운 산봉우리들을 감상하는 사이 선착장이 있는 관암 주차장에 도착한다. 주차장에서 선착장까지 전동차가 다니고 있다. 기다리는 손님이 너무 많아 우리는 선착장까지 걸어서 간다. 꼬불꼬불한 마을길을 걸어가는데 장 닭 우는 소리가 은은하게 들려온다. 어릴 때 우리 고향에서 자주 듣던 소리이다. 갑자기 고향 생각이 난

 맛깔스런 댓글이 달린
수필가의 일기

다. 선착장에 도착하여 유람선에 오른다. 우거진 숲, 기이한 산봉우리, 깎아지른 절벽, 알록달록 치장한 유람선들이 푸른 이강과 너무도 잘 어울린다. 절벽 바위에는 철이 녹아 흐른 붉은 절벽들이 여기저기 보인다. 유람선에는 쌍쌍이 모여 앉아 술잔을 기울이고 있다. 술을 한 잔 마셔야 시도 나오고, 노래도 나오고, 아름다운 이강도 제대로 감상할 수 있단다. 우리가 탄 유람선 옆으로 또 다른 유람선이 지나간다. 선상에 알록달록한 옷들이 우리를 향하여 손을 흔들고 있다. 강 옆에 집짓는 공사가 한창이다. "이강의 아름다운 풍광을 망친다."고 K형은 안타까워한다. 강 가운데 작은 섬이 있다. 섬에 있는 나무에 허연 걸레들이 걸려 있다. 비가 많이 왔었나보다. 기이한 산봉우리들이 계속 펼쳐진다. 높은 산봉우리 아래는 하얀 구름이 날고 있다. 절벽 바위에 풀과 나무가 자라고 있다. 그 나무와 풀들이 우리에게 무언가를 암시하고 있는 것 같다. 강가에는 대나무들이 볏단같이 모여서 하늘 높이 자라고 있다. 대나무 아래로 흐르는 강물에 오리 떼들이 숨을 헐떡이면 강을 거슬러 올라가고 있다. 이강의 아름다운 경치에 모두가 도취되어 있나보다. 유람선에서 내릴 생각을 하지 않는다.

유람선에서 내려 관암 동굴을 찾아 산을 오른다. 오르는 길이 가파르다. 산중턱에 관암 동굴 입구가 나타난다. 동굴 앞에 부채를 들고 다니며 팔고 있는 아주머니들이 있다. 한국말로 "이천 원" 하면서 부채를 코앞에 내민다. 우리말을 잘도 한다. 한국 관광객이 많이들 오나보다. 동굴 안으로 들어간다. 동굴 길이가 12km란다. 그중에 3Km만 개방을 하고 있단다. 미끄러우니 발 조심을 하란다. 들어가는 입구부터 조명을 받고 있는 다양한 모습의 석순과 종유석들이 눈길을 끈다. 종유석과 석순들이 1Cm 자라는데 10년이 걸린단다. 저 큰 종류석과 석순은 몇 백, 천년이 걸려서 저렇게 아름답게 만들어졌을까? 동굴 안은 3층으로 되어있다. 모노레일, 보트, 엘리베이터로 이동을 한다. 모노레일을 타고 동굴 속을 들어간다. 손을 밖으로 내밀지 말란다. 머리에 닿을 정도로 자란 석순과 종유석 앞을 지나갈 때는 고개를 숙이란다. 종점에 도착한다. 내려서 조금 걸어 언덕에 오르니, 크고 웅장한 모습의 동굴이 우리 앞에 펼쳐진다. 모두가 입을 다물지 못한다. 종유석, 돌죽순, 돌기둥, 돌커텐 등이 화려한 조명을 받아 마치 궁전 속에 들어온 듯한 착각에 빠져든다. 화려한 옷과 왕관을 쓴 왕과 왕비가 궁전에서 곧 나올 것만 같다.

한참을 구경하고 다시 모노레일을 타기 위하여 전동차 종점으로 내려온다. 내려오는 길에도 석순과 종유석들이 다양한 모습을 하고 있다. 모노레일을 타고 처음 출발했던 곳으로 되돌아온다. 모노레일에서 내려 동굴 가장 아래층으로 걸어 내려간다. 물 흐르는 소리가 들려온다. 바닥에 큰 호수가 있다. 혼자 타는 작은 모노레일이 우리 쪽으로 밀려오면서 요란한 소리를 낸다. 하나를 잡아탄다. 개인 모노레일은 자기가 직접 운전을 한다. 손잡이를 당기면 앞으로 가고, 손잡이를 밀면 멈춰 선다. 앞 차와 간격을 20m로 유지하란다. 그렇지 않으면 충돌 사고가 일어난단다. 모노레일을 운전하여 한참을 달려가니, 갑자기 환하여지면서 동굴 밖으로 나간다. 동굴 밖은 한여름이다. 드디어 종점에 도착한다. 팔이 아프다. 한숨이 절로 나온다. 운전하느라고 신경을 너무 많이 썼나보다.

종점 부근에서 점심식사를 한다. 밥, 두부, 고추, 오이, 물고기 튀김, 호박, 닭고기 등이 한상 차려져 나온다. 맛있게 점식을 먹는 다. 점심식사 후 1시간 30분이나 걸린다는 양삭으로 간다. 가는 길 에 구멍이 뻥 뚫린 산봉우리를 만난다. 독파장군이 베트남을 향하 여 활을 쏘아서 만든 구멍이란다. 활을 쏜 독파장군이 그 구멍을 통 하여 베트남으로 갔다는 전설이 전해오는 '월랑산' 이란다. 양삭 으로 가는 이강과 이강 주변의 기이하고 아름다운 산봉우리들이 그 렇게 아름다울 수가 없다. 별천지에 온 듯한 착각에 빠진다.

드디어 양삭에 있는 도연맹이 극찬한 전원 속 낙원인 '세외도 원' 에 도착한다. 넓은 호수에 연꽃이 가득하다. 연못 가운데 섬이 있다. 나무들이 숲을 이루고 있다. 호수 주위에는 하늘 높이 솟은 아름다운 산봉우리들이 병풍처럼 둘러쳐져 있다. 너무도 아름다운 호수다. 호수를 돌아보기 위하여 배에 오른다. 한 바퀴 도는데 30 분이 걸린단다. 호수 속에는 노란 꽃이 핀 수초들이 물 밑에 가득히 깔려 있다. 이 수초들이 호수 물을 정화시켜 준단다. 물이 맑고 깨 끗하다. 호수에 있는 풀잎과 바위에 빨간 우렁이 알이 소복이 붙어 있다. 이 마을에는 소수 민족들이 살고 있단다. 배가 지나는 곳곳에 소수 민족인 요족들이 전통 악기를 들고 나와서 관광객들을 환영한 다. 소원의 동굴 속을 지난다. 두 손을 모아 소원을 빌면 자기의 소 원이 이루어진단다. 동굴 안이 캄캄하다. 이곳을 지날 때는 키스타임이란다. 이 마을 처녀 총각들이 이 동굴에서 아이를 배어 나오곤 한단다. 섬에 붉은 천을 두른 비석들이 서 있다. 부자들의 무덤이란다. 임대료가 1년에 7천만 원이란다. 일반인들은 죽으면 화장을 하여 강물에 버린단다.

배에서 내려 풍운교 앞으로 간다. 풍운교 옆에 있는 2층에서 처녀가 손수 만든 수노이공 3개를 던진다. 그 공을 받은 사람은 처녀 집으로 따라가야 한단다. 처녀 집에서 3년 동안 일을 하면서 처녀 부모님에게 인정을 받아야 한단다. 처녀 부모님이 승낙을 하면 결혼을 할 수 있단다. 세 개 중에 나도 하나를 받았다. 어쩌나, 나도 그 처녀를 따라 가야하나? 17세 소녀가 바늘로 넥타이를 짜고 있다. 넥타이가 너무 예쁘다. 요족들의 솜씨가 매우 좋은 것 같다.

세외도원을 구경한 다음 '대용수공원'을 찾아간다. 도로 옆에 대용수공원이 있다. 호수로 이루어진 아름다운 공원이다. 대용수란 나무는 수령이 1,514년이란다. 이 나무는 열대지방에서 자라는 나무로서 가지가 옆으로 자란다. 옆으로 자란 가지에서 뿌리가 땅 아래로 내려가면서 자란단다. 땅에 닿으면 새 뿌리를 내리고 원뿌리는 자라서 굵은 기둥이 되어 나뭇가지를 떠받치고 있다. 이런 기둥이 수없이 많다. 겉으로 보면 사람이 기둥을 만들어 세워 놓은 것 같이 보인다. 정말로 신기한 나무이다. 대용수에 접근하지 못하게 울타리를 만들어 놓았다. 울타리 주위를 돌면서 소원을 빌면 소원이 이루어진단다. 많은 사람들이 대용수나무 주위를 돌고 있다. 저녁식사를 하기 위하여 양삭시내로 들어간다. 양삭시내 주위에도 하

 맛깔스런 댓글이 달린
수필가의 일기

늘을 찌를 듯한 기이하고 아름다운 산봉우리들이 병풍처럼 양삭시를 둘러싸고 있다. 정말로 아름다운 도시이다.

저녁식사를 마친 후 '인상유삼제 쇼'를 보기 위하여 출발한다. 저녁마다 1회에 3,300명씩 3회 공연을 한단다. 1인당 입장료가 54,000원이란다. 우리는 7시 30분에 공연하는 첫 공연을 구경하기로 되어 있단다. 공연장 안에 들어가니 계단식으로 된 좌석이 수없이 많다. 우리 자리는 쇼를 가장 잘 볼 수 있는 둘째 줄 중간이다. 공연이 시작된다. 이강과 이강을 둘러싸고 있는 12개의 산봉우리에 조명이 비춘다. 무대가 화려하고 웅장하다. 강기슭에서 배우들이 출연준비를 하고 있나보다. 불이 번쩍번쩍하고 사람들의 소리가 들려온다. 소수 민족 600여명의 배우들이 횃불을 들고 배와 뗏목을 타고 무대인 이강으로 나온다. 초등학생들이 횃불을 들고 관객들 앞에 있는 무대로 나온다. 횃불이 캄캄한 강을 환하게 밝힌다. 노래 부르고 춤을 춘다. 갑자기 모든 횃불이 꺼진다. 조명도 꺼진다. 온 천지가 캄캄하다. 어디서 북소리가 크게 울리면서 넓은 강물 위에 붉은 비단이 쫙 깔린다. 무대 앞과 산기슭에서 화려한 조명이 붉은 비단을 비춘다. 붉은 비단 춤이 한참 동안 공연된다. 환상적이다.

조명과 불빛이 모두 꺼지면서 새소리 황소 울음소리가 울리면서 새로운 배경을 준비하고 있다. 산봉우리와 숲과 강물에 아름다운 조명이 비춰진다. 물소가 나오고 커다랗고 하얀 초생 달이 조명을 받으며 강으로 나오고 있다. 초생 달에서 예쁜 처녀가 나온다. 초생 달 위를 오가면서 화려한 춤이 공연된다. 화려한 조명이 춤추는 처녀를 집중적으로 비춘다. 춤추는 처녀가 옷을 하나씩 하나씩 벗는다. 나체로 춤을 춘다. 모두의 눈이 집중된다. 우리 부부 팀의 남자가 망원경을 빌려 가지고 들어갔단다. 다시 무대가 어두워진다. 화려한 옷을 입은 많은 무희들이 강위에 있는 무대로 나와서 한참 동안 춤으로 공연을 한다. 새신부와 새신랑이 나와서 결혼하는 것으로 끝을 맺는다. 웅장한 무대와 화려한 조명으로 공연한 인상유삼제 쇼를 감동적으로 보았다. 오래오래 기억에 남을 것 같다.

댓글 8회 | 조회 47회 〈 ①17기 게시판 조회 23회　②아름다운 글방 조회 24회 〉

김광남 12.06.20. 12:07

계림에 직접 다녀온 느낌이 드네요. 너무나 상세하게 서술해 주셨네요. '인상유삼제 나체쇼'가 보고 싶네요. 늘 건강하세요,,,,,

염해일 12.06.20. 13:12

광남님, 찾아 주셔서 행복합니다. 직접 다녀온 느낌이라니 기분이 좋네요. 갔다 오지 못하였으면 한 번 다녀오세요. 계림에서 양삭 가는 길이 너무 멋지더군요. 그리고 인상유삼제 쇼 정말 한 번 볼만 합니다. 자연을 무대로 600여명의 배우가 나오는 세계 최대 쇼라고 하더군요. 광남님, 행복하세요.

김보부 12.06.21. 13:41

계림의 아름다운 광경하며, 소원의 동굴 속을 지나면서 두 손을 모아 소원을 빌면 자기의 소원이 이루어진다는 전설과 동굴 안이 캄캄하여 그곳을 지날 때는 키스타임. 이 마을 처녀 총각들이 이 동굴에서 아이를 배어 나오곤 한다는 전설이 참으로 재미있는 말이군요. 상세하게 기술하여 주신 염선생님 잘 읽고 지나갑니다. 늘 건강하시고 행복 하십시오.

👤염해일 12.06.21. 18:52

보부님 잊지 않고 찾아 주셔서 행복합니다. 중국에 여러 차례 갔었습니다. 중국이 넓어서 그런지 가는 곳마다 볼거리가 다양하더군요. 계림에서 양삭 가는 길에 기이한 산봉우리들이 정말 볼 만 하더군요. 다녀오시지 않았으면 한 번 가보시면 좋을 듯합니다. 보부님, 행복하세요.

👤웃음남 12.06.21. 22:07

중국엔 쇼도 거창하네요. 올림픽 개막식을 기획한 분이 올림픽이 후에 웅장한 자연을 배경을 무대로 해서 연극 뮤지컬 같은 공연을 기획해서 관광수입을 올린다는 이야기 들은 것 같고요. 저도 중국 갔을 때 뮤지컬 보았는데 대단하드라고요. 좋은 곳에 다녀오셔서 좋은 정보 주셔서 감사합니다.

👤염해일 12.06.22. 06:57

웃음남님, 찾아주셔서 행복합니다. 중국은 대국이어서 무엇이든지 최고를 좋아하는 민족 같더군요. 인상유삼제 쇼도 자연을 배경으로 공연하고 있더군요. 정말 환상적이더군요. 관광수입도 어마어마한 것 같아요. 행복하세요, 웃음남님.

👤송하 / 전명수 12.06.23. 17:32

기이한 산들과 이강 동굴 탐사, 그리고 인상 유삼제 쇼 광경이 눈앞에 펼쳐지는 듯합니다. 자세하고 재미있게 묘사해 주시어 고맙습니다.

👤염해일 12.06.24. 07:11

송하님 잊지 않고 찾아 주셔서 행복합니다. 계림에서 양삭 가는 길의 산봉우리와 이강이 너무 멋지더군요. 송하님 행복하고 건강하세요.

어제 저녁은 양삭 당인가 호텔에서 하룻밤을 보냈다. 아침 5시에 운동을 나간다. 운동을 마치고 호텔방을 찾았으나 우리 방을 찾을 수가 없다. 호텔방 열쇠를 꺼내어 방 번호를 확인한다. 3539번이다. 3층으로 가서 찾았다. 찾을 수가 없다. 이번에는 5층으로 올라간다. 5층에도 없다. 운동을 하기 위하여 내려올 때 7층에서 엘리베이터를 탔었던 기억이 난다. 다시 7층으로 올라간다. 7층에 가니 우리 방으로 가는 길이 안내되어 있다. 화살표를 따라 한참을 가니 우리 방이 나온다. 우리 방을 찾는데 30여분이나 걸렸다.

어제 저녁 인상유삼제 쇼를 구경하는데 속이 좋지 않으면서 설사기가 있었다. 억지로 참아가면서 쇼 구경을 모두 관람하였다. 쇼 구경을 마치고 나오니 쏟아져 나오는 3,300명과 2회 쇼를 보러 오는 3,300명이 뒤범벅이 되어 화장실을 갈 수가 없다. 가이드가 10분이면 호텔에 도착하니 "참으라."고 한다. 주차한 차가 사람들과 차들 속에 둘러싸여 빠져나가지를 못한다. 겨우 빠져 나갔으나 차의 속력이 왜 그리 느린지 모르겠다. 10분이면 도착한다는 호텔에 20여분이 지나 호텔 가까이 들어간다. 호텔 10m 앞에서 또 차가 막혀 가지를 못한다. 모조건 차에서 내려 호텔로 뛰었다. 호텔에 들어가 화장실을 찾았다. 뱃속에 들어 있는 모든 것을 비우고 나오니, 가이드가 밖에서 나를 기다리고 있다. 가이드 뒤를 따라가니 나와 한 방을 쓰는 K형이 그 때까지 방을 찾지 못하고 헤매고 있다. 계림은 7층 이상을 짓지 못하게 한단다. 터를 넓게 잡아 1,2,3관으로 호텔을 지었단다. 앞에 3은 3관을 의미하고, 뒤에 5는 5층을 뜻하고 마지막 39는 방 번호를 뜻한단다. 3관에 가서 5층 39호실을 찾아야 하는데 1관에서 찾고 있으니, 우리 방이 있을 리가 없다.

호텔뷔페 식당에서 밥과 죽, 물김치로 아침식사를 끝내고 버스에 오른다. 오늘은 양삭서 계림으로 1시간 30분 되돌아간 후 다시 계림에서 용승까지 3시간을 더 가야한단다. 양삭시내를 지나는데 가면을 쓰고 악기를 부는 사람, 폭죽을 터뜨리는 사람, 노란 돈을 뿌리는 사람들이 지나간다. 많은 차들이 그들 뒤를 따르고 있다. 돈은 노란 종이로 만든 가짜 돈이란다. 길바닥이 돈으로 노랗다. 폭죽 터뜨리는 소리와 폭죽 연기로 도로가 어수선하다. 장례 행렬이란다. 차가 많이 따라 갈수록 부자 집 장례란다. 중국의 대부분의 장례는 이렇게 치룬 후 화장을 하여 물에 띄워버린단다. 부자들은 국가로부터 묘지를 임대받아 무덤을 만든단다. 임대료가 1년에 7천만 원이나 된단다. 장례 행렬 뒤에는 많은 청소부 아저씨들이 뒤 따라 가면서 '언제 그런 일이 있었느냐?' 는 듯 말끔하게 청소를 한다. 장례 치르는 모습이 하나의 축제이다. 계림의 장례 모습을 볼 수 있는 큰 행운을 얻었다.

중국의 가로수들은 모두 아랫부분에 하얀 칠을 하여 놓았다. 지난해 실크로드 갈 때는 나무에 하얀 야광 칠을 하여 어두운 도로를 달리는 차들에게 길을 밝혀준다는 이야기를 들었다. 그러나 오늘은 해충을 방지하기 위하여 하얀 칠을 하여 놓았단다. 어느 말이 맞는 말인지 헷갈리기 시작한다.

오랜만에 고속도로를 달린다. 계림에 도착하였다. 우산공원에 들어간다. 공원이 아름다운 꽃과 나무와 분수로 멋지게 꾸며져 있다. '회음벽'에서 소원을 빌면 소원이 이루어진단다. 옛날에 임금님만이 다녔다는 아홉 개 계단이 있는 '구중천'에 사람들이 많이 모여 있다. '우제사당'에는 관광객들이 막대 같이 굵은 향에 불을 피우고 있다. 사당 안이 연기로 자욱하다. 장개석과 송미령 부부가 함께 사용하였다는 침대와 그들이 사용하였던 유물들도 전시되어 있다.

다시 비단을 겹쳐 놓은 것 같다는 첩채산을 구경하기 위하여 버스에 오른다. 320개의 돌계단을 오른다. 산봉우리 정상에 도착한다. '나운정'이란 정자가 우리를 맞이한다. 계림의 아름다움을 한 눈으로 내려다 볼 수가 있다. 계림시내 곳곳에 기이한 산봉우리가 하늘 높이 솟아 있다. 산봉우리 사이로 이강의 푸른 물이 흐르고 있다. 건너편 산봉우리에 비단을 겹겹이 겹쳐 놓은 듯한 첩채산이 우리를 보고 손짓을 한다.

첩채산 구경을 모두 마치고 내려오니 비가 내린다. 시내를 누비고 다니는 오토바이들이 독특한 오토바이 우산을 쓰고 다닌다. 계림시내 도로가 매우 넓다. 넓은 중앙분리대에는 여러 색깔의 나무들이 꽃같이 아름답다. 똑같은 높이로 낮게 나무들을 전지하여 놓았다. 계림시가지가 나무와 꽃으로 단장되어 있다. 너무도 아름답

 맛깔스런 댓글이 달린
수필가의 일기

고 깔끔한 도시이다.

조선족이 운영하는 식당에서 한식으로 점심을 먹고, 용승으로 가기 위하여 다시 버스에 오른다. 용승으로 가는 산들은 양삭으로 갈 때 보던 하늘을 찌를 듯이 솟은 산봉우리와는 너무도 대조적인 평범한 산이다. 산에 대나무들이 많이 자라고 있다. 산골짜기 길을 계속 오르고 있다. 산길을 한참 올라가니 귀가 멍하여진다. 산 정상 가까이 왔나보다. 내려가는 길이 좁고 꼬불꼬불하다. 차들도 많이 다닌다. 경적을 자주 울린다. 도로 아래는 천 길 낭떠러지이다. 낭떠러지 아래는 물이 흐르고 있다. 높은 산 곳곳에 계단식 논밭들이 있다. 벌써 모내기가 되어 파릇파릇하다.

산 정상에서 1시간을 내려가니 제법 큰 마을이 나타난다. 용승시내인가 보다. 산과 산 사이에 큰 강물이 흐르고, 강 양 편에는 하얀 아파트들이 즐비하게 들어 서 있다. 도로변에는 집짓는 공사가 한창이다. 도로가 어수선하다. 강물 위로는 출렁다리와 현대식 다리들이 함께 놓여 있다.

조금 더 내려가니 민속 생활상을 체험할 수 있는 요족마을이 산 중턱에 있다. 논 사이로 난 돌길을 따라 마을을 찾아 올라간다. 마을 입구에 청년들이 전통악기를 들고 나와 우리를 환영하여준다. 엄마 품에 안긴 어린애가 우리를 보고 "안녕하세요." 하고 한국말로 인사를 한다. 정말로 신기하다. 우리나라 사람이 얼마나 오기에 어린애가 한국말을 저렇게 잘 할 수 있을까? 우리는 마을회관으로 안내된다. 마을 처녀들이 공연준비를 하고 있다. 영주에서 온 아주머니들이 먼저 와서 자리를 잡고 있다. 우리가 도착하니 공연을 시작한다. 사회자가 마을 소개를 한다. 위씨 성을 갖고 있는 사람들이 모여 사는 마을이란다. 소개가 끝나자 자기들 민요를 합창한다. 마을 아주머니들이 누룽지와 유자차를 한 잔씩 돌린다. 70세가 넘었다는 할머니가 머리를 풀어 보여 주고 있다. 쌀 씻은 물로 머리를 감고, 물소 빗으로 머리를 빗어 머리가 이렇게 검단다. 태어나서 머리를 한 번도 자르지 않았단다. 정말로 머리카락이 길고 검다. 물소 빗으로 머리를 빗은 후 다시 머리를 둘둘 감아 머리 위에 얹는다. 우리나라 노래를 불러 달란다. '아리랑'을 합창한다. 답가로 자기들의 민요를 부른다. 우리가 '도라지'로 화답을 하니 자기들의 또 다른 노래를 부른다. 영주서 온 아주머니들이 춤을 추면서 출연한 요족 사람들에게 돈을 뿌린다. 우리나라가 정말로 잘 사는 부자나라인가보다.

다음 차례는 사위될 세 사람을 뽑는단다. 요족 처녀 3명이 각자 마음에 드는 신랑감을 고른다. 나도 붙들려 나간다. 신랑들을 안방으로 데려간다. 그 나라의 새신랑들이 입는 옷과 모자를 씌워준다. 그리고 신랑의 볼에 입술모양의 분장을 한다. 무대로 나오란다. 신부들이 새신랑의 엉덩이를 꼬집는다. 그리고 러브샵을 한 후에 함께 춤을 춘다. 그리고 신랑신부 선물 교환을 하란다. 요족 처녀들이 손수 만든 주머니를 선물로 준다. 우리들은 돈을 선물로 준다. 모든 공연이 끝나고 우리는 버스를 타기 위하여 마을을 내려온다. 동내 청년들이 전통악기를 들고 나와 환송을 하여준다. 신부들은 우리가 타는 버스까지 내려와 엉덩이를 만지면서 배웅을 하여준다. 그 마을의 풍습이란다. 우리가 보이지 않을 때까지 손을 흔들어 주고 있다. 요족들의 민속생활을 체험하여 볼 수 있는 좋은 기회가 된 것 같다.

산 정상 부근에도 마을이 있다. 세력이 약한 소수 민족들은 높은 산으로 쫓겨 올라 간단다. 마을을 오르는 산길이 꼬불꼬불하다. 소수 민족들도 약육강식 사회인가보다. 다시 깊은 산속으로 20분 더 들어가니 온천 호텔이 나타난다. 우리는 원 탕이 있는 호텔로 간단다. 산중턱에 있는 5층 호텔로 들어간다. 호텔에 도착하니 오후 6시이다. 높은 산속에 있는 호텔이어서 그런지 해가 벌써 넘어가고 없다. 산골짜기에서 내려오는 도랑물 소리만이 고요한 정적을 깨뜨리고 있다.

저녁식사를 마친 후 온천욕을 즐기기 위하여 산속에 있는 노천온천탕을 찾아올라간다. 탕이 아홉 개가 있다. 아홉 개 탕을 골고루 들어가 온천욕을 즐긴다. 맨 위에 원 탕이 있다. 원 탕에서 솟아오르는 뜨거운 물이 온 몸을 흔들어 깨워준다. 온천욕을 즐기고 나니 기분이 상쾌하다. 피부도 많이 보들보들하여진 것 같다. 정말로 온천물이 좋은가보다.

온천욕을 즐긴 후 우리 팀 모두가 우리 방으로 모여든다. 술을 한 잔씩 하잔다. 가지고 온 술을 모두 내 놓는다. 술을 마시다가 부부 팀의 여자들이 화가 K형을 보고 초상화를 그려 달란다. 술이 약간 취한 K형이 그려준단다. 부부 팀의 여자가 자기 방으로 가서 A포용지와 연필을 들고 온다. 잠간 동안에 초상화가 완성된다. 정말 잘 그렸다. 옆에 있던 부인도 그려 달란다. 두 분 모두가 자기 초상화에 만족한다. 보기가 좋다. 내일의 관광을 위하여 모두가 아쉬운 마음으로 자기 방으로 간다. 우리도 방을 정리한 후 내일의 관광을 위하여 꿈속으로 들어간다.

김보부 12.06.25. 10:42

외국 관광 중에 가끔 음식 때문에 설사를 만나는 일이 있는데 염선생님의 설사 모습이 그림이 그려지네요. 계림의 장례 모습을 볼 수 있는 큰 행운과 요족 처녀들이 각자 마음에 드는 신랑감을 골라 신부들이 새신랑의 엉덩이를 꼬집는다는 민속이 아름다워 보이네요. 요족 처녀들과 결혼 체험담 잘 보고 갑니다. 늘 건강하시고 행복하세요.

염해일 12.06.25. 11:46

보부님 찾아 주셔서 행복합니다. 계림 쪽에 물이 좋지 않다고 하더군요. 아마 물 때문에 설사가 난 것 같아요. 외국 여행을 많이 다닌 편인데 이때까지 한 번도 배탈이 난 적이 없어서 이번에는 약을 가지고 가지 않았습니다. 그 날 저녁에 속이 많이 좋지 않았습니다. 룸메이트가 지사제약을 가져와 그것을 먹었더니 한방에 속이 편해지더군요. 정말 약이 좋습디다. 외국 여행을 다닐 때 약은 꼭 챙겨 가지고 가야겠다는 것을 절실히 느껴답니다. 계림의 장례 모습과 요족들의 결혼 체험 정말 잘 구경하였습니다. 보부님 행복하세요.

송하 / 전명수 12.06.26. 17:10

물을 갈아 먹으면 일어나는 현상이 설사인데 여행객들을 괴롭히고 있습니다. 고생하신 시간이지만 새신랑으로 선발되어 요족 처녀를 맞은 기분이 좋았겠네요. 재미있게 읽고 갑니다.

염해일 12.06.26. 19:22

해외여행을 많이 다닌 편인데 배탈이 난 것은 이번이 처음입니다. 정말 혼 날 번했습니다. 그런데 룸메이트가 준 지사제약 한 봉지를 먹고 나니 꾀병같이 좋아지데요. 해외여행 갈 때 상비약은 꼭 가져가야 될 것 같아요. 오래 만에 새신랑 역할을 하여 보았답니다. 옛날 새신랑 때 추억이 되살아나는 것 같더군요. 송하님, 행복하세요.

춤추는 처녀가 옷을 하나씩 하나씩 벗는다. 나체로 춤을 춘다. 모두의 눈이 집중된다. 우리 부부 팀의 남자가 망원경을 빌려 가지고 들어갔단다. 다시 무대가 어두워진다. 화려한 옷을 입은 많은 무희들이 강위에 있는 무대로 나와서 한참 동안 춤으로 공연을 한다. 새신부와 새신랑이 나와서 결혼하는 것으로 끝을 맺는다. 웅장한 무대와 화려한 조명으로 공연한 인상유삼제 쇼를 감동적으로 보았다.

제 6부 오작교

며칠 전에 맏아들로부터 전화가 왔단다. 이번 주 토요일 온 가족이 모여 저녁식사를 하잔다. 자기 어머니의 생일을 앞당겨 하고 싶단다. 자기 어머니의 생일이 다음 주 수요일이란다. 그날은 직장 일 때문에 아들들 모두가 모이기 어렵단다. 토요일 점심때부터 집 사람은 둘째 아들의 가족들이 오도록 기다리는 눈치이다. 가족들의 모임이 있을 때마다 팔공산에 살고 있는 둘째 아들 가족이 우리를 태우러 왔기 때문이다. 둘째 아들 가족들이 점심을 우리 집에 와서 먹을 것이라고 생각하였나보다. 그런데 점심 먹을 때도, 늦은 오후에도 오지 않는다. 그래서 둘째 아들네 집으로 전화를 하였나보다. 둘째 아들의 초등학교 다니는 맏손자와 둘째 손녀가 어제 서울을 갔단다. 보이스카우트, 걸스카우트 훈련을 받으러 갔단다. 오늘 오후에 돌아오기로 되어 있단다. 손자손녀가 돌아오면 태워서 오겠단다. 그런데 손자손녀의 도착시간이 늦어지나 보다. 둘째 아들이 저의 형에게 연락을 하였나보다. 맏아들로부터 전화가 왔다. 모시러 오겠단다. 전화를 받고 조금 있으니 맏아들이 자기 가족들을 모두 싣고 우리 집으로 들어온다. 중학교 2학년인 맏손녀와 초등학교 3학년인 둘째 손녀가 할머니를 끌어 앉고 뽀뽀를 하면서 좋아한다. 할머니가 많이 보고 싶고 그리웠나보다.

맏아들의 차를 타고 가면서 "어디로 가느냐?"고 물었다. 지난번에 가족모임을 하였던 가창 댐 부근에 있는 불고기 식당으로 간단다. MBC 방송국과 청구고등학교를 지나 동신교에서 좌회전을 하여 앞산순환도로를 탄다. 앞산순환도로와 신천 둑에 심은 나무들이 짙은 그늘을 드리우고 있다. 그늘 아래 많은 사람들이 땀을 식히고 있다. 올해는 비가 오래도록 오지 않았단다. 그래서 날이 너무 가물고 있단다. 농작물이 타 들어가고 모내기도 하지 못한 논이 있다는 방송이 연일 나온다. 그러나 신천 냇물만은 여전히 흐르고 있다. 신천 냇물에는 오리들이 헤엄치고, 하얀 황새와 백로들이 물가에서 물속을 물끄러미 내려다보고 있다. 먹이를 찾고 있나보다. 신천냇물도 많이 깨끗하여졌나 보다. 신천 둔치 곳곳에 현대식 운동기구들이 많이 들어서 있다. 더운 날씨인데도 많은 시민들이 운동을 하고 있다. 자전거 타는 사람, 달리는 사람, 걷는 사람, 운동기구를 이용하여 운동하는 사람들이 땀을 뻘뻘 흘리고 있다. 건강에 대한 관심이 많이들 높아졌다.

가창 댐으로 달리는 우리 차는 씽씽 잘도 달린다. 대구로 들어오는 반대 편 차선에는 차들이 거북이걸음을 하고 있다. 토요일 오후여서 놀러 나갔다가 대구로 돌아오는 차들인가 보다. 앞산 순환도로로 가는 갈림길을 지나니, 가창 댐으로 가는 길이 복잡하다. 도로 확장공사를 하고 있다. 길이 좁고 울퉁불퉁하다.

다시 가창 댐으로 올라가는 좁은 도로로 들어선다. 가창 댐에 물이 그득하다. 물이 맑고 푸르고 깨끗하다. 댐 물 위에는 푸른 산과 파란 하늘이 내려 앉아 있다. 날이 너무 가물어서 농업용수는 물론이고 식수까지 모자란다고 야단들이다. 그런데 우리 대구시민들의 식수원인 가창 댐 물이 많이 저장되어 있다. 대구 시민들은 복 받은 사람들인가 보다. 마음이 흐뭇하고 부자가 된 듯하다.

가창 댐 길을 따라 한참을 올라가니 깊은 산속 나무가 우거진 숲속에 식당이 나타난다. 식당 뜰에는 많은 사람들이 이미 자리를 잡고 있다. 모두가 흥겹고 정겨워 보인다. 맛있는 고기 냄새가 코를 자극한다. 식당 사장님이 우리를 반갑게 맞아 주면서, 우리 자리로 안내하여준다. 뜰 한가운데 우리의 자리가 있다. 미리 예약을 하여 좋은 자리가 우리에게 돌아왔나 보다. 우리가 탄 맏아들 차가 가장 먼저 도착하였나보다. 우리 자리에는 아무도 없다. 조금 있으니 막내네 가족이 들어온다.

불고기를 굽는 기다란 숯가마 화로가 두 곳에 놓여진다. 쇠고기와 돼지고기, 소세이지, 왕새우 등의 다양한 고기들이 밑반찬과 함께 나온다. 맏아들과 막내아들이 고기를 굽는다. 고기를 먹을 무렵에 둘째 아들네 가족이 들어온다. 손자손녀가 늦게 도착하였단다. 가족 모두가 모였다. 손자손녀들은 저희 사촌끼리 만나니 반가운 모양이다. 불고기를 먹기보다 자기들끼리 모여 놀기에 바쁘다. 고기를 먹던 집 사람이 손자손녀들이 마음에 걸리었나보다. 자기가 먹던 불고기를 들고 손자 손녀들을 찾아다니며 불고기를 입에 넣어준다. 고기 맛이 좋았나보다. 모두가 구워 놓은 쇠고기 상으로 모여든다. 손자손녀들이 잘도 먹는다. 참으로 보기가 좋다. 아들들은 고기 굽기에 바쁘다.

한참을 먹던 손자들이 어느 정도 먹어나보다. 야구공과 그로브를

 맛깔스런 댓글이 달린
수필가의 일기

들고 도로변으로 나간다. 도로변에서 야구공 놀이를 하고 있다. 식당으로 들어오는 차와 식사를 마치고 나가는 차들이 도로를 달리고 있다. 손자들이 걱정이 된다. 고기를 먹다 말고 손자들 곁으로 간다. 차들이 지나갈 때마다 손자들이 하는 공놀이를 중단시킨다. 차가 지나간 후에 다시 공놀이를 하도록 돌보아준다. 손자들이 다치지 않을까 걱정이 된다. 손자손녀 8명과 아들 며느리들 6명, 우리 부부 모두 16명의 대가족이다. 항상 걱정이 된다. 둘째 아들이 자기 차에서 윷과 윷판을 가져온다. 실외에서 놀 수 있는 윷과 윷판이다. 손자들 허리까지 오는 큰 윷이다. 4명이 한편이 되어 윷을 놀고 있다. 안전한 곳에서 손자손녀들이 윷을 논다. 한 사람이 윷 한 개씩 들고 높이 던진다. 네 개가 한껏 번에 땅에 떨어진다. 재미가 있나보다. 손자손녀들이 한참 동안 재미있게 윷을 놀고 있다. 그 사이 어른들은 대화를 나누면서 음식을 먹는다. 함께 모여 먹는 며느리들의 대화가 정겨워 보인다.

지난 6월 11일 한화와 삼성의 야구 경기가 대구 시민운동장에서 있었단다. 둘째 아들네 가족들이 야구 경기 중계하는 것을 보았단다. 야구 경기 시작하기 전에 선수들이 애국가를 부르더란다. 그곳에 유치원생들이 나와서 야구선수들과 함께 애국가를 불렀단다. 유치원생들 중에서 막내아들의 둘째인 서윤이도 나와서 애국가를 부르더란다. 서윤이 노래 부르는 모습을 사진에 담고 있는 막내며느리와 손자들의 모습도 화면에 나오더란다. 그 이야기를 듣고 있던 가족들이 모두 신기해하면서 "정말이냐?"고 묻는다. 컴퓨터에 그

날 방영된 것이 녹화되어 있단다. 둘째 며느리가 스마트 폰에서 서윤이가 애국가를 부르고 있는 녹화된 화면을 찾아서 보여준다. 모두가 신기한 눈으로 화면을 바라보고 있다. 정말로 서윤이가 나온단다. 서윤이가 예쁘게 나온단다. 노래도 잘 부른단다. "서윤이가 전국 매스컴을 탔다."고 모두가 좋아한다. 야구 책임자가 우리 손녀 서윤이가 다니는 유치원을 졸업한 사람이란다. 그래서 자기 모교의 유치원생들에게 애국가를 부르게 하였단다.

녹화된 손녀의 사진을 구경한 후 생일 케이크에 불을 붙이면서 생일 노래 부를 준비를 하고 있다. 식당 사장님이 생일 축하 노래를 방송으로 내보내 준다. 생일 축하 노래가 깊은 산속에 울려 퍼진다. 손자손녀들이 방송 노래에 맞추어 생일 축하 노래를 부른다. 생일 축하 노래가 끝나자 집사람과 손자손녀들이 케이크에 꽂힌 촛불에 입을 모아 불을 끈다. 생일케이크에 다시 촛불을 밝힌다. 이번에는 둘째 아들네 막내 손녀인 지원이 생일 축하 노래를 부른단다. 막내손녀인 지원이 생일도 할머니와 같은 날이란다. 축하노래가 모두 끝나자 생일케이크를 나누어 먹는다. 많은 식구들이 먹으니 순식간에 케이크가 동이 난다. 맏아들이 생일 선물이라면서 봉투를 자기 어머니 손에 들려준다. 세 아들이 함께 준비하였단다. 마음에 드는 것을 사란다.

생일 행사가 모두 끝나자 손자 손녀들이 할머니 집으로 가잔다. 손자손녀들이 맏아들 차에 모두 오른다. 내려오는 신천대로가 한가하다. 밖으로 놀러나갔던 사람들이 모두 대구로 들어왔나 보다. 신천대로는 신호등이 없어서 빨리 달릴 수가 있어 좋다. 신천대로는 정말로 잘 만든 도로인 것 같다. 만약 신천대로가 없었더라면 동부정류장 부근인 우리 집까지 오는데 시간이 제법 많이 걸렸을 것이다. 그러나 신천대로로 오니, 잠깐 사이에 모두가 우리 집에 도착한다.

집에 도착하자 말자 손자들은 손자들끼리, 손녀들은 손녀들끼리 방방이 모여 놀기에 바쁘다. 집 사람은 아들들 집에 나누어 줄 음식들을 싸기에 바쁘다. 며칠 전부터 아들들에게 나누어 주기 위하여 물김치를 담근다. 중국 계림에 여행 가서 참깨 5Kg을 35,000원 주고 사왔다. 그것으로 참기름도 짜다 놓는다. 집집마다 물김치 한 단지와 참기름 두 병씩 보따리에 싸고 있다. 참외와 수박도 보따리에 넣는다. 며느리들은 주방에서 과일 내 놓을 준비를 하고 있다. 모두가 한자리에 모여 과일들을 먹고 있다. 과일을 맛있게 먹는 모습들이 보기가 좋다. 집 사람은 오늘 받은 봉투에서 중학교에 다니는 큰 손녀와 초등학교 5학년인 큰 손자에게는 5만원씩, 나머지 손자손녀들에게는 2만원씩, 다음 주 수요일 두 돌 생일을 맞는 막내 손녀 지원에게는 생일 선물로 돈을 듬뿍 집어 준다. 엄마의 사랑은 끝이 없나보다. 주고 또 주어도 더 주고 싶어지는 것이 엄마의 마음인가보다. 이런 것을 모성애라고 하나?

정말 화목하고 아름다운 집 안인 것 같습니다. 자식 농사도 잘 지으신 것 같네요. 일일이 자식들이 부모님 생일을 잊지 않고 챙겨 주며 자식들과 한자리에서 손자 손녀 대가족이 모여 식사를 하시는 아름다운 모습의 그림이 그려집니다. 올려주신 좋은 글 잘 읽고 갑니다. 해일님 늘 건강하시고 행복 하십시오.

염해일 12.07.03. 09:53

보부님 잊지 않고 찾아주셔서 행복합니다. 모든 가정에서 일어나는 일들을 적은 것뿐입니다. 그런데 그렇게 좋게 보아주시니 몸 둘 바를 모르겠습니다. 보부님, 행복하고 행복하세요.

안개꽃 12.07.02. 12:01

화목하고 단란한 가정의 행복한 모습을 봅니다. 늘 행복하십시오.

염해일 12.07.02. 12:09

찾아주셔서 행복합니다. 안개꽃님, 행복하고 건강하세요.

며칠 전 국립대구박물관회에서 편지 한 통이 날아 왔다. 2012년 6월 28일(목)~ 29일(금) 제4차 답사 안내장이다. 답사하는 곳은 강원도 철원일대(철의 삼각전적지 안보견학-도피안사- 노동당사- 승일교- 백마고지 전적비), 경기도 남양주(동구릉), 용산(국립중앙박물관: 이스탄불의 황제전-매스컴을 통해 널리 홍보하고 있는 비잔틴 오스만 제국의 유물 200여점이 특별전을 통해 전시되고 있음. 터어키를 여행하는 감흥을 느낄 수 있음) 회비는 10만원, 1실 3-4인(약간의 침대방 2인실은 임금순서대로 배정함)이란 내용이었다.

나와 집 사람은 지난해 국립대구박물관대학을 수료한 후 대구박물관회 회원으로 가입이 되어있다. 박물관 회원에게는 1년에 8차례의 정기답사가 있다. 올해도 몇 차례 답사가 있었으나 참여하지 못하였다. 운경건강대학도 수료하였고, 어르신들 한글 교육 봉사활동도 방학에 들어가기 때문에 시간의 여유가 있어 신청을 하였다. 지난번 섬유도 1박 2일 답사 때에도 안내장을 받은 날 오후 늦게 신청하였다. 벌써 마감이 되어 답사를 가지 못하였다. 이번에는 안내장을 받자 말자 곧바로 휴대폰으로 20만원을 입금시켰다.

순번이 매우 빨라나보다. 떠나기 하루 전에 어르신들 한글 교육 봉사활동을 하고 있는데 전화가 온다. 수업중이라 전화를 받지 않았다. 1교시 수업이 끝난 후 전화를 하니, 대구박물관회 총무님이 전화를 받는다. "같이 가는 분이 사모님이 맞느냐?"고 묻는다. 신청 순번이 빨라 2인실 침대 방으로 배정을 하였단다.

어르신들 한글 교육봉사활동도 어제 방학에 들어갔다. 홀가분한 마음으로 1박 2일 대구박물관회 정기답사를 떠나게 되었다. 아침 6시 10분에 대구박물관으로 가는 414번 시내버스를 타고 6시 35분에 도착하였다. 박물관 주차장에 들어가니 총무님이 염해일 선생님은 3호차란다. 총무님이 어떻게 그렇게 많은 사람들을 기억하고 있는지 참으로 신기하다.

오늘도 계획대로 정확히 7시에 출발한다. 시내를 거쳐 신천대로로 들어선 우리의 버스는 북부 IC로 들어가 경부고속도로를 달리다가 다시 중앙고속도로로 길을 바꾸어 달린다. 박물관회에서 준비한 따끈따끈한 떡과 차가운 물을 받았다. K답사위원이 답사 일정을 알려준다. 오늘은 철원에 도착하여 안보관광을 한단다. 내일은 구리 동구릉과 국립중앙박물관 답사를 한단다. 우리의 버스는 계속 깊은 산속으로 달린다. 북쪽으로 갈수록 산이 높고 가파르다. 산에 나무가 우거져 산 전체가 푸르다. 산과 산 사이 논밭이 있고 마을이 들어서 있다. "날이 너무 가물어서 농사가 잘 되지 않는다."는 방송이 연일 나온다. 그러나 우리가 가는 곳곳에는 물이 있고, 곡식이 푸르다. 우리나라도 댐과 수리시설이 잘 되어 있나보다. 중앙고속도로에는 터널이 많다. 높은 산들이 많아 그런가보다. 터널 안에서 버스의 조명이 더욱 화려한 빛을 발한다.

안동휴게소와 홍천강 휴게소에서 잠시 쉬었다가 떠난다. 홍천강

 맛깔스런 댓글이 달린
수필가의 일기

휴게소에는 화장실이 적다. 여자들이 줄을 서 있다. 남자 화장실을 비워준다. 춘천 IC를 빠져나간다. 여기서부터는 군인 차들이 많이 보인다. 검문소 표지판도 보인다. 철원이 가까워오나 보다. 철원으로 들어가는 길목에 꽃으로 단장한 개선문이 나타난다. 12시 30분에 우리가 오늘 저녁에 묵을 호텔에 도착한다. 다섯 개 호텔로 흩어져 들어간다. 호텔에서 점심식사를 한 후 안보관광을 떠난다. 해설사가 우리버스에 오른다. 자기소개를 한다. 서울서 철원으로 시집온 농부의 아내 서양숙이란다. 민통선 안에 3만평의 농사를 짓고 있단다. 철원에 대한 해설을 한다.

철원에서 생산되는 오대산 쌀은 전국 최고란다. 철원 평야는 용암지대이기 때문에 농사에 적합한 흙이란다. 맑은 공기와 비무장지대에서 흘러오는 깨끗한 물로 농사를 짓고 있단다. 벼가 익을 무렵에 밤낮의 기온차가 커서 차지고 맛있는 쌀이 생산된단다.

지나가면서 보이는 산봉우리에 얽힌 이야기들을 들려준다. 봉수대가 있었던 할미봉, 부처님이 누워있는 모습을 한 와불산, 학이 내려앉은 모습을 한 금악산, 시체 없이 모신 빈장산, 6.25때 김일성이 직접 지휘한 김일성 고지, 10일 동안 주인이 24번이나 바뀌었다는 백마고지에 대한 이야기들이 끝없이 펼쳐진다.

철원의 넓은 평야를 빼앗긴 김일성이 북한서 내려오는 물줄기를 연백평야로 돌렸단다. 그래서 민통선 안에 대형 인공저수지를 3개나 만들었단다. 그 저수지에는 물 반 고기반이란다. 저수지 물을 한 동이 떠다가 솥에 넣고 끓이면 매운탕이 된단다.

사격장이 나타난다. 귀순한 김만철의 막내 딸 광숙이가 이 사격장에서 10발을 쏘아 9발을 적중시켰단다.

제2땅굴에 도착하였다. 군인들이 "헬멧을 쓰라."고 나누어준다. 땅굴 속으로 들어가는 입구는 나무 계단으로 한참을 내려간다. 땅굴 바닥에는 고무판을 깔아 놓았다. 파 놓은 땅굴이 낮아서 '타닥 타닥' 하는 소리가 자주 들려온다. 머리에 쓴 헬멧이 땅굴 천장에 부딪치는 소리이다. 왼쪽에는 검은 대형 관 두 개가 땅굴 끝까지 펼쳐져 있다. 하나는 공기를 집어넣는 관이란다. 다른 하나는 땅굴 속에 물을 밖으로 빼내는 관이란다. 오른쪽에는 도랑물이 북쪽을 향하여 흐르고 있다. 땅굴 안에는 북한 군인들이 살았던 흔적이 남아 있다. 우물도 있고, 컴퓨터와 발동기, 라디오도 그대로 남아 있다.

북한은 이 땅굴을 남한이 팠다고 거짓 선전을 한단다. 거짓이란 증거가 곳곳에 나타난다. 발파 화약을 장진했던 구멍이 북에서 남으로 향하고 있다. 땅굴 바닥이 남쪽으로 갈수록 높게 만들어 지하수가 북으로 흘러가도록 만들어 놓았다.

한국군 초병이 군사분계선 비무장지대에서 경계근무를 섰다가 땅속에서 폭음 울리는 소리를 들었단다. 현대장비를 통한 시추작업으로 땅굴이 있는 것을 확인하였단다. 수십일 간의 끈질긴 굴착 작업 끝에 1975년 3월 19일 두 번째로 발견한 북괴의 기습 남침용 지하 땅굴인 제2땅굴을 찾아내었단다. 전시관을 구경한 후 평화전망대로 발길을 옮긴다.

평화전망대 주차장에 도착하여 모노레일을 타고 전망대에 오른

 맛깔스런 댓글이 달린
수필가의 일기

다. 전망대 중턱에 커다란 부처님을 세워 놓은 절이 나타난다. 전망대에 들어가니 1층은 전시관이고, 2층은 전망대이다. 전시관을 들러보고, 2층 전망대에 올라 낙타봉, 아이스크림 고지, 김일성고지, 피의 능선에 얽힌 이야기들을 들으면서 하나하나 바라본다. 전망대 바로 앞에 있는 남방한계선 철조망 안에는 녹음이 짙다. 비무장지대 4Km는 세계에서 하나밖에 없는 청정지역이란다. 희귀한 동식물이 그득하단다. 풍년이 들면 7년간 먹을 수 있는 쌀이 생산되는 철원 평야를 빼앗긴 김일성이 대성통곡을 하였다는 김일성 고지가 손만 벌리면 닿을 듯한 거리에 있다. 전망대에 설치된 망원경으로 북한 땅을 바라본다. 북한 땅을 생생하게 바라볼 수가 있다.

두루미관 주차장에 도착하였다. 두루미관으로 들어간다. 철원평야를 찾아오는 천년기념물인 두루미와 재두루미가 고고한 자세로 서 있다. 단정학도 보인다. 먹을 것이 풍부한 철원 평야에 두루미가 하얗게 앉아 있는 모습은 동양화를 보는 것 같단다. 6.25 전쟁 때 전사한 젊은 군인들의 영혼들이 내려앉은 것이 아닌가하는 착각도 하게 된단다. 기러기, 독수리, 부엉이 청둥오리, 노루, 멧돼지, 고라니 등도 살아있는 것 같이 전시되어 있다.

두루미관을 나오니 마당 끝에 월정역이 있다. 입구에 효녀 소녀상이 우뚝 서 있다. 서울에서 원산까지 달리던 경원서 철마가 잠시 쉬어가던 역이란다. "철마는 달리고 싶다." 는 간판이 슬픈 모습을 하고 서 있다. 6.25 전쟁 때 이 역에서 마지막 기적을 울린 객차 잔해와 유엔군의 폭격으로 부서진 인민군 화물열차가 앙상한 뼈대만

남긴 채 누워있다. 월정역 바로 옆 남방한계선 철조망에 국군들이 철통같이 나라를 지키고 있다.

노동당사를 찾아가기 위하여 버스에 오른다. 금융조합건물, 얼음창고, 농산물 검사소의 잔해들을 보면서 노동당사에 도착한다. 지붕이 날아가고, 벽에 총탄자국만 남은 철근 없는 3층 뼈대만이 흉물스럽게 남아 있다. 문틀이 내려앉지 않게 쇠기둥으로 받쳐놓았다. 총탄 자국 구멍에는 나무와 풀들이 자라고 있다. 아마 씨앗이 그곳으로 날아들었나 보다. 노동당사에서 많은 사람들이 죽어나갔단다. 해설사가 마지막 인사를 하면서 버스에서 내린다. 백마고지를 찾아간다. 백마고지에서는 현역군인이 해설을 하여준다. 백마고지 전투에서 희생된 아군 504위와 중공군 8,234위의 영혼을 진혼하기 위하여 위령탑과 위령비를 세웠단다. 또 다시 도피안사를 찾아간다.

도피안사 들어가는 입구 연못에 연꽃이 그득하다. 이제 막 피려는 붉은 연꽃 봉우리가 우리를 보고 수줍어한다. 대웅전에는 높이 91cm인 국보 63호인 검은 색의 철조비로사나불좌가 모셔져 있다. 불상 뒤편과 양옆에는 붉은색의 탱화가 걸려 있다. 통일신라 경문왕 5년(865년) 도선국사가 만든 불상이란다. 도선국사가 철원읍 율리리에 소재한 안양사에 봉안하기 위하여 가다가 잠시 쉬었단다. 갑자기 불상이 없어졌단다. 그 부근 일대를 찾다가 현 위치에 그 불상이 앉아 있더란다. 그 자리에 조그마한 암자를 짓고 이 불상을 모셨단다. '영원한 안식처인 피안에 이르렀다.' 하여 "도피안사" 로

 맛깔스런 댓글이 달린
수필가의 일기

절 이름을 지어단다. 대웅전 앞마당에는 보물 제223호로 지정된 높이 4.1m의 화강암 재료로 된 3층 석탑이 혼자 외로이 서 있다. 그 석탑의 틈 사이에는 금개구리가 부처님을 향하여 기도를 하고 있단다.

북한에서 반쯤 놓다가만 다리를 전쟁이 끝난 후 남한에서 완성한 승일교(이승만의 '승', 김일성의 '일') 다리를 건너면서 6.25와 같은 참혹한 전쟁이 다시는 이 땅에서 일어나지 않기를 빌어본다.

댓글 6회 | 조회 61회 〈 ①17기 게시판 조회 53회　②아름다운 글방 조회 8회 〉

김광남 12.07.04. 11:45 10

10여 년 전 답사한 기억이 새롭게 떠오르네요. 전쟁의 참혹함을 새삼 되새겨 봅니다, 염 선생님 행복 하십시오

염해일 12.07.04. 11:52

광남님, 잊지 않고 찾아주셔서 행복합니다. 요사이 젊은 세대들이 그곳에 많이 다녀왔으면 하는 생각을 하여봅니다. 다시는 6.25와 같은 전쟁은 없어야 될 것 같네요. 광남님, 행복하세요.

김보부 12.07.05. 08:55

철원 평야를 빼앗기고 대성통곡하는 김일성의 모습이 그림이 그려지네요. 농업용수를 위해 만든 저수지에는 물 반 고기반이란 말. 저수지 물을 한 동이 떠다가 솥에 넣고 끓이면 매운탕이 된다는 말이 가슴에 와 닿네요. 하루 빨리 남북통일이 되어 휴전선 일대를 관광지로 만들어 남북의 동포들이 비무장지대를 관광할 수 있는 좋은 날이 왔으면 좋겠습니다. 올려 주신 좋은 글귀 잘 읽고 갑니다. 해일님

늘 건강 하시고 행복한 나날 되십시오.

염해일 12.07.05. 09:54

보부님, 잊지 않고 찾아 주셨네요. 정말로 남북통일이 되어 비무장 지대가 세계 사람들의 관관지가 되었으면 좋겠네요. 그런 날이 멀지 않아 오리라고 생각하여 봅니다. 보부님, 행복하세요.

송하 / 전명수 12.07.06. 04:38

안보체험과 더불어 우리의 아픈 역사와 상흔들을 지켜보고 오셨군요. 남녀노소 누구나 한 번 쯤 가 보아야 할 곳으로 생각합니다. 수고하셨습니다.

염해일 12.07.06. 07:05

송하님 반갑네요. 정말 안보 관광은 우리나라 국민이면 누구나 한 번쯤 다녀와야 할 곳 같더군요. 특히 젊은 청소년들은 국가관이 많이 부족한 것 같아요. 젊은 이들에게 꼭 한 번쯤 다녀오기를 권하고 싶더군요. 송하님, 행복하세요.

방송이나 신문 등 매스컴에서 교육에 관한 뉴스가 나오면 관심 있게 지켜본다. 좋은 소식일 때는 보는 나도 기분이 좋고, 좋지 않는 나쁜 소식일 때는 나도 우울하여진다. 왜 그럴까? 아마 교직에 42년간 몸을 담았다가 나왔기 때문이 아닐까? 그리고 교육에 대한 전반적인 내용을 누구보다도 잘 알고 있는 사람이기 때문은 아닐 런지 모르겠다.

얼마 전에 부산시 교육을 책임지고 있는 부산시 교육감이 유치원장들로부터 옷을 받은 비리가 적발되어 텔레비전 화면에 부산시 교육감이 자주 오르내리는 모습을 지켜보았다. 부산시 교육감은 전국 교육감 중에서 유일하게 여성 교육감이다. 그렇기 때문에 더욱 관심과 기대가 컸던 것으로 알고 있다. 특히 부산 시민들이 여성 교육감에게 거는 기대가 남달랐지 않았을까하는 생각도 하여본다. 전 국민들도 관심을 가지고 부산 교육을 지켜보고 있었을 것으로 생각된다.

부산시 교육감은 2010년 7월 교육감 취임 이후부터 교원들의 비리 근절에 발 벗고 나섰단다. 부산 지역의 유, 초, 중, 고 교사들에게 매일 '청렴퀴즈'를 풀게 하여 교원들에게 비리와 부정과 부조리에 물들지 않게 하려고 노력하였단다. 부산시 교육을 깨끗하고 맑게 하려고 교육감이 앞장서서 교원들에게 청렴 교육을 실시하였단다.

요사이 교직원들은 출근하면 자기 책상 앞에 있는 컴퓨터부터 먼저 컨다. 컴퓨터로써 학교의 모든 업무를 처리하기 때문이다. 교육행정정보 시스템에 들어가 학교 업무를 보고, 교재연구도 하고, 교수-학습 자료들도 만들기 때문이다. 부산시 교원들이 컴퓨터를 켜면 화면에 청렴 퀴즈가 뜬단다. 화면에 뜨는 청렴퀴즈 3문제를 풀지 않으면 교육행정정보 시스템에 접속을 할 수가 없단다. 그래서 부산시교육청의 청렴교육은 전국에서 가장 강도가 높고 철저한 것으로 소문이 나 있었단다. 그 뿐만 아니라 교육청에서 학교를 직접 방문하여 '찾아가는 맞춤형 청렴교육'도 함께 실시하고 있었단다. 교직원들이 비리에 연루되면 한 번 만에 교단에서 퇴출하는 '원스트라이크 아웃제'도 실천하고 있었단다. 비리와 부정과 부조리를 원천적으로 봉쇄하여 깨끗한 부산 교육을 만들기 위하여 앞장서서 진두지휘한 사람이 부산시 교육감이란다. 그런 교육감이 자기 산하에 있는 유치원장들로부터 옷을 받는 비리를 저질렀단다. 부산시 교육감은 자기가 쳐 놓은 덫에 자기가 걸리고 말았다. 비리에 연루되면 한 번에 교단에서 퇴출시킨다는 원스타라이크 아웃제에 자기가 걸려들었다. 앞으로 부산시 교육감은 어떻게 할 것인지 매우 궁금하여진다.

동기들 모임에서 이런 이야기를 하였더니 높은 사람은 예외란다. 높은 사람은 비리와 부조리를 저질러도 그냥 넘어가는 것이 우리 한국 사회란다.

신문 보도에 의하면 부산시 교육감이 지난 4월에 유치원장들과

 맛깔스런 댓글이 달린
수필가의 일기

식사하는 자리에서 "옷을 보러가자."고 제안을 하였단다. 그것도 가까운 부산이 아닌 광주로 말이다. 광주에 있는 D의상실은 전국에서 옷을 잘 만들기로 소문이 나 있단다. 체형에 맞게 옷을 맞춰주는 의상실이란다. 이곳에서 부산시 교육감은 원피스, 자켓 등 의상 3점(180만원 상당)을 유치원장들로부터 받았단다. 그 후에 교육감이 광주에 있는 D의상실을 혼자 찾아가 재킷(60만원 상당)을 더 받았단다. 경찰이 옷 받은 사실을 내사하고 있다는 것을 안 부산시 교육감은 입었던 옷들을 1년 1개 월 만에 돌려주었단다.

옷을 받은 대가로 A유치원의 경우 2010년 초에 13학급(364명)에서 지난해 12월말 16학급(448명)으로 학급 증설과 학생 수를 늘려주었단다. 또 다른 B유치원 원장의 경우 지난해 스승의 날에 유치원 교육 발전에 기여한 공로로 국무총리 표창을 받고, 이 유치원 관계자들이 부산시교육감 표창, 교육과학기술부 장관상을 받았단다. 부산지역 교사들에게 자존심에 상처를 줄 정도로 청렴 교육을 강조한 교육감 자신이 비리를 저질렀다. 청렴교육을 그렇게 강조한 부산시 교육감은 부산시 교사들과 학생, 학부모, 시민들에게 무엇이라고 말할 것인지가 몹시 궁금하여진다.

나는 교육대학을 졸업하고, 초등학교에 6년간 근무하였다. 고향집 가까이 있는 면소재지 학교에서 근무하다가 그 군에서 가장 큰 중심학교로 이동이 되어 근무한 일이 있다. 이동되어 가던 첫해에 4학년 어느 반을 담임하였다. 중심지 학교이어서 그런지 학부형들의 교육열이 대단하였다. 지역 학부형들과 공군부대 학부형들 간에 보이지 않는 경쟁도 있었던 학교였다.

　따뜻한 5월 어느 봄날 학부형 한 분이 교실로 찾아 왔다. 상담을 마친 후에 학부형은 돌아가지 않고 복도에 서서 자기 아들의 공부하는 모습을 지켜보고 있었다. 쉬는 시간에 교실로 들어와서 "선생님 책 한 권 볼 수 있겠습니까?" 하고 묻는다. 복도에 있으니 지루하여 책을 보려나 보다 하고 책꽂이 꽂혀 있는 '새교실'이란 교육잡지를 건너 주었다.

　다음 시간에도 계속 복도에서 자기 아들의 공부하는 모습을 지켜보고 있었다. 둘째 시간을 마치고 휴식시간에 다시 교실로 들어오더니 "책을 잘 보았습니다." 하고 돌려준다. 며칠이 지난 후에 교재연구를 하기 위하여 '새교실'이란 잡지를 펼쳤다. 그 책속에서 봉투 하나가 나온다. 열어 보았다. 5,000원이란 큰돈이 들어 있었다. 그 당시 나의 봉급이 13,000원이었다. 당황스러웠다. 그 학생의 형이 6학년에 있다는 사실도 알고 있었다. 나에게만 돈을 주지 않았을 것이라는 생각이 들었다. 우리 반 학생의 형인 6학년 선생님에게도 5,000원을 주지 않았을까 하는 생각이 들었다. 그 학생 아버지의 한 달 봉급이 모두 나갔을 것이라는 생각이 들기 시작한다. 그리고 왜 내가 학부형으로부터 그런 큰돈을 받아야 하는지를 몰랐다. 그래서 편지를 썼다. "주는 성의는 고마우나 도저히 받을 수 없다."는 그런 내용의 편지를 길게 써서 그 편지와 돈을 봉투에 넣어 학생 편으로 돌려보냈다.

　그리고 1주일 후에 그 학생의 어머님이 다시 학교로 찾아왔다. 조

 맛깔스런 댓글이 달린
수필가의 일기

금만한 성의 표시를 하였는데 돈을 돌려주니 많이 서운하단다. "돈을 돌려주려면 선생님이 직접 돌려주시지, 왜 아이 편으로 돌려보냈느냐?" 하면서 원망을 한다. 선생님의 감사 편지인 줄 알고 아이 보는 앞에서 봉투를 뜯었단다. 아이 보기에 얼굴이 화끈거려 혼이 났단다. 그 이야기를 듣고 보니 그럴 것 같기도 하였다. 그래서 "잘못했다."고 거듭 사과를 하고 돌려보냈다.

그 소문이 학교 전체에 퍼져서 동료 교사들로부터 "염선생님이 다 잡은 가물치를 놓쳤다."는 소문이 들려온다. 그 때 놓친 그 가물치들이 새끼를 많이 쳐서 물을 더욱 깨끗하게 하였으면 좋겠다.

지난 봄방학 때 25년 전 경산고등학교에서 근무할 때 만들었던 모임이 시내 음식점에서 있었다. 그 자리에서 경산에 있는 모 고등학교 교장선생님에 대한 이야기가 나왔다. 그 교장선생님이 비리에 연루되어 퇴출을 당하였단다. 퇴출 후에 연금을 받을 수가 없단다. 학교의 물품을 사지 않고 산 것처럼 업자와 짜고 가짜 서류를 꾸몄단다. 그리고 학교의 많은 돈을 빼 내어 썼단다. 거짓말 같은 말을 한다. 거짓말이 아니고, 방송에도 이미 보도 된 사건이란다. 그 이야기를 듣고 나니 방송에서 한번 들었던 기억이 나는 것 같기도 한다.

나는 교장으로 발령을 받은 후 가는 학교마다 학생들의 독서교육을 많이 시켰다. 학생들에게 1년에 2~3회 학교장배 독서골든벨대회를 열었다. 독서골든벨을 울린 학생에게는 학교장 상인 크리스탈 상패와 상품을 주었다. 학생들에게 독서 의욕을 고취시켜 독서를 습관화시키기 위하여 매년 실시하였다. 학교장배 독서골든벨 대회를 실시하니, 책 읽는 풍토가 조성되어 많은 학생들이 책을 읽고 있는 모습을 지켜 볼 수가 있었다. 교육청 주최 독서골든벨대회에서 후반전에는 우리 학교 학생들만 남아서 대회를 실시하는 진풍경이 벌어지기도 하였다.

어느 날 신문을 읽다가 학생들이 책을 많이 읽고 있다는 학교가 소개된 기사를 읽게 되었다. 책을 많이 읽게 된 이유가 독서통장을 만들어 책을 읽혔기 때문이란다. 책을 읽으면 은행에 저금을 하듯이 자기 점수가 독서통장에 차곡차곡 쌓인단다. 점수가 쌓이는 재미로 학생들이 책을 더 많이 읽게 되더란다. 그 방법이 너무 좋은 것 같았다. 신문을 읽자 말자 그 학교에 전화를 하였다. 사서교사가 전화를 받는다. 정말로 학생들이 책을 많이 읽고 있단다. 독서 통장을 활용하는 방법과 사용법들을 자세히 물었다. 그리고 독서통장 구입 방법도 물었다. 교장 선생님이 독서 통장을 직접 구입하였단다. 사서교사가 교장실로 전화를 돌려준다. 교장 선생님과도 독서통장에 대한 이야기를 많이 나누었다. 교장 선생님 역시 독서통장 활용을 적극 권장하신다. 교장선생님으로부터 독서통장을 구입할 수 있는 회사 전화번호를 받았다.

교장선생님이 주신 전화번호로 그 회사에 연락을 하였다. 전화를 통하여 독서통장 활용에 대한 이야기와 구입방법에 대하여 간략하게 들었다. 그리고 가격을 물었다. 가격은 495만원이란다. "더 싸게 살 수 없느냐?" 고 물었다. 이것은 조달 가격이기 때문에 10

 맛깔스런 댓글이 달린
수필가의 일기

원도 할인을 할 수 없단다. 조달가격은 국가와 맺은 가격이기 때문에 할인이 불가능하단다. 자기가 "제안서와 경쟁제품 비교표와 당사 통장프린터 A/S 센타 정보, 카다로그, 통장샘플 등을 보내주겠다."고 하면서 전화를 끊었다.

몇 주일을 기다려도 연락이 없다. 한 달 후에 다시 연락을 하였다. "독서 통장 만드는 학교가 너무 많아서 연락을 하지 못하고, 자료들도 보내지 못하였다."고 사과를 한다. 그래서 "다른 회사에서 독서통장을 싸게 넣어 주려고 한다."고 거짓말을 하였다. 그 말을 들은 회사 직원은 오늘 당장 자료들을 보내주겠단다. 다른 회사 제품과 비교하여 보고, 자기 회사의 독서통장을 구입해 달란다. 그리고 며칠 후에 편지와 제안서, 경쟁제품 비교표, 당사 통장프린터 A/S 센타 정보, 카다로그, 통장샘플 등의 자료들이 등기로 배달되어 왔다.

등기로 부쳐온 편지 내용을 소개하고자 한다.

염해일 교장선생님 귀하

안녕하세요! 교장선생님

여러 번 통화만 하고 찾아뵙지 못하여 죄송합니다. 제안서, 경쟁제품 비교표, 당사 통장프린터 A/S센타 정보, 카다로그, 디자인한 통장 샘플과 함께 보내드립니다.

견적을 두 가지로 보내드립니다. 한 가지는 조달제품 가격으로 구매했을 경우의 견적이고, 다른 하나는 비 조달 구매 시 가격입니다. 학교에는 비 조달 구매가 유리합니다. 저희는 회사(계열사 포함)가 두 개가 있어서 가능합니다.

열심히 설치하여 '최고' 의 시스템을 공급하겠습니다. 이미 300여개의 초. 중. 고에서 검증하여 교장선생님이 최고의 운영학교가 되도록 하겠습니다. 끝까지 읽어주셔서 감사합니다.

"디자인 샘플은 e-mail로 10가지를 보내드리고 전문 디자이너가 그 학교 통장을 예쁘게 해 드립니다!" .

김 XX 배상 011-xxx-xxxx

그리고 견적서가 두 장이 왔다. 한 장은 조달 구매의 경우이고, 다른 한 장은 비 조달 구매의 경우였다. 조달 구매는 4,950,000원(VAT포함)이고, 비 조달 구매는 3,790,000원(VAT포함)이었다. 비 조달 구매가 조달 구매보다. 1,160,000원이나 더 싸다. 모델명이 다른가 싶어 비교하여 보았다. 독서통장 전용프린터 모델과 독서통장 소프트웨어 모델과 독서통장(디자인 통장)모델 세 개가 조달과 비조달이 똑 같았다. 그렇다면 두 개의 제품은 똑 같은 제품이라는 말이다. 그래서 가격이 싼 비 조달 가격으로 독서 통장을 구입하였다.

구입하는 독서통장은 우리학교의 특색을 잘 나타낼 수 있는 독특한 독서통장을 만들고 싶었다. 우리학교 전경이 독서통장 겉표지에 들어가고, 독서통장 각 장마다 학교 마크가 들어가도록 만들어 달라고 하였다. 기존 독서통장을 사용하지 않고, 새로운 독서통장을

 맛깔스런 댓글이 달린
수필가의 일기

만들면 새로 디자인을 하여야 한단다. 새로 디자인하는데 10만원의 추가 비용이 들어간단다. 그런데 서비스를 하여 주겠단다. 그리고 결재할 때는 4만원을 더 할인하여 주겠단다. 결국은 독서 통장 구입하는데 조달가격보다 1,30만원이나 싸게 구입하였다.

조달 가격으로 물품을 구입을 하지 않으면 감사에 지적을 받는단다. 그래서 결재할 때 그 회사에서 온 편지와 자료들을 함께 첨부하도록 지시하였다. 나중에 감사가 왔을 때 왜 조달로 구입하지 않고 비 조달로 구입했는지 똑똑히 들여다 볼 수 있도록 하기 위하여서이다.

사람들은 자기들의 이익을 얻기 위하여 뇌물을 준다. 뇌물을 받는 쪽은 뇌물을 주는 쪽에게 이익을 줄 수 있는 공무원들이나 고위 관리들이다. 사람은 누구나 물욕에 눈이 멀어지기 쉽다. 그 물욕을 뿌리치지 못하고 뇌물을 받아 매스컴에 보도되는 일을 종종 볼 수가 있다.

부정과 비리, 부조리가 만연하는 사회나 국가는 발전을 할 수가 없다. 특히 이 나라를 짊어지고 나갈 젊은 새싹들을 가르치고 교육하는 교원들은 썩지 말아야 한다. 학생들에게 "정직하게 살아라, 바르게 살아라." 라고 교육을 하는 사람들이기 때문이다.

교원들은 항상 몸가짐을 바르게 하고, 정직하고, 다른 사람들의 모범이 되어야 한다고 생각한다. 수많은 학생들과 제자들, 학부모님들, 국민들이 항상 지켜보고 있기 때문이다. 교사는 국민의 사표가 되어야 하지 않을까하는 생각을 하여본다.

댓글 6회 │ 조회 78회 〈 ①17기 게시판 조회 68회   ②아름다운 글방 조회 10회 〉

🔘 송하 / 전명수 12.07.11. 12:28

올곧고 청렴하게 살아오신 한 평생의 삶이 거울처럼 투명하게 다가옵니다. 참으로 잘 살아오셨습니다. 부산교육감 얼굴이 화끈거리는 모습이 눈앞에 아롱댑니다. 스스로 아웃하는 것이 도리이고 순리인데 그냥 자리를 지키고 있다면 망쪼가 드는 가문이요, 부산교육은 엉망이 될 것 같습니다. 의미심장하게 읽고 갑니다.

🔘 염해일 12.07.11. 13:34

송하님, 찾아주셔서 행복합니다. 저의 이야기를 글로 쓰고 나니, 좀 쑥스럽습니다. 대부분의 교사들이 그렇게 살고 있습니다. 부산시 교육감이 현명한 판단과 행동을 할 것으로 기대하여 봅니다. 송하님, 행복하고 행복하세요.

🔘 김보부 12.07.11. 15:11

청렴하고 올바르게 살아오신 선생님의 삶이 정말 아름다워 보이네요. 정말 장하십니다. 그리고 존경스럽습니다. 전국에서 처음으로 당선된 부산 여 교육감 취임부터 금품 비리 척결이란 슬로건을 내거신 여 교육감의 교육정책이 뿌리 채 흔들리는 대사건인 것 같네요. 잊혀질 번한 부산교육감 옷 로비사건 잘 읽고 갑니다. 늘 건강하시고 행복하세요.

🔘 염해일 12.07.11. 15:43

보부님 매번 찾아 주셔서 행복합니다. 대부분 교사들이 하는 일을 쓴 것뿐인데 너무 칭찬을 하여주니 쑥스럽습니다. 교육계는 정말로 비리가 없어야 될 것 같습니다. 이 나라를 이끌어 갈 젊은 사람들을 교육하고 있기 때문입니다. 그리고 학생들과 가르친 제자들, 학부모님들, 국민들이 지켜보고 있기 때문입니다. 보부님, 행복하고 행복하세요.

  맛깔스런 댓글이 달린
수필가의 일기

🖼 웃음남 12.07.12. 10:34

부산교육감 비리사건은 얼마 전 저도 접했는데 참 안타까운 마음이 드네요. 사람이 물질에 집착하면 그 집착은 끝이 없나 봅니다. 물질발전 만큼 정신건강 도덕건강이 함께해야 하는데 말입니다. 40여 년간 정말 학생들만 생각하고 교육만 생각하며 살아오신 삶이 주위에 있는 저희들에게도 전해오는 따뜻함이 염교장님 모든 것에서 묻어나는 걸 느끼고 있습니다. 항상 맑은 모습 감사드리고 건강하십시오.

🖼 염해일 12.07.12. 13:42

사람의 욕심은 한이 없나봅니다. 특히 물욕의 유혹은 뿌리치기 힘드나 봅니다. 그렇지만 아이들을 교육하는 교육자들은 그런 유혹에서 벗어나야 한다고 생각합니다. 졸업시킨 수많은 제자들과 그들의 부모님들이 항상 지켜보고 있기 때문이라고 생각합니다. 웃음남님, 찾아 주셔서 행복합니다. 건강하시고 행복하십시오.

"상추가 춥다."고 하네요.

오늘은 평상시보다 오후 운동을 일찍 다녀왔다. 점심을 먹고 정기 예금을 찾기 위해 농협에 갔다. 농협에서 볼 일을 보고 돌아오는 길에 집에 들어오지 않고 곧바로 공원으로 운동을 간다. 오전에 갑자기 전화가 걸려왔다. 대구가 아닌 경산 농협에서 걸려온 전화였다. 2년 전에 정기 예금한 것이 만기가 되었으니 찾아가란다. 2년 전에 경산에 근무한 일도 없고, 경산은 우리 집과도 거리가 먼 곳이다. 언제 경산 농협에 가서 정기 예금을 하였는지 생각이 나지를 않는다.

그래서 집 사람에게 "정기 예금 통장이 있느냐?"고 물어보았다. 통장을 한참 뒤지더니 있단다. 통장을 보니 2년 전 경산 농협에서 정기예금을 하였던 통장이다. 2년 전 현직에 있을 때 경산에 있는 경상북도교육정보센터에서 연수를 받은 일이 있다. 그 때 내가 가지고 있던 비자금을 정기 예금하였던 생각이 난다. 2년 동안 깜박 잊고 지냈다. 퇴직을 하자말자 비자금 통장도 비자금도 집 사람에게 들켜 모두 빼앗겼다.

"대구에서 찾을 수 있느냐?"고 물었다. 중앙농협에 가서 찾으면 된단다. 동부 정류장 부근에 있는 중앙농협으로 정기예금을 찾으러 갔다. 볼 일을 보고 돌아오는 길에 운동을 나갔다. 운동을 마치고 집에 돌아오니 너무 일찍 하다. 마당에 있는 밭 귀퉁이에 비어 있는 곳에 채소 씨앗을 뿌리기로 하였다.

우리 집은 건평 59평에 대지가 70평 가까이 되는 2층 단독 주택이다. 마당이 약간 있다. 집을 지을 때부터 마당에 잔디를 깔아 놓았다. 현직에 있을 때는 집 사람이 버린 목욕탕을 옥상으로 올려 채소를 가꾸어 먹었다. 교장으로 발령이 나자 집 사람과 함께 교장 사택에서 살았다. 그래서 옥상에 있는 목욕탕도 내려서 버렸다.

지난해 정년퇴직을 하면서 옥상에 채소를 가꾸기 위하여 준비를 하였다. 스티로폼 상자를 옥상에 올리고, 흙을 실어오고, 거름을 사와서 배양토를 만들어 스티로폼 상자에 담았다. 그곳에 상추, 열무, 배추, 들깨, 쑥갓의 씨앗을 뿌렸다. 그리고 마당 담장 부근에 있는 잔디를 캐내고 밭을 만들었다. 밭에는 고추, 오이, 가지, 토마토의 모종을 사다가 심었다.

매일 아침 운동을 다녀오면 곧바로 옥상으로 올라가 채소에 물을 주었다. 옥상에 있는 채소에 물을 주면서 채소들이 하루가 다르게 파랗게 자라는 모습을 보면 그렇게 즐거울 수가 없었다. 물을 주고 내려올 때 그날 먹을 싱싱한 채소를 뜯어와 식사 때마다 먹는 즐거움도 누렸다.

그리고 마당에 사다 심은 고추, 오이, 가지, 토마토의 꽃이 피고, 열매가 달리고, 자라는 모습을 지켜보는 즐거움도 또 다른 재미였다. 식사 때마다 싱싱한 무공해 채소를 마음껏 먹고, 식사 후에 내가 기른 오이와 토마토로 디저트를 먹는 기쁨은 누려보지 못한 사람은 느낄 수 없는 행복이었다.

지난 해 늦가을에 마당에 상추씨를 뿌려 싹이 나서 제법 자랐다.

그 곳에 간이 비닐하우스를 만들었다. 겨울을 보내고 따뜻한 봄이 되니 비닐하우스 속에 상추가 얼어 죽지 않고 살아 있다. 봄이 되어 그 상추에 잎이 새로 돋아나면서 파릇파릇 자란다. 봄에 새로 뿌린 채소가 나오기 전까지 가을에 심은 상추에서 나오는 싱싱한 상추 잎을 마음껏 먹을 수가 있었다.

지난해 6월에 일본 도토리 현에 2박 3일간 여행을 다녀왔다. 여행을 떠나면서 옥상에 있는 채소가 걱정이 되었다. 그래서 떠나는 날 아침에 물을 듬뿍 주고 떠났다. 그러나 여행을 다녀오니 옥상에 있는 채소들이 시들시들 말라서 대부분이 죽었다. 그러나 마당에 심어 놓은 채소들은 싱싱하게 잘 자라고 있었다. 옥상에 심어 놓은 채소들은 스티로폼 상자에 담은 흙이 적어 수분을 오랫동안 유지하지 못하였나보다. 그래서 채소들이 목이 말라서 시들시들 말라 죽은 것 같다. 채소들이 말라 죽으면서 얼마나 답답하고 아파하였을까? 먹고 싶은 물을 주지 않는 주인을 얼마나 원망하면서 죽어갔을까 하는 생각을 하니 채소들에게 미안한 생각이 들었다.

그래서 올 해는 스티로폼 상자와 그 속에 담겨 있는 흙을 모두 옥상에서 내려 버렸다. 그리고 마당에 심어 놓은 잔디의 절반 정도를 캐내고 밭을 더 넓혔다. 그 밭에 열무, 배추, 상추, 쑥갓, 들깨의 씨앗을 뿌리고, 오이, 호박, 토마토, 가지, 고추, 피망의 모종을 사다가 심었다. 뿌린 씨앗에서 파란 싹이 돋아나고, 모종을 사다 심은 열매채소들이 뿌리를 내려 파릇파릇 자라는 모습을 보는 즐거움은 돈을 주고도 살 수 없는 행복이다. 거기다가 무공해 웰빙 채소들을 마음껏 먹을 수 있어 더욱 좋다.

지난 가을과 이른 봄에 심었던 상추들에 꽃대가 올라와서 뽑아내고, 배추와 열무를 뽑아 먹은 자리가 비어 있다. 그래서 오늘 운동을 다녀온 후 그 빈자리에 열무, 배추, 상추의 씨를 뿌리기 위하여 밭을 파 일군다. 겨울에 집 사람이 부엌에서 나온 음식물 쓰레기들을 밭에 묻어 두었나보다. 그것들이 썩어서 흙 빛깔이 거무스름하다. 파헤친 흙에서 지렁이와 굼벵이 같은 벌레들이 나오고 있다. 흙에 거름기가 많다는 증거인 것 같다. 밭의 채소에 농약을 치지 않았기 때문에 그런 벌레들이 죽지 않고 살아 있는 것 같다. 밭골을 만든 후에 상추, 배추, 열무 씨앗을 뿌리고 묻었다. 비가 온 다음이어서 밭이 촉촉하다. 씨앗에서 곧 싹이 돋아날 것 같다. 머지않아 파란 배추와 열무, 상추들로 밭이 풍성하여 질 것을 생각하니 벌써부터 배가 부르고 마음이 넉넉하여진다.

며칠 전 한낮에 갑자기 소나기가 억수같이 쏟아졌다. 그 날 오후에 운동을 갔다 오니, 집 사람이 마당에 심은 한길이 넘는 토마토 앞에서 어쩔 줄 모르고 서 있다. "왜 그러느냐?"고 물었다. "오후 운동을 나갈 때 토마토를 보지 않았느냐?"고 묻는다. 아무 생각 없이 나갔기 때문에 보지 못하였다. 열매가 옹기종기 달린 토마토 줄기가 부러졌단다. 곁에 가서 보니 토마토 줄기의 아랫부분이 반쯤 꺾어 부러져 있다. 부러진 부분 반대편에 껍질만 조금 붙어 있다. 많이 달린 토마토 가지에 빗물이 내려 앉아 부러졌을까? 아니면 세차게 내리는 비바람 때문일까?

큰 지주 대를 다시 세우고, 부러진 부분을 새로 세운 지주 대에 살며시 붙들어 맨다. 집 사람이 부러진 토마토 줄기를 똑바로 일으켜 세우려한다. 일으켜 세우다보면 남은 부분까지 부러질 것 같다. 그래서 부러진 부분을 그대로 두고 묶기로 하였다. 토마토 부러진 부분을 조심스럽게 지주 대에 묶는다. 부러진 토마토 줄기가 죽는다면 저렇게 많이 달린 열매들은 어떻게 될까? 그러나 하루가 지나도 토마토 잎이 시들지 않는다. 그 이튿날도, 일주일이 지나도 토마토 잎뿐만 아니라 열매까지 싱싱하게 잘 자라고 있다. 부러진 줄기의 한쪽 남은 껍질에서 수분과 양분이 잎과 열매로 계속 공급되고 있었나보다. 토마토의 생명력이 정말 강한 것 같다. 자식을 위하여 자기의 모든 것을 희생하는 어머니와 같지 않을까하는 생각을 하여 본다. '이제 토마토가 살 수 있겠구나!' 하는 생각을 하니 마음이 놓인다. 토마토 줄기가 살아주어 고맙기까지 하다.

지난달에 친구들의 부부 모임인 건우회에서 청소년 수련관이 있는 달비골 주차장에 모여 앞산 자락 길 등산을 하였다. 등산을 하다가 잠시 쉬었다. 쉬면서 가지고 온 간식들을 내어 놓았다. 농사를 짓고 있는 K회원이 자기가 기른 감자를 맛있게 삶아왔다. 간식을 먹으면서 회원들 간에 많은 이야기들을 주고받았다.

K회원이 자기가 농사짓는 이야기를 들려준다. 올해는 날이 너무 가물어서 심어 놓은 채소와 곡식에 스프링클러로 물을 주고 있단다. 마을에서 만든 간이 상수도로 물을 주니, 수압이 약하여 농작물에 풍족하게 물을 줄 수가 없었단다. 그래서 집에서 파 놓은 지하수

 맛깔스런 댓글이 달린
수필가의 일기

로 채소와 곡식에 물을 주었단다. 밭에 심어 놓은 채소들이 "너무 춥다."고 하더란다. 할 수없이 간이 상수도로 다시 물을 주고 있단다. 그 말이 떨어지기가 무섭게 내가 한마디 하였다. "채소가 어떻게 춥다고 하더냐?"고 물었다. K가 여름에 샤워를 할 때 찬물로 하는지 더운물로 하는지를 묻는다. 아무리 더운 여름철이라도 찬물로 샤워를 하면 춥단다. 식물도 마찬가지란다. 찬물을 곡식에게 주면 추워서 잘 자라지를 못한단다.

나도 매일 아침과 오후에 운동을 하고 오면 샤워를 한다. 한 여름에도 물을 데워서 샤워를 하고 있다. 오늘은 찬물로 샤워를 하여본다. 정말로 물이 너무 차가워 한기가 든다. 곡식이 추울까보아 한 여름에도 지하수의 찬물을 줄 수 없다는 K의 따뜻한 마음씨에 정이 간다.

K에게 "밭에 심은 채소들이 아파할 텐데 어떻게 뜯어 먹느냐?"고 물었다. 채소나 곡식들을 먹을 때 항상 고마운 마음을 가지고 먹는단다. 식물들은 자기가 먹을 식량을 만들기 위하여 부지런히 탄소동화작용을 한단다. 식물들이 어렵게 만들어 놓은 식량을 인간들이 빼앗아 먹고 있단다. 그렇기 때문에 음식을 먹을 때 항상 고마움과 감사하는 마음으로 먹어야 한단다.

K의 식물을 대하는 따뜻한 마음씨를 보고 많은 것을 생각하게 한다. 마당에 심은 토마토 줄기가 부러졌을 때 "제발 살아만 달라."고 마음속으로 빌었다. 이런 마음이 농사를 짓는 농부들의 마음인가보다. 보잘 것 없는 식물에게까지 생명을 불어 넣어 그들의 생명

을 소중하게 생각하는 K의 따뜻한 마음의 경지에 나는 언제쯤 도달할 수 있을까?

김보부12.07.16. 22:17

퇴직을 하자말자 비자금 통장을 집 사람에게 들켜 모두 **빼앗겼으니** 안타깝군요. 집안에 텃밭 옥상에도 텃밭을 가꾸며 싱싱한 무공해 채소를 가꾸시고 계시는 교장 선생님의 아름다운 모습이 그림이 그려집니다. 채소나 곡식들을 먹을 때도 항상 고마운 마음을 가지고 먹는다는 말이 마음에 와 닿네요. 올려 주신 글월 잘 읽고 갑니다. 늘 건강하시고 행복하세요.

염해일 12.07.17. 07:05

보부님, 잊지 않고 찾아 주어 고맙습니다. 비자금이 별로 필요가 없는 것 같습니다. 내 마음대로 돈을 쓸 수 있으니까요. 텃밭에서 무공해 채소 가꾸는 재미가 꿀맛 같습니다. 식물들이 하루가 다르게 싱싱하게 자라는 모습을 보고 있으면 내 마음도 푸르러집니다. 그리고 무공해 채소를 마음껏 먹을 수 있는 것도 너무 좋은 것 같습니다. 보부님, 행복하세요.

송하 / 전명수 12.07.17. 18:34

공터에 텃밭을 일구어 갖은 채소를 가꾸시는 재미와 청청한 먹거리를 거두는 손길과 마음이 참으로 푸근하고 정겨워 보입니다. 행복한 일상이 부럽습니다. 마냥 행복하게 지내십시오.

염해일 12.07.17. 19:17

송하님 잊지 않고 찾아 주셔서 행복합니다. 세상을 즐겁게 살려고 노력하고 있

소비자는 왕인가 봉인가?

나는 자동차 면허증을 1988년에 땄다. 금호여고에서 경산 고등학교로 이동해 오던 해에 같이 전입하여온 13명의 선생님들이 함께 자동차 교습소에 가서 등록을 하고 연수를 받아 그 해에 면허증을 받았다. 88 서울올림픽을 치루고 난 후 우리나라 자가용이 급격히 늘어나기 시작하였다. 그러나 나는 교통의 불편을 별로 느끼지 못하여 자가용을 사지 않고 대중교통을 이용하여 출퇴근을 하였다. 그러다가 구미에 있는 선산여고로 발령이 났다. 봉고차를 대절하여 출퇴근을 하였다. 봉고차를 타고 다니던 회원들이 자꾸 줄어 회원 수가 너무 적어 여름방학 후에는 다닐 수가 없단다.

여름방학을 마치고 대구에서 선산까지 출퇴근할 방법이 막막하였다.

그래서 여름방학기간에 자가용을 사기로 하였다. 공교롭게도 그 해는 자가용을 주문하고 몇 개월씩 기다려야 살 수 있을 때였다. 친구의 도움으로 겨우 자가용을 구입할 수가 있었다. 여름방학기간에 며칠 동안 도로연수를 받고 자가용으로 출퇴근을 한 것이 벌써 10여 년이 되었다. 그 당시에 새로 구입한 차가 경유차였다. 경유 값이 휘발유 값의 절반이었다. 그래서 기름 값에 별 부담 없이 출퇴근을 할 수가 있었다. 그 이후로 경유 값이 자꾸 오르기 시작하더니 휘발유 값과 비슷하게 되었다. 그래서 3년 전에 가스차로 바꾸었다. 그러나 요사이는 가스 값도 많이 올랐다.

자가용을 처음 샀을 때는 기분이 너무 좋아 자가용을 부지런히도 닦고 손질하였다. 그러다가 시간이 흐르면서 슬슬 세차장으로 가서 세차를 하게 되었다. 다시 가스차로 바꾸면서 또 얼마간은 열심히 자가용을 닦았다. 그것도 오래 가지 못하고 결국은 세차장으로 세차를 하러 갔다. 그러다가 주유소에서 세차를 하여 주기 시작하였다. 그 당시에는 근무지가 지방이었기 때문에 출퇴근을 하면서 지방에서 주유도 하고 세차도 하였다. 지방의 주유소에서는 주유를 하면 공짜로 세차를 하여 주었다. 주유할 때마다 세차를 하였기 때문에 항상 반들반들한 자가용을 몰고 다닐 수가 있었다. 그러나 퇴직을 하고 나니, 자가용을 몰고 나갈 기회가 차츰차츰 줄어든다. 그래서 내 차는 집 가까이 있는 도로변에 항상 외로이 서 있다. 집 안

 맛깔스런 댓글이 달린
수필가의 일기

에 주차장 시설이 없기 때문이다. 큰 도로변에는 차가 많이 다닌다. 도로변에 서 있는 내 차는 항상 먼지를 뽀얗게 뒤집어쓰고 있다.

시내에 있는 주유소에는 세차하는 곳이 많지 않다. 세차하는 시설이 되어있더라도 세차비를 따로 내어야 한다. 왜 그런지 모르겠다. 지방에 있는 주유소는 기름을 넣으면 무료로 세차를 하여 주는데 시내에 있는 주유소는 하나같이 돈을 받는다. 시내에 있는 주유소들은 왜 세차비를 따로 받을까? 그렇다고 지방의 기름 값이 더 비싼 것도 아니다. 시내 주유소와 지방의 주유소는 어떤 차이가 있어서 그런 일이 일어나는지 모르겠다. 퇴직 후에 우리 집 앞에 있는 주유소에서 세차비를 주고 세차를 자주 하였다.

우리 집 앞에 있는 주유소에 근무하는 직원 중에 40대 아저씨가 한 분 있었다. 그 분은 대단히 부지런한 사람이다. 아침 5시에 운동을 나가면 벌써 주유소에 출근하여 주유소 청소와 주유할 준비를 하고 있다. 그 길을 다니는 차들은 주유소 문을 일찍 열고 있는 것을 알고 있나보다. 아침 일찍 주유소를 찾아오는 손님들이 많았다. 그런데 어느 날부터인가 아침 운동을 나가도 주유소 문이 열리지 않고 있다. 운동을 마치고 내려오면 그때서야 다른 직원이 나온다. 그 전 직원보다 2시간이나 늦게 주유소 문을 열고 있다. 그래서 그런지 아침 손님이 많이 줄어들었다. 그 때 근무하던 부지런한 직원이 어떻게 되었는지 궁금하여진다. 어느 날 버스를 타고 가다가 그 주유소에서 멀지 않는 다른 주유소에서 그 아저씨가 일을 하고 있다. 아마 부지런하다는 소문이 나서 데리고 갔나보다. 요사이 취직이 잘 되지 않는다고 한다. 자기만 부지런하면 일할 곳이 많은 것 같다. 다른 주유소로 스카우트되어 가면서 보수도 두둑하게 받지 않았을까하는 생각을 하여본다.

두 달 전부터 우리 집 앞에 있는 주유소에서 세차를 하여 주지 않는다. 세차만 하지 않는 것이 아니라 기름도 판매하지도 않고 문을 닫아 놓았다. 주유소로 들어오는 입구에 커다란 플랜카드가 낮게 걸려 있어 잘 보이지 않는다. 플랜카드에 쓰인 글씨는 "죄송합니다. 주유소 내부 수리 관계로 당분간 주유를 하지 않습니다. 특별한 볼 일이 있으신 분은 주유소 뒷문을 이용하여 주십시오." 란 플랜카드만 펄럭이고 있다. 주유소 내부수리를 하나보다 하면서 지나다녔다. 주유소 내부를 수리하더라도 기름 판매는 할 수 있을 것 같았다. 그런데 기름을 판매하지 않고 있다. 한 달이 지나고 두 달이 지나도 주유소 내부 수리를 하지 않고 있다. "내부 수리를 한다." 는 플랜카드를 왜 걸어 놓았는지 무르겠다. 그것도 두 달 동안 주유소 문은 계속 잠겨 있다. 가끔씩 주유소 직원만이 한 번씩 사무실에 드나들고 있었다.

우리 아들들이 우리 집에 놀러오면서 그것을 보고, 주유소가 영업정지를 당한 것 같단다. 그 소리를 듣고 나니, '아하! 그래서 주유소 문을 닫았구나!' 왜 나는 그런 생각을 일찍 하지 못하였을까? 정말 나는 순진한 사람인가? 모자라는 사람인가? 그날 이후로는 주유소 앞을 지날 때마다 주유소가 무엇을 잘못하여 영업정지를 당하였을까하는 생각을 하게 되었다.

텔레비전 뉴스를 보다가 "주유소에서 가짜 기름을 팔고 있다."
는 뉴스를 보게 되었다. 가짜 기름을 팔고 있는 주유소의 기름 탱크
를 텔레비전 화면으로 보여준다. 주유소 땅속에 묻어 둔 기름 저장
탱크가 두 개이다. 한 탱크에는 가짜 기름이 들어 있고, 또 다른 탱
크에는 진짜 기름이 들어 있단다. 주유를 하러 차가 들어오면 주유
소 직원이 리모컨으로 조정을 하여 가짜 기름과 진짜 기름을 섞어
팔고 있단다. 당국에서 조사를 나오면 진짜 기름이 나오도록 리모
컨으로 조정을 하여 속인단다.

그 뉴스가 나오고 또 얼마 되지 않아 이번에는 주유소에서 주유
할 때 기름을 적게 넣어 주는 방법으로 소비자들을 속인단다. 주유
소에 들어가면 운전자의 대부분이 "4만원어치 넣어 주세요." 라고
한단다. 그렇게 하면 기름을 덜 넣어 준단다. "30 리터를 넣어 주
세요." 라고 하면 30리터를 정확히 넣어 줄 수밖에 없단다. 주유할
때 속지 않으려면 얼마 원어치를 넣어 달라고 하지 말고, 몇 리터를
넣어 달라고 하란다.

며칠 전에 우연히 텔레비전 뉴스를 보다가 주유소에서 주유기에
기름이 덜 들어가도록 하는 프로그램을 깔아 놓았다는 뉴스를 보게
되었다. 주유기에 그 프로그램을 깔아 놓으면 기름이 덜 들어간단
다. 속인 양을 하루 동안 모으면 엄청나게 많단다. 그런 좋은 머리
를 왜 나쁜 쪽으로만 사용하는지 모르겠다. 좋은 방향으로 사용하
면 국가도 발전하고 사회도 발전할 수 있을 텐데.

요사이는 물가가 너무 오른다. 특히 기름 값이 너무 많이 올라 자

가용 운전자들의 부담이 너무 크다. 그래서 운전자들이 조금이라도 기름 값이 싼 주유소를 찾아다니고 있다. 그런 서민들에게 가짜 기름과 기름 양을 속이는 방법으로 주유소 사장님들은 자기들의 배를 불리고 있다. 그런 사장님들은 어려운 서민들을 두 번 울리고 있다는 사실을 알아야 할 것이다. "소비자는 왕이다."라는 말은 어디로 가고, 소비자가 봉이 되는 세상이 되었을까?

국제 기름 값이 오른다는 뉴스가 나오면 곧 바로 기름 값이 오른다. 그러나 국제 기름 값이 내렸다는 뉴스가 나와도 기름 값은 좀처럼 내릴 줄을 모른다. 여론에 떠밀려 내려도 조금 밖에 내리지를 않는다. 주유소 사장님들은 "비쌀 때 사다 놓은 기름이기 때문에 금방 기름 값을 내릴 수가 없다."고 변명한다. 그렇다면 기름 값이 오를 때도 싸게 사다 놓은 기름이 없어질 때까지 기름 값을 올리지 말아야 하지 않을까? 주유소 사장님들은 앞뒤가 맞지 않는 말과 행동으로 자기들의 부를 축적하고 있다.

우리 집 앞에 있는 주유소에서 여러 달 전에 주유기를 교체하는 것을 보았다. 우리가 보기에는 멀쩡한 주유기를 떼어버리고 새로운 주유기를 달고 있었다. 그리고 땅속에 묻어 놓은 저장탱크도 새로 공사를 하고 있었다. 가짜 기름을 팔고, 기름 양을 속인다는 방송을 듣고 나니 그 때 그 공사가 방송에 나온 그 뉴스와 관련이 있는 것은 아닌지 모르겠다. 그래서 두 달 동안 영업 정지를 당하여 주유소 문을 닫은 것이 아니기를 바란다.

두 달 만에 영업 정지되었던 것이 풀렸나보다. 최근에 다시 주유

  맛깔스런 댓글이 달린
수필가의 일기

소 문을 열었다. 그러나 손님이 별로 없다. 주유소 문도 전보다 두 시간 일찍 닫는다. 이유가 무엇일까? 두 달 동안 문을 닫고 있어 아직까지 주유하는 사실을 모르고 있을까? 아니면 영업정지 먹은 주유소라고 손님이 들어오지 않을까? 그것도 아니라면 밖에 붙여 놓은 기름 값이 너무 비싸기 때문일까? 그것이 몹시도 궁금하여진다. 사업을 하는 사람들은 현재의 이익에만 급급하지 말고 먼 미래를 내다보고 정직하게 장사를 하였으면 좋겠다.

송하 / 전명수 12.07.18. 11:36

정직과 신용이 더욱더 매출을 많이 올릴 수 있을 텐데 멀리 내다보는 눈이 모자라는 위인들인 듯합니다. 잘 읽고 갑니다.

염해일 12.07.18. 12:20

송하님, 잊지 않고 찾아 주셨네요. 정말 그런 것 같아요. 정직한 사회가 되었으면 좋겠어요. 서로 믿고 살 수 있는 그런 사회가 하루 빨리 왔으면 좋겠어요. 송하님, 행복하고 건강하세요.

김보부 12.07.18. 22:16

가짜기름이 극성을 부리고 있군요. 사업하시는 분들이 양심을 버리고 가짜기름을 판매하는 사실에 놀랄 뿐입니다. 믿음이 깔려있는 세상, 소비자가 믿고 살 수 있는 사회가 하루 빨리 왔으면 합니다. 올려주신 글 잘 읽고 갑니다. 늘 건강하시고 행복하세요.

염해일 12.07.19. 07:25

보부님 매번 찾아 주시네요. 정말 우리 사회가 서로 믿고 살 수 있는 그런 세상
이 되었으면 좋겠네요. 물건 값도 적정 이윤을 붙여 정찰제가 되었으면 좋겠어요.
흥정하는 것도 신경이 많이 쓰이더군요. 속고 속이지 않는 사회가 되었으면 정말
좋겠어요. 보부님, 행복하세요.

우리 시아버님이 망령 나셨나봐

나는 생일을 음력으로 한다. 어른들이 어릴 때부터 음력으로 생일을 하여 주었기 때문이다. 그리고 양력으로는 내 생일이 언제인지 모른다. 알려고 하지도 않는다. 굳이 알려고 하면 알 수는 있다. 며칠 전에 집으로 전화가 걸려왔다. 나는 집 전화를 잘 받지 않는다. 집 전화의 대부분이 우리 집 사람에게 걸려오는 전화이기 때문이다. 집 사람이 전화를 받는다. "일요일 날은 곤란하

 맛깔스런 댓글이 달린
수필가의 일기

다.”고 한다. “그날은 너의 아버지와 함께 등산을 가기로 예약이
되어 있다.”고 한다. “평일에 하면 어떠냐?”고 하면서 전화를 끊
는다. “무슨 전화냐?”고 물었다. 맏아들한테서 온 전화란다. “이
번 일요일에 가족들이 모여서 저녁 식사를 함께 하자.”고 하더란
다. ‘무엇 때문일까?’ 우리 집 사람 생일이 얼마 전에 지나갔으니
까 혹시 내 생일 때문이 아닐까하는 생각이 들어 달력을 들어다보
았다. 다음 주 수요일이 내 생일이다. ‘나의 생일을 당겨하려고 전
화가 왔나 보다.’ 하는 생각을 하였다.

　집 사람과 나는 천생연분인가 보다. 호적의 나이가 둘이 똑 같이
1949년생이다. 나는 생일이 1월 22일, 집 사람은 2월 20일이다. 내
가 생일이 한 달 빠른 것이 천만 다행이다. 잘못하였더라면 내가 집
사람의 동생이 될 뻔하였다. 그러나 본 나이는 호적 나이와 다르다.
나는 1946년생 개띠이고, 음력으로 5월 29일이 생일이다. 집 사람
은 1947년생 돼지띠로 음력으로 5월 8일이 집 사람 생일이다. 이상
하게도 생일이 같은 음력 5월이고, 호적도 어떻게 똑 같은 해에 올
렸는지 모르겠다. 인연은 인연인 것 같다. 우리가 태어날 때는 ‘호
욕’ 이란 무서운 병이 있었나보다. 그것을 앓다가 죽는 어린아이들
이 많았던 것 같다. 그 병을 앓고 살아나면 그때서야 호적에 올리는
경우가 흔하였단다. 그래서 나도 내 본 나이보다 3년이나 늦게 호
적에 올렸던 것 같다. 그래서 교직에도 다른 사람들보다 3년간 더
근무하는 영광(?)도 얻었다.

　지난 토요일 오전부터 둘째 아들네 가족이 우리 집에 왔다. 함께

점심을 먹고, 오후 늦게까지 우리 집에서 놀고 있다. 내가 오후 운동을 다녀오니, 저녁 먹으러 가잔다. 밖에는 보슬비가 부슬부슬 내리고 있다. 우산을 쓰고 집 앞에 있는 큰 길로 나간다. 둘째 아들이 벌써 차를 대기시켜 놓았다. 둘째네 다섯 식구와 우리 부부까지 7명이 차에 오르니 차안이 꽉 찬다. "다음부터는 나는 내차를 가지고 가겠다."고 하면서 차에 오른다. 지난번까지만 하여도 차가 그렇게 복잡한 것을 느끼지 못하였다. 그 사이 손자 손녀들이 많이 자랐나보다. MBC 방송국 앞에서 좌회전을 하여 계속 달려 TBC 방송국까지 달려간다. 도로 중앙에는 지하철 3호선 공사가 한창이다. 높다란 다리발과 두 개의 기다란 철길이 공중에 높이 떠 있다. 넓은 도로가 좁게 느껴진다. 공중으로 지하철이 다닌단다. 3호선은 지하철이 아니고 '지상철(?)'이 될 것 같다. 지하철이 공중으로 다니면 많이 시끄러울 것 같다는 생각을 하는 사이 오거리에 도착하였다. 다시 좌회전을 하여 양식집으로 들어간다.

주차장이 식당에서 조금 떨어져 있다. 우산을 받쳐 들고 걸어가는데 주차장으로 들어오던 차가 차창을 열면서 "할아버지!, 할머니!" 하고 부른다. 맏아들 차가 들어오고 있다. 맏며느리가 운전을 하면서 "자기 이름으로 예약이 되어 있다."고 한다. 양식집 안에 들어가니 예약자 이름을 묻는다. 안내하는 직원을 따라 들어간다. 넓은 홀 안에 있는 식탁에는 손님들이 벌써 만원이다. 우리나라가 정말로 잘 사는 나라인가보다. 외식하러 나온 사람들이 넓은 식당 안에 꽉 들어차 있다. 예약한 우리의 방으로 들어간다. 넓은 홀

 맛깔스런 댓글이 달린
수필가의 일기

을 칸막이를 하여 방을 꾸며 놓았다. 우리 가족 16명이 앉고도 자리가 남을 정도로 방이 넓고 크다. 두 돌 지난 막내 손녀 지원이는 저의 사촌 큰 언니 뒤를 졸졸 따라 다니고 있다. 두 돌 지난 막내손녀가 사촌 큰 언니를 알아보나보다. 큰 언니에게 안기고 재롱도 부린다. 오랜만에 만나는데도 알아보니 신기하다. 핏줄은 당기나보다.

이름도 알 수 없는 양식들이 들어온다. 손자 손녀들은 영어로 된 음식들의 이름들을 줄줄 외우고 있다. 그리고 맛있게 잘도 먹는다. 손자손녀들은 우리들과는 다른 세상을 살고 있는 사람들 같다. 우리 세대들은 양식보다 한식에 길들어져 있다. 그래서 그런지 아들들은 나를 위하여 볶음밥을 따로 시키고 있다. 마음에 드는 음식을 먹으란다. 스테이크와 볶음밥 위주로 먹는다. 저녁을 모두 먹고 난 후 생일 케이크에 불을 밝힌다. 손자손녀들과 모든 가족들이 생일 노래를 불러 준다.

생일 케이크를 먹고 난 후 손자 손녀들에게 준비한 봉투를 하나씩 나누어 준다. 겉봉투에는 손자 손녀들이 1학기 동안 공부를 하느라고 고생했다는 글을 썼다. 1학기 기말 고사에서 "전 과목 100점을 맞았다." 고 전화로 할머니에게 자랑한 손자에게는 "올백 맞은 것을 축하한다.", "자기 반에서 1등을 하였다." 고 자랑한 손녀에게는 "1등한 것을 축하한다." 는 글을 썼다. 다른 손자 손녀들에게는 "시험 공부하느라고 고생했다." 는 글을 봉투에 썼다. 맏손녀와 맏손자에게는 5만원씩, 초등학교 다니는 손자손녀들에게는 3만원씩, 유치원 다니는 손자 손녀에게는 2만원씩을 각각 봉투에 넣어 하나씩 나누어 주었다. 손자손녀들이 "고맙다."고 인사하면서 봉투를 받아간다. 한참 후에 중학교에 다니는 큰 손녀가 자기 봉투에 쓰인 글의 내용과 자기 동생 봉투에 쓰인 글의 내용이 다르단다. 비교하여 보았나보다. "왜 글의 내용이 다르냐?"고 하면서 못마땅해한다. 동생 봉투에는 "반에서 1등한 것을 축하한다." 자기봉투에는 "시험공부하느라고 고생했다."고 쓰인 것이 기분이 나빴나 보다. 다른 손자 손녀들도 자기 봉투에 쓰인 글을 확인하고 있다. 그리고 막내아들의 둘째인 서윤이는 "왜 자기 오빠의 봉투에 들어 있는 돈과 자기의 봉투에 들어 있는 돈이 다르냐?"고 불만스러워한다. "너도 오빠같이 초등학교 들어가면 돈을 더 넣어 주겠다."고 할머니가 무마한다.

사람들은 다른 사람과 비교하고 차별 당하는 것을 싫어하나보다. 특히 어린 아이들은 비교하고 차별 당하는 것을 더욱 싫어하는 것 같다. 우리 집 손자 손녀들도 봉투에 쓰인 글의 내용과 봉투 안에 들어 있는 돈이 다른 것에 대하여 기분 나빠한다. 내가 글을 쓸 때나 돈을 넣을 때는 아무 생각 없이 글을 쓰고, 돈을 넣었는데 그것을 받는 손자 손녀들은 그렇지 않았나보다. 앞으로는 손자손녀들에게 비교와 차별을 느끼지 않도록 조심하여야겠다. 철없는 손자 손녀들에게도 말 한마디 행동하나 할 때도 많이 생각하고 실천하여야겠다.

모든 행사가 끝나자 손자손녀들이 할머니 집으로 가잔다. 밤이 늦어서 아들들은 집으로 가고 싶어 하는 눈치다. 그러나 손자 손녀

 맛깔스런 댓글이 달린
수필가의 일기

들이 "할머니 집으로 가겠다."고 모두가 맏아들 차에 오른다. 할
수 없이 아들들 모두가 우리 집으로 따라 온다. 집으로 돌아온 손자
들은 거실에서 축구 놀이에 정신이 없다. 손녀들은 이 방 저 방 뛰
어 다니기에 바쁘다. 자기들 아파트에서는 마음대로 뛰지도 걷지도
못하였나보다. 할머니는 "누가 뭐라고 할 사람 없으니, 마음껏 뛰
어 놀아라."고 한다.

내일 등산은 장마 비가 전국적으로 온다는 일기예보 때문에 취소
하고, 시내 음식점에서 점심을 먹기로 하였다는 연락이 왔다. 등산
갈 때 간식으로 가져갈 토마토 보따리를 풀어 놓는다. 등산을 가지
않으니 간식이 필요 없나보다. 우리 마당에는 토마토나무가 여러
그루 있다. 그 토마토에서 오늘 따 놓은 방울토마토와 굵은 토마토
들이다. 우리 토마토들은 비료도 농약도 치지 않는 완전 무공해 웰
빙 식품이다. 싱싱하고 맛도 있다. 손자 손녀들은 한 입에 쏙 들어
가는 달콤한 방울토마토만 골라서 먹는다. 너무도 보기가 좋다. 아
들 며느리들도 토마토가 맛이 있다면서 잘들 먹는다. 기분이 매우
좋다. 내가 직접 기른 무공해 토마토를 우리 가족들에게 먹일 수 있
다는 것이 흐뭇하면서 기분이 좋다.

막내아들이 아버지가 출간한 수필집이 인기가 있단다. "왜 그러
느냐?"고 물었다. 아버지가 쓰신 수필집 '발자국'과 '교장선생
님의 일기'를 자기 병원 대기실 탁자위에 놓았단다. 대기하는 손
님들이 재미있게 읽고 있단다. 환자들 중에 아버지를 알고 있는 사
람들도 온단다. "책을 쓴 사람과 어떻게 되는 사이냐?"고 묻더란

다. 우리 아버지라고 하니 "책을 한 권 얻을 수 없느냐?"고 하더
란다. 그렇게 나간 책이 여러 권이란다. 오늘도 한 분이 오셔서 마
지막 남은 책을 가져갔단다. 그래서 오늘 갈 때 수필집 몇 권을 더
가지고 가야 한단다.

그 말을 듣고 있던 중학교 다니는 맏손녀가 "할아버지 수필집을
학교에 가지고 가서 자기 친구들에게 자랑하고 있다"고 한다. "할
아버지가 자랑스럽다."고까지 한다. 그 말을 듣고 나니 기분이 좋
아졌나보다. 묻지도 않는 말을 하고 있다. "이번 8월 달에 세 번째
수필집을 출간하기 위하여 준비하고 있다."는 말을 하고 있다.

"내가 개발한 운동법으로 매일 3시간씩 운동을 하고 있다."고
또 자랑을 늘어놓기 시작한다. 개발한 운동을 시범을 보여 가면서
설명을 하고 있다. 가족 모두가 지켜보고 있다. 신이 나서 더욱 더
신명나게 운동 효과까지 곁들여서 해설을 하고 있다. 지켜보던 아
들들이 '세상에 이런 일'에 나올만하다고 칭찬을 하여준다. 둘째
아들은 아버지가 운동하는 모습을 동영상으로 만들어 보란다. 만든
동영상을 카페를 만들어 올려 보란다. 아버지 수필도 함께 올려보
란다. 그러면 많은 사람들이 보고 댓글도 달아 줄 것 같단다.

이외수 같은 작가도 그렇게 하여 저렇게 인기가 좋단다. 실컷 자
랑을 하고 나니 괜히 며느리들 보기가 쑥스러워진다. 며느리들은
'시' 자 들어 있는 시금치도 먹지 않는단다. '우리 시아버님이 망
령이 나셨나보다.' 하는 생각을 하지 않았는지 모르겠다. 나이가
들면 입은 다물고 남의 말을 많이 들으라고 하였는데 나는 왜 이렇

 맛깔스런 댓글이 달린
수필가의 일기

게 주책을 떨고 있을까?

댓글 6회 | 조회 24회 〈 ①17기 게시판 조회 22회   ②아름다운 글방 조회 2회 〉

송하 / 전명수 12.07.25. 14:29

주책이 아닌 듯합니다. 세 번째 수필집을 기대합니다. 그리고 대박나기를 기원합니다.

염해일 12.07.25. 15:22

송하님, 모든 것을 긍정적으로 보아 주시고, 격려하여 주어 감사합니다. 건강하고 행복하십시오.

김보부 12.07.25. 21:28

염 선생님과 사모님과는 천생연분인신가 봅니다. 호적이 3년이나 늦게 되어 3년의 공직생활을 더 누리셨네요. 선생님의 손자손녀 귀여움이 한층 더 재롱스러워 보이며 가족애가 마냥 부러우리만큼 아름다워 보입니다. 늘 화목하시고 건강하시기 바랍니다.

염해일 12.07.26. 07.:02

보부님 찾아주셔서 행복합니다. 모든 가족들이 누리는 행복을 그저 글로 표현한 것뿐입니다. 보부님, 행복하고 건강하세요.

오늘이 초복이란다. 지난번 국립대구박물관회에서 철원과 서울로 답사를 다녀왔다. 그 때 답사 위원이 버스 안에서 '복'에 대한 퀴즈를 내었다. "월복이 무엇이냐?"고 문제를 낸다. 월복을 맞추는 사람에게는 고급 열쇠고리를 준비하였단다. 아무도 말이 없다. 다시 초복을 어떻게 계산하는지 묻는다. 이것도 아무도 모른다. 답사위원이 초복, 중복, 말복, 월복을 계산하는 방법을 가르쳐 준다. 먼저 초복 계산하는 방법부터 설명하여준다. 초복은 하지(6월 21일)를 지나고, 두 번째 '경(庚)'자가 나오는 날에서 열흘 후가 초복이란다. 올 해는 하지를 지나고 첫 번째 '경(庚)'자가 나오는 날이 6월 28일(庚申)이란다. 두 번째 '경'자가 나오는 날은 7월 8일(庚午)이란다. 두 번째 '경'자가 나오는 날에서 10일 후인 7월 18일이 초복이란다. 중복은 초복에서 10일 후인 7월 28일이고, 말복은 중복에서 다시 10일 후인 8월 7일이란다. 월복에 대하여서도 자세하게 설명을 하여 준다. 말복 날이 입추 전이면 그 말복은 말복이 아니고, 월복이란다. 올해는 8월 7일이 말복과 입추가 겹치는 날이란다. 그래서 올 해는 8월 7일이 정상적 말복이 된단다. 만약에 입추가 8월 8일 때는 8월 7일은 말복이 되지 않는단다. 이유는 입추가 지나지 않았기 때문이란다. 월복을 다시 계산하여야 한단다. 월복은 입추 지나고 첫 번째 '경(庚)'자가 나오는 경일(庚日)이 월복이란다. 지난해에는 말복 날 입추가 지나지 않아서 월복이었단다. 월복은 100년 만에 한 번 올까 말까 하단다.

오늘 아침도 8시 가까이 되니 집 사람이 아침 식사하러 나오란다. 식탁에 앉으니 밥상이 평상시와 다르다. 내가 가장 좋아하는 꽁치가 무와 여러 가지 양념을 넣어 찌개를 맛깔스럽게 만들어 놓았다. 그리고 애호박과 고추로 전도 부쳐 놓았다. 쇠고기가 듬뿍 든 미역국도 밥과 함께 나와 있다. 내가 좋아하는 상추와 배추, 열무, 들깨 잎들도 평상시와 같이 밥상위에 놓여있다. 상이 그득하다. "오늘이 내 생일인가 보네." 하면서 밥상에 앉는다. 집 사람이 "생일을 축하합니다." 라고 축하인사를 한다. 집 사람의 축하를 받으면서 단란한 생일상을 받는 것도 기분이 좋고 행복하다.

나는 음식을 별로 가리지 않는다. 집 사람이 차려주는 음식은 무엇이든지 맛있게 잘 먹는다. 그래서 집 사람은 밥해 주기가 편해서 좋단다. 퇴직 후에 옥상과 마당의 텃밭에서 나오는 상추와 열무, 배추, 들깨 잎으로 식사를 주로 한다. 상추와 열무, 배추, 들깨 잎을 두 서 너 장씩 손바닥에 펴놓고 밥과 김치, 김, 된장, 고추장을 올려 쌈을 싸 먹는 밥맛은 정말로 최고이다. 열무와 배추, 들깨 잎을 손으로 찢어서 큰 그릇에 담아 밥과 고추장, 된장찌개를 넣고 참기름을 듬뿍 넣어 비벼 먹으면 옆에 누구 죽어도 모를 정도로 밥맛이 좋다. 상추, 열무, 들깨 잎을 반으로 접어서 고추장과 된장에 찍어 먹는 것도 별미다. 집 사람이 좋아하는 갈치, 고등어 반찬은 거들떠 보지도 않는다. 집 사람은 내가 그렇게 먹는 것을 보고 영양실조에 걸리겠단다. 채소만 먹으니까 그런 말을 하나 보다. 그러나 밥맛이 좋은 것을 어찌하나. 밥을 너무 많이 먹어 오히려 걱정이 될 정도이다.

집 사람은 오늘 저녁에 자기가 한 턱을 쏘겠단다. 먹고 싶은 것을 이야기하란다. "오늘은 초복이니까 보신탕이나 삼계탕을 먹을까?"라고 하였다. 점심에는 "국수를 먹어야 오래 산다."면서 특별 국수를 만든다. 삶은 국수 위에 텃밭에서 가꾼 오이와 토마토를 채를 쳐서 얹고, 계란으로 꾸미를 한다. 냉장고에 보관하였던 시원한 멸치 육수를 국수물로 붓는다. 상위에 차려진 국수가 먹음직스럽다. 보기도 좋다. 오이의 시원한 맛과 토마토의 새콤달콤한 맛이 너무 잘 어울린다. 멸치 육수로 만든 국수물이 시원하다.

오후에 운동을 다녀오니 저녁 먹으러 나가기에는 이르다. 최근에는 내가 운동을 다녀오면 집 사람이 오후 운동을 나간다. 오늘은 집 사람이 오후 운동을 나가지 않겠단다. 조금 있다가 저녁 먹으러 나가겠단다. "그러지 말고 오후 운동을 다녀오라."고 하였다. 집 사람은 아침 식사를 마치고 오전 9시에 운동을 나가면 12시 가까이 되어 집으로 돌아온다. 보름 전부터는 오후 6시경에 오후 운동을 나간다. "핑계를 대고 운동을 나가지 않으면 내일도 핑계거리가 생겨 결국은 운동을 하지 못한다."고 하였다. 집 사람은 오후 운동을 다녀오니 저녁에 잠도 잘 오고, 밥맛이 좋단다. 억지로 떠밀다 싶이 하여 운동을 다녀왔다.

저녁을 먹으러 나가려고 준비를 하고 있는데 둘째 아들로부터 전화가 온다. "오늘이 아버지 생신이니까 저녁을 함께 먹자."고 한

 맛깔스런 댓글이 달린
수필가의 일기

다. "지난 토요일에 생신을 하여 드렸는데, 오늘은 각자 자기 집에서 먹자."고 한다. 그러나 둘째 아들은 "자꾸 내려온다."고 하나 보다.

한 시간을 기다려도 내려오지 않는다. 그래서 둘이 저녁을 먹으러 나간다. 오늘은 초복이어서 어디를 가든지 복잡할 것 같다. 그래서 차를 담티고개로 몰았다. 담티고개 가까이 가니 보신탕집으로 갈까? 삼계탕 집으로 갈까? 망설여진다.

보신탕집에는 집 사람과 자주 가서 먹는다. 삼계탕 집은 지난해에 맏아들의 초대로 가본 일이 있다. 삼계탕 집은 여러 집이기 때문에 기다리지 않고 바로 먹을 수 있을 것 같으나 보신탕집은 한 집뿐이어서 많이 기다려야 먹을 것 같다는 생각이 들기 시작한다. 그래서 담티고개를 넘어서면서 1차선으로 들어가 뉴턴을 하여 삼계탕 마을로 들어간다. 삼계탕 마을 입구에 들어서니 오른쪽 삼계탕 집에는 주차장이 만원이다. 주차 자리가 남아 있는 왼쪽 삼계탕 집으로 들어간다. 주차를 하다가 이왕이면 손님이 많은 집으로 가야겠다는 생각이 든다. 다시 나와서 오른쪽 집으로 들어간다. 주차요원이 나와서 "주차 자리가 없다."면서 길옆으로 차를 안내한다. 차를 세워 놓고 주차요원을 따라 들어간다. "몇 시에 예약을 하였느냐?"고 묻는다. "예약을 하지 않았다."고 하니, 예약을 하지 않았으면 먹을 수가 없단다.

옆집으로 가 보란다. 할 수 없이 처음 들어갔던 그 집으로 다시 들어간다. "삼계탕을 먹을 수 있느냐?"고 하니, 몇 사람인가 묻는다. 두 사람이라고 하니 사장님이 한참 머뭇머뭇하다가 꽃밭 옆에 있는 별장으로 들어오란다.

별장은 손님들이 식사 후에 놀 수 있도록 만들어 놓은 노래방이다. 노래방 기구들이 여기 저기 놓여 있다. 영계삼계탕을 시켰다. 조금 후에 영계 삼계탕이 들어오는 것이 아니라 옻닭이 들어온다. 나는 어릴 때 옻을 많이 탔다. 어릴 때는 옻나무 아래만 지나가도 옻이 올랐다. 그래서 옻닭은 한 번도 먹어보지 못하였다. 들어온 옻 삼계탕이 거무스름한 것이 먹음직스러워 보인다. 겁이 나면서도 먹고 싶어진다. 영계이어서 고기 맛도 좋다. 집 사람은 맛이 별로란다. 닭의 뱃속에 찹쌀과 삼과 대추, 밤을 넣고 삼계탕을 만들어야 맛이 좋단다. 닭에 찹쌀만 넣어 삶으니 맛이 없단다. 집 사람은 정말로 맛이 별로인 모양이다. 반 정도 밖에 먹지를 않는다. 집 사람에게 미안한 생각이 든다. 집 사람은 어릴 때부터 보신탕을 집에서 자주 해 먹었단다. 그래서 보신탕을 좋아한다. 조금 기다리는 한이 있더라도 보신탕집으로 갈 것 하는 후회가 된다.

삼계탕을 먹고 집으로 돌아오는 길에 집 사람 휴대폰이 울린다. 둘째아들의 둘째 손녀인 지운이의 전화이다. "할머니 어디 계셔요?" 하고 묻는다. "저녁 먹고 들어가는 길이다." 라고 한다. 지금 할머니 집에 와 있단다. 생일을 해주려고 오려는 둘째아들을 "오지 말라." 고 하여 놓고, 둘이 나가서 삼계탕을 먹고 들어오니 미안한 모양이다. "동네 사람들과 외식을 하고 들어오는 길이라." 고 하잔다. 주차를 하고 집으로 들어가니 둘째아들네 가족이 모두

와 있다. "저녁을 먹었느냐?"고 물으니, 먹고 왔단다.

 큰 수박을 사가지고 왔다. 둘째 며느리가 주방에서 수박을 자르고 있다. 자른 수박에 여러 개의 포크를 꽂았다. 수박을 상위에 차려 놓는다. 지난 토요일에 케이크로 생일 축하를 하였으니, 오늘은 수박으로 생일 축하를 하잔다. 모두가 둘러 앉아 생일축하 노래를 부른다. 노래가 끝나자 두 돌 지난 지원이가 수박에 꽂은 포크에 입을 대고 불을 끄는 시늉을 한다. 웃음바다가 된다. 어린 손녀가 너무 귀엽고 재롱스럽다. 막내 손녀가 할아버지 무릎에 살며시 와서 앉는다. 할아버지 볼에다가 뽀뽀 세례까지 한다. 너무 귀여워 저절로 나의 지갑이 열린다. 만 원짜리 한 장을 손에 쥐여 주니 "고맙다."고 절까지 한다. 옆에 섰던 큰 손자와 큰 손녀에게도 한 장씩 주었다. 돈을 받자 말자 모두가 자기 아버지 손에 쥐어 준다. 큰돈은 아버지에게 주어 통장에 예금을 하고 있단다. 다음부터는 잔돈도 준비하여 손자손녀들이 쓸 수 있도록 하여야겠다. 내일 아들과 며느리도 출근을 하여야 하고, 손자손녀들도 학교에 가야하는데 일부러 찾아왔다. 성의가 갸륵하고 기특하다. 이런 재미로 모두가 아들 딸 낳아 기르나보다. 올해는 내 생일이 초복과 겹치는 날이어서 삼계탕과 수박까지 함께 먹는 큰 즐거움도 누렸다.

훈훈하고 정담 넘치는 생일날의 하루, 재미있게 읽고 갑니다. 화목한 가정의 분위기가 눈에 선합니다.

　　염해일 12.07.25. 15:20

송하님, 잊지 않고 찾아 주어 고맙습니다. 항상 긍정적 마음으로 살려고 노력하고 있습니다. 일상생활 속에서 행복을 찾으려고 노력하고 있습니다. 어떻게 생각하느냐에 따라 사람의 삶이 달라지지 않을까 생각하여봅니다.

　　김보부 12.07.25. 21:56

정감 넘치는 생일날의 아름다운 광경이 그림이 그려지네요. 정말 화목하고 아름다운 염선생님의 가정 쪼금은 질투가 나네요. 아름답고 화목한가정 오래오래 간직하시길 바랍니다. 좋은 글귀 잘 읽고 갑니다. 늘 건강하시고 행복하세요.

　　염해일 12.07. 26. 07:09

보부님, 찾아주어 행복하네요. 행복은 저 멀리 있는 것이 아닌 것 같습니다. 우리의 일상생활 속에 있지 않을까 생각하여봅니다. 긍정적으로 살려고 노력하고 있습니다. 보부님, 행복하고 행복하세요.

　맛깔스런 댓글이 달린
　　　수필가의 일기

부 록

염해일 선생님의 수필집 '교장선생님의 일기'를 읽고

9반 전명수

운경건강대학 제17기생으로 입학하여 수업을 받아 온지도 벌써 한학기가 지나고 겨울방학을 거쳐 새 학기를 맞이 하였다. 200명 정원에 수업은 동시에 같은 강당에서 이루어지고 있으나 10개 반으로 나누어져 운영되므로 학생들 상호간의 친목과 행사는 반 단위로 이루어지고 있다. 그렇기 때문에 입학 전에 특별한 인연이 있는 학생들 간에는 친분이 이루어지지만 그렇지 않을 경우에는 소속된 반원들 끼리 친분을 유지하며 대화가 이루어지고 있다. 그런데 학교에서 운영하는 카페에서 만나는 또 다른 인연이 생기게 된 것이다. 그곳에는 각 기수별로 방을 따로 마련해두었기 때문에 우리 17기 학생들은 자연히 우리들의 방에 들어가 글도 남기고 댓글도 달고 서로간의 안부와 격려의 말을 전하고 받게 된 것이다. 아마도 숨은 인재가 더 있으리라 짐작은 되지만 지금까지 올라오는 우리 동기생들의 글 솜씨도 상당한 수준급임을 알게 되었다.

그중에도 전직 중등학교 교장선생님 출신인 5반 소속의 염해일 선생님의 글은 남달리 탄탄한 문장력위에 섬세함이 더하여 본받을 점이 많다는 점도 느끼게 되었다. 이미 글 가운데 퇴임기념문집 '발자국' 과 또한 권의 수필집을 발간한 사실도 알고는 있었다. 사이버 상에서 주고받은 댓글이 인연이 되어 쉬는 시간에 잠시 만나 인사를 나눈 정도였고 '글 쓰는 사람들이 한자리에 모여 정담을 나누었으면 좋겠다.' 라는 생각을 해보기도 하였지만 섣불리 제안하기도 쉽지 않았던 게 사실이다.

그런데 며칠 전 쉬는 시간에 염 선생님이 조용히 다가오시더니 수필집을 살짝 쥐어주고는 돌아서신다. 그저 "고맙다." 라는 말 한마디 대화만 나눌 수밖에 없는 상황이었다. 표지와 앞뒤를 살펴보았더니 책이 세상에 나타난 지 불과 한 달밖에 되지 않은 따끈따끈한 신간이었다. 고맙고 죄송한 마음을 어떻게 표현할 방법을 찾지 못할 정도였다. 그러나 진정한 보답은 주신 마음을 받들어 그 책을 찬찬히 읽어드리는 것이 내가 할 수 있는 최선의 보답이라 여기고 읽어나갔다.

우선 문인으로 등단하신 작품 '아내의 생일' 이나 '팔불출' , '수요 드라이버' 등의 글 가운데서도 느껴지게 되었고, 국립대구박물관대학에서 사모님과 나란히 수강하였으며 실크로드 여행을 함께 다녀온 일 등등에서 느껴지는 점은 역시 모범적인 가장임을 확신할 수 있었다. 물론 가화만사성이라는 점은 이미 다 알고 있지만 경상도 머슴애들은 쓸데없는 똥고집 같은 것이 있어서 자기 아

 맛깔스런 댓글이 달린
수필가의 일기

내에게 배려하는 마음이나 칭찬에 인색할 뿐만 아니라 다정다감한 표현을 잘 하지 못하는 데 염 선생님은 교육자 출신답게 그 모범적인 남편으로 생활하는 모습이 느껴져 왔었다. 그리고 우리 보통 사람들이 일상생활 가운데 예사롭게 지나쳐버릴 일들도 놓치지 아니하고 글감으로 삼아 진솔하고 사실적으로 묘사해 놓은 그 필치는 기성작가 못지않은 글 솜씨라 여겨진다. 교육대학을 졸업하시어 섬세한 지도력을 이미 몸에 베인데다 중등학교에서는 국어를 전공하셨으니 그 글 솜씨의 바탕이 탄탄하지 않을 수 없겠지만 노력 없이는 그렇게 될 수 없다는 사실도 익히 알고 있는 터이다. 대구박물관 대학 수업 과정에서 같은 코스로 경주일원을 답사한 후기를 쓴 글 속에서도 '갈무리 제11호(2011년)' 에 실린 내 글은 비교할 수조차 없는 섬세함과 사실적인 표현을 하고 있는 점을 알 수 있었다.

젊은 교사시절부터 제자 사랑은 남달랐을 성 싶다. 대학입학원서 제출 마감시간이 지나고 나서 도착한 대학의 정문은 이미 폐쇄된 상태에서 담임선생님은 제자와 함께 담장을 넘어 간신히 원서를 제출한 장면은 감동적이요 마치 한편의 드라마와 같았다. 그것도 학교 직인을 들고 달려갔으니 그 제자와 친구들은 평생 잊을 수없는 스승이 될 수밖에 없었을 것 같다. 시대의 변화에 따라 사회현상과 인간관계의 형성도 변한다는 것도 이해할 수는 있지만 교육현장에서 일어나는 고충은 이루다 표현할 수가 없었을 것 같다. 더욱이 감수성이 예민한 중학교의 책임자로 업무를 수행하시는 기간 동안에는 마음 편하게 기관장입네 하고 앉아있지만 아니하였을 것이라는 사실도 느껴져 온다. 날이 갈수록 교권침해를 당하는 교육현장이 거론되고 있는 마당에 능동적이며 적극적으로 학생들의 생활지도에 임하신 능력도 인정해야할 대목인 것 같다. 근무지 학교 정문에서 타교의 학생이기는 하겠지만 눈앞에서 "야 교장새끼야 잘 먹고 잘 살아라" 하며 오토바이를 타고 달아나는 꼴을 지켜보며 무슨 생각을 하셨을까! 망연자실 아니면 천직으로 여기며 한평생을 몸 바친 교육자의 길에 회의를 느꼈을지도 모르겠다. 그렇지만 한편으로는 인생의 희락 중에 得天下英才敎育之三樂(득 천하 영재 교육 지 삼락)이란 말과 같이 교육자는 제자들이 찾아주고 안부를 물어올 때 크나큰 보람을 느끼게 된다고 들었다. 중학생의 학부형이 된 제자들을 불러 밥을 사야겠다고 생각한 교육자의 순수한 모습도 다가온다.

배설의 기쁨을 리얼하고 솔직하게 표현한 점도 흥미를 더해 주었고 간 이식 수술을 받아야했던 절망감을 맛보았던 삶이라 이젠 정말 즐겁고 보람된 일들만 찾아 생활하시기를 소원해 보는 마음이다. 죽음을 몇 차례나 경험하였던 일이 있었기 때문에 덤으로 사는 인생이라며 어지간한 걱정은 아예 하지 않으며 살아가는 내 모습이 염 선생님에 견주어 본다면 말이 되지 않을지도 모르겠다. 주신 책 고이 간직하며 글 쓰는데 많은 참고로 삼고자 하는 생각이다. 계속해서 좋은 글 카페를 통하여 올려주시기 바라며 항상 건강하시며 건필하시기를 빌어 드린다.

 맛깔스런 댓글이 달린
수필가의 일기

댓글 6회 ㅣ 조회 61회〈 ①17기 게시판 조회 61회   ②아름다운 글방 조회 0회 〉

  염해일 12.03.10. 18:38

송하님! 졸필을 극찬하여 주시니 몸 둘 바를 모르겠습니다. 저자 소장본이 몇 권
오지 않아 운경대학 전 학우들에게 나누어 주지 못하여 죄송할 따름입니다. 송하
님의 기대에 어긋나지 않도록 노력하겠습니다.

  송하 12.03.10. 19:34

염 선생님 고맙습니다. 극찬이라기보다는 읽고 느낀 대로 보탬 없이 써 보았습
니다. 혹시 미흡하고 부족한 점이 있더라도 넉넉한 마음으로 거두어 주시면 감사
하겠습니다.

  웃음남 12.03.11. 20:13

운경17기 글 솜씨 좋기로 소문 난 몇 분 중 그중에서도 선도자 두 분이 주고받
는 덕담과 글 쓰시는 분들만의 교감이 통하고 있는 것 같아 부러우면서도 보기
좋습니다. 앞으로도 계속 행복한 이야기 많이 들려주십시오. 그리고 두 분 항상
건강하시고 행복하십시오

  송하 12.03.11. 21:33

장형 그만 일에 비행기 태우시는 거요. 암튼 고맙소. 건강하게 지내시기 바랍니
다.

  김보부 12.03.11. 23:37

요즘 일이 바빠서 염해일 선생님의 수필집을 다 습득하지 못하였습니다. 염해
일 선생님이나 송하 선생님의 역사의 산지식이나 현실을 수필로 써 주신 덕분으
로 잘 배워 나가고 있습니다. 앞으로도 좋은 글 많이 올려 주십시오. 두 분 늘 건
강하십시오.

염 선생님의 글은 진솔하고 사실적이며 보통사람이 살아가는 일상을 리얼하게 펼쳐지고 있으며 그 가운데 우리들이 지켜야할 도리를 담아내고 있습니다. 찾아주시어 감사합니다.

초판인쇄 / 2012년 8월 13 일

지은이 / 염해일

펴낸이 / 임은석

편집, 표지디자인 / 도서출판 아침햇살

펴낸 곳 / 도서출판 아침햇살

주소 / 경기도 가평군 청평면 대성리 405-9

전화 / 031-584-8317

팩스 / 031-585-8407

홈페이지 / www.bookmake25.com

ISBN 978-89-97400-16-4   03800

값 13,000 원

저자와 협의 하에 인지는 붙이지 않습니다.